KB059125

ill 루나리아

초난관 던전에서
10만년 수행한 결과,
세계최강
~최약 무능의 하극상~

4

"그럼 먹도록 해요."

애쉬메디아
카를로스

"도와줘……"

아지 다카하

CONTENTS

리키스이
ill 루나리아

초난관 던전에서
10만년 수행한 결과,
세계최강
~최약 무능의 하극상~

4

커버 그림, 본문 일러스트 | **루나 리아**

프롤로그

"계획은 대부분 완수했는데 정작 중요한 마라와 연락이 안 된다고?"

넓은 방의 소파 위에 드러누우며, 육대장 로프트는 보고하러 온 마라의 부하 중 하나인 팜피에게 물었다. 표정과 행동은 평소처럼 장난스러운 로프트의 모습 그 자체였으나, 팜피는 그 어조와 풍기는 분위기가 소름 끼치는 위험한 것으로 바뀐 것을 감지했다. 아마 로프트는 의심하는 듯하다. 팜피가 마라의 뜻을 거스르고 통신 자체를 하지 않은 것이 아닌가 하고.

"명계에 있는 제 부하에게 몇 번이나 통신을 시험하였으나, 하나도 돌아오지 않았습니다."

팜피는 크게 고개를 끄덕이며 대답했다. 이것은 거짓 없는 사실이다. 팜피가 따르는 이유는 부하들의 목숨을 지키기 위해서다. 기한까지 마라 님을 현계시키지 않으면 모두 죽는다. 더욱 직접적이고 구체적인 방법으로 조사할 것을 부하들에게도 명령하였고, 이 땅에 나타난 뒤로도 빈번하게 연락은 취하고 있었다. 그랬는데 어떤 시기를 경계로 통신 자체가 완전히 뚝 끊기고 말았다.

"뭐, 확실히 거짓을 말할 이유도 없지. 진실이겠지만…… 그럼 짐작 가는 점은?"

로프트 대장이 몇 번인가 작게 고개를 끄덕이고 당연한 질문을 해왔기에 팜피가 고개를 가로저었다.

"전혀요. 만약 이번 건으로 우리가 주인의 역린을 건드렸다면, 제가 무사할 리도 없으니까요."

강하게 단언했다. 그렇다. 지금 마라 님은 팜피와 부하들을 조금도 신뢰하지 않는다. 팜피를 비롯한 부하들의 몸에는 죽음의 저주가 담긴 술식이 새겨져 있어서 마라 님의 의사 하나로 발동하는 구조로 되어 있다. 그리고 지금의 마라 님이라면 팜피의 동향을 조금이라도 불쾌하게 느꼈다면, 즉시 죽음의 저주를 발동시켰을 것이다. 무사라니 있을 수 없다.

"그건 그렇겠지. 마라의 행동을 완전히 봉쇄할 수 있는 건 총대장님뿐. 그분이 실제로 움직이는 건 전대미문의 사태지만, 이것이 그 뜻임은 확실해. 남은 건 그분이 마라가 현계하는 것을 피한 이유겠지만……."

로프트 대장이 오른손으로 콧등을 잡으며 생각에 잠겼다.

"뭐, 됐어. 예정과는 크게 다르지만, 마라가 안 된다면 다른 것으로 채우면 돼. 팜피 군, 물론 계속해서 협력해주겠지?"

가벼운 어조로 확인하려 든다. 확실히 마라 님의 화풀이로 모두 살해당하는 것도 생각하였으나, 그렇다면 이번 마라 님의 현계를 위한 지휘를 맡은 팜피가 가장 먼저 죽었어야 한다. 그러나 지금도 팜피는 이렇게 상처 하나 없이 살아 있다. 이것은 총대장 각하의 지시가 있었거나, 그 전에 마라 님이 자신의 의지로 현계한 것을 의미한다. 그렇다면——.

"로프트 대장 각하가 원하시는 대로."

머리를 깊숙이 숙이며 승낙을 입에 담았다.

이번 건으로 팜피와 부하들의 목숨은 간신히 건졌다. 이것으로 팜피의 본래 목적을 위해 움직일 수 있다. 그것은, 그 최악의 던전 '신들의 시련'에 봉인된 기리메칼라 님의 구출이다.

팜피는 하준 님과 로프트 대장의 대화에서 강한 위화감을 느꼈다. 그리고 부하들에게 명령하여 하준 님의 최근 동향을 살피게 했다. 그 결과 하준 님은 '신들의 시련'으로 통하는 게이트 위치를 찾고 있었다는 것이 판명되었다.

기리메칼라 님은 공식적으로 천군과의 싸움 때문에 소멸한 것으로 처리되어 있다. 그러나 동시에 기리메칼라 님이 그 최악의 던전에 봉인되었다는 소문도 악군 내에서 그럴싸하게 퍼져 있었다.

생각해 보면 마라 님이 저렇게 비정하게 바뀐 것은 기리메칼라 님이 없어지고 난 뒤부터다.

기리메칼라 님만은 마라 님이 잘못된 선택을 하면 가장 먼저 진언했다. 마라 님도 격노하기는 해도, 최종적으로는 잘못을 인정하고 물러났다. 기리메칼라 님이 있으면 마라 님이 부하를 죽이는 일은 실수로라도 없었을 것이라 단언할 수 있다.

하준 님이 지금도 모습을 감추고 있는 것도, 옛날의 그 일상을 되찾기 위해 이 세계에 있는 던전 게이트를 찾고 있기 때문이라고 생각하면 모두 앞뒤가 맞는다.

"그러고 보니 하준은 아직 발견되지 않았나?"

마치 마음을 엿본 듯한 질문에 심장 박동이 빨라졌다.

"예, 아직 발견되지 않았습니다."

간신히 평정심을 가장하고 대답했다.

"흠. 혹시 하준이 없는 것도 이번 마라 일과 관련이 있나? 그렇다면 저 망할 던전이 얽혀 있다는 뜻? 아니, 설마! 애초에 그게이트는……."

중얼중얼 혼잣말을 하다 크게 고개를 가로젓는다.

"아무튼. 팜피 군, 지금부터 내 지시에 따라 바로 움직여줘."

로프트 대장이 드물게 진지한 얼굴로 악군 대장의 현계 계획에 대한 전모를 말하기 시작했다.

***

——천상계 아레스팰리스 고팅룸.

아레스팰리스에 있는 집무실 고팅룸에서 은색 곱슬머리에 하얀 피부의 소녀가 여러 신사의 보고를 받고 있었다. 그녀가 바로 이곳 아레스팰리스의 주인이자 이 세계 레무리아의 관리신 아레스다.

"코린의 보고가 없다고요?"

"네. 일절 연락이 없습니다."

평소 냉정하고 침착한 모습과는 대조적인 주인의 매서운 어조에 숨을 죽이며 신사가 대답했다.

"일절 연락이…… 없다라……."

코린은 아레스의 관리세계 레무리아에서 임무를 맡은 상급 신사다. 아레스 같은 관리신에게 레무리아에서 사는 존재들은 정도의 차이는 있어도 모두 비호의 대상이다. 특히 레무리아에는 상급신인 악신 부왕이 있다. 아니, 부왕만이 아니다. 용신 마라크에 불의 신 수르트가 레무리아의 땅에 봉인되어 있다. 모두 상급신 수준의 실력자이며, 봉인한 아레스에게 깊은 원한을 지녔기에 만약 해방된다면 아레스를 괴롭히기 위해 레무리아를 엉망으로 만들 것이다.

그렇기에 봉인이 절대 풀리지 않도록 레무리아의 관리 및 운영이 필요하고, 아레스가 부리는 신사에게 그 봉인 체제의 조직적인 유지를 맡기고 있다.

"아마 코린이 나대다가 토착신 세력에라도 당한 것이겠죠. 요즘 확연히 도가 지나쳤으니까요."

아레스가 가장 신뢰하는 측근, 신사 실켓이 의견을 말했다.

"그렇게 심했습니까?"

아레스가 인상을 찡그리며 묻는다.

"네, 기프트를 강제 각성하여 얻는 종족만 아레스 님의 총애를 받기에 적합한 종족으로 보호하고, 그 외에는 열등 종족으로 하여 아주 심한 차별적 취급을 정당화하는 교의를 퍼뜨리려고 했던 모양입니다."

"어리석은 짓을……."

기프트란 영혼에 기인한 능력의 명칭이다. 가장 기본적으로 **이 세상의** 온갖 것에 존재하고, 그자의 근원에 기인한 것이며, 보통은 겉으로 드러나는 일 없이 일생을 마친다. 아레스가 부여하는 가호는 그 기프트를 강제적으로 각성시킬 수 있다. 다만 이 강제 각성에는 상성이 있어서 인간족이 가장 강하고, 특성이 음(陰)으로 기울수록 약해진다. 단지 그것뿐이다.

"하지만 기프트가 강제 각성하기 쉬운 것은 음이 섞여 있는지 여부에 달려 있지 않습니까? 아레스 님의 가호 여부에 따라 차별화를 꾀하는 것이 왜 문제가 됩니까?"

아레스의 측근 중 한 사람, 라미엘이 의아한 얼굴로 그런 헛소리를 했다.

"라미엘, 그건 진심으로 하는 말입니까?"

너무 뻔뻔한 발언에 무심코 분노가 담긴 목소리가 나왔다.

"네, 네? 아니 음에 가까운 자 따위는 천박하고 부정하니까요. 그러니 아레스 님은 쭉 양(陽)에 가까운 인간들을 강하게 지원하신 것 아닙니까?"

거의 볼 수 없는 아레스의 분노에 라미엘이 허둥지둥 생각지도 않은 질문을 해왔다.

"전혀 다릅니다. 인간족 조직을 보호한 것은 삼신(三神)의 봉인을 유지하고 싶었기 때문입니다!"

삼신을 봉인한 땅은 봉인 당시, 인간족의 세력 범위 내에 있어서 중앙교회와 같은 인간족 조직에 의해 통합적으로 관리하게 하는 것이 적절하다고 판단했다. 따라서 아레스는 인간종 중에서도 인간족을 통해 봉인의 관리를 하도록 쭉 지시를 내려왔다. 아마 그것이 오해의 시작이었을지도 모른다. 측근인 라미엘조차 이런 오해를 하고 있다면, 부왕 봉인에 대해서만 아는 코린이 폭주하는 것도 어떤 의미로는 어쩔 수 없다고도 할 수 있다.

"나의 레무리아 관여 방식에 문제가 있던 것일까요……."

신은 관리세계에 최소한으로 간섭해야 한다. 존경하는 할아버지의 말을 아레스는 충실히 지켰다. 레무리아에 사는 자들만으로는 대처할 수 없는 사태가 발생할 때만 보고하도록 신사들에게 명령하였고, 그 외에는 되도록 관여하지 않도록 해왔다. 자신의 성격으로 보아 만약 관리세계의 실정을 알게 된다면, 힘을 빌려주고 싶어질 테니까.

그 어떤 의미로는 현실도피에 가까운 방치의 결과, 아레스의 부하는 폭주하여 관리세계는 부당하게 어긋나고 말았다.

"아레스 님, 이제 와서 한탄해도 어쩔 수 없습니다. 지금은 코린의 일을 어떻게 처리할지 생각하셔야 합니다."

유일하게 아레스의 갈등을 이해한 것으로 보이는 신사 실켓이 앞으로의 동향을 은근히 확인했다.

"그……렇군요. 상대는 역시 토착신일까요?"

"아마도. 이번 실종 건으로 코린의 옛 부하를 신문하자, 여러 방면에서 상당히 원한을 살 법한 나쁜 짓을 뒤에서 저질러왔던 모양입니다."

"나쁜 짓이라니?"

실켓이 눈을 감고 고개를 가로저었다.

"모르시는 편이 나을 듯합니다."

그러고는 입을 다물었다. 경험상 이렇게 된 실켓은 완고하다. 절대 아레스에게 전달할 리 없다. 분명히 그 코린의 옛 부하도 이미 처단을 끝냈을 것이다. 알아내는 것은 불가능하다.

"실켓, 당신은 이 건을 어떻게 해야 한다고 생각하죠?"

"상대는 십중팔구 신입니다. 절차에 따라야 하지 않을까요."

"그래요. 그럼 혹시 이쪽에도 문제가 있다면 내가 그 신과 만나기로 하죠. 실켓, 당신을 중심으로 조사단을 편성하여 이번 일의 자세한 정보를 수집하세요."

그렇게 지시를 내렸을 때──.

"그럴 필요 없어!"

기묘한 형태의 나비넥타이에 실크해트를 쓴 빡빡머리의 남자가 갑자기 모습을 드러내더니, 왼손 집게손가락을 좌우로 흔들었다.

"테루테루 대좌!"

실켓과 라미엘이 무릎을 꿇고 머리를 깊숙이 숙였다. 아레스도 자세를 바르게 했다.

"오랜만입니다."

가볍게 인사했다.

"응, 응, 아레스도 오랜만!"

한쪽 눈을 찡긋하며 오른손을 신나게 흔든다. 그는 육천신에 이은 힘을 지녔다고 일컬어지는 천군 사천장 중 하나, 타나토스 님의 부하이다. 육천신인 할아버지 데우스를 통해 몇 번이나 만난 적이 있다.

"무슨 일이십니까?"

아레스는 솔직히 이 사람의 상사인 타나토스 님을 좋아하지 않는다. 그렇기 때문인지, 어조가 무의식중에 딱딱하게 나왔다.

"에이, 그렇게 경계하지 마. 너에게 나쁜 이야기는 아니니까."

거짓말쟁이! 그 악명 높은 타나토스 님이 움직인 이상, 레무리아에 좋을 것이 없다는 것은 확실하다.

"용건을 여쭈어도 되겠습니까?"

"조급하기는. 그럼 말해줄게, 어흠!"

테루테루 대좌가 어깨를 으쓱하고 크게 헛기침을 하더니, 이상한 포즈를 취하며 아레스를 손으로 가리켰다.

"레무리아로 가는 여권을 나에게 줘."

일방적인 요구였다.

"제 관리세계를 방문하는 이유를 말씀해주실 수 있겠습니까?"

"그건—— 비·밀."

테루테루 대좌가 상체를 숙이며 집게손가락을 세우고 얼굴 앞에서 몇 번 흔들었다.

"제가 거절한다면?"

"거절해도 되지만, 결과는 똑같을 거야. 어차피 늦거나 빠르거나 그 차이니까."

젠장! 타나토스 님의 강제적인 방식은 지금까지 질릴 정도로 보았다. 만약 여기서 아레스가 거절해도 있는 일 없는 일을 이유로 대며 일시적으로 아레스를 레무리아의 관리에서 제외한 다음, 천군이 관리하게 될 것이 눈에 보인다. 그렇게 되면 사랑하는 레무리아는 타나토스 님에 의해 엉망이 될 것이다. 다른 관리신이 쓴맛을 본 것과 마찬가지로.

"알겠습니다. 준비시키겠습니다."

대좌의 이 여유로움으로 보아, 설령 거절해도 아레스를 배제할 준비까지 마쳤을 것이다. 그렇다면 순순히 레무리아 체재를 허가하는 편이 추후의 관여를 부정당하지 않는다는 점에서 그나마 낫다.

"바로 줘. 시간 끌어봐야 소용없어."

"알고 있습니다."

아레스는 아랫입술을 깨물며 고개를 끄덕였다.

"그럼, 바이바이."

오른손을 들더니, 테루테루 대좌는 고팅룸에서 홀연히 모습을 감췄다.

"라미엘, 대좌의 레무리아행 여권 작성을!"

"네, 넵!"

긴장한 얼굴로 레무리아가 고팅룸에서 빠르게 나갔다.

"실켓, 레무리아에서 테루테루 대좌의 동향을 감시하세요. 물론 가능한 범위 내에서요."

실켓은 아레스에게 소중한 측근이다. 설령 감시가 들키더라도 위해를 가할 일은 없을 것이다.

"알겠습니다."

실켓은 오른손을 가슴에 대고 정중하게 인사한 뒤, 방에서 나갔다.

만약 레무리아를 마음대로 다룰 생각이라면, 그 사실을 할아버지에게 알려 즉시 멈추도록 해야 한다. 물론 천군의 의향에 거스르는 일이다. 아레스도 무사히 넘어가지는 못하겠지만, 사랑하는 세계가 망가지는 것보다는 훨씬 낫다.

"반드시 지키겠습니다."

아레스는 주먹을 굳게 쥐고 강하게 맹세했다.

***

시크하게 정돈된 천상계의 한 방. 그 중심에 우두커니 놓여 있는 소파에, 긴 구레나룻과 입을 감싸는 동그란 형태의 수염을 기르고 검은색 정장을 입은 거구의 신사가 앉아 있다. 그 신사는 손에 든 자료를 읽고 있다.

"타나토스 님, 보고드릴 것이 있습니다."

가르마를 탄 짧은 검은 머리에 안경을 쓴 남자가 타나토스에게 정중하게 인사했다.

"경과는?"

시선조차 보내지 않고 타나토스가 물었다.

"테루테루 대좌가 레무리아로 내려갔습니다. 계획은 순조롭게 진행되고 있습니다."

안경을 쓴 남자가 그렇게 대답했다.

이 타나토스야말로 육천신 다음가는 힘을 지녔다고 일컬어지는 천군 사천장 중 하나로, 죽음을 관장하는 신이자, 최고 전력인 육천신 중에서도 가장 비밀이 많다고 하는 타르타로스의 직속 권속이다.

그리고 그 측근인 이 안경 쓴 남자가 타나토스 삼투신 중 하나, 천군 소장 레테.

"…………."

"왜 그러지? 뭔가 하고 싶은 말이라도 있나?"

가만히 있는 레테의 모습에 타나토스가 처음으로 자료에서 시선을 떼고 억양이 없는 목소리로 물었다.

"데우스 님의 조카딸이시라고 해도, 상급신의 관리세계에 우리 천군이 개입할 필요가 있습니까?"

"유서 깊은 상급신의 신사가 고작 하계의 토지신에게 제거되는 것은 있어서는 안 될 일이다. 잃어버린 체면은 다시 찾아야겠지. 아닌가?"

"명예보다 실리를 추구하는 타나토스 님의 말씀이라고는 생각할 수 없군요."

레테의 솔직한 지적에 처음으로 타나토스가 입가에 살짝 미소를 머금었다.

"아레스 양의 오빠가 의뢰했거든. 관리세계에서 일어난 불미스러운 일은 이후 아레스 양의 장래에도 영향을 미친다고. 따라서 은밀하게 그 처리를 부탁받았지."

평소답지 않게 주절주절 설명한다.

"그것도 언뜻 그럴싸한 말씀입니다만, 위화감이 듭니다."

쓴웃음을 지으며 부정하는 레테.

"물론 어디까지나 표면상의 이유야. 좀 더 결정적인 이유는 따로 있지."

"그 결정적인 이유란 설마——."

무언가 말하려던 레테의 입이 깔끔하게 사라졌다.

"읍?!"

레테는 입이 있던 위치를 막으며 억눌린 신음을 냈으나, 곧 눈앞에 현현한 존재에 무릎을 꿇었다. 타나토스도 자리에서 일어나 한쪽 무릎을 꿇었다.

"타르타로스 님, 오셨습니까."

타나토스와 레테의 눈앞에는 새하얀 옷에 까만 망토를 걸친 소년이 있다. 소년은 검은색 군모를 쓰고 부자연스러울 만큼 초승달처럼 입꼬리를 올린 채, 불길한 눈으로 두 사람을 보았다.

방에 놀라 굳어 있던 천군 장교들도 자신의 절대적인 충성 대상에게 무릎을 꿇었다.

"레테, 너 같은 말단은 쓸데없는 생각을 할 필요가 없어. 안 그런가, 타나토스?"

소년 같은 외모와는 어울리지 않는 나이 든 노인의 목소리. 그 목소리에 위압을 받은 것만으로 레테는 턱이 가슴에 닿을 기세로 시선을 완전히 바닥으로 내리깔았다. 온몸의 핏기가 가시며 새파랗게 질렸다.

"네. 지시하신 대로 일을 진행하고 있습니다."

"그거 수고가 많아. 그런데 말이야. 이 몸이 이렇게 온 이유는 두 가지. 하나는 네 수고를 덜기 위해서야."

"수고를 덜기 위해서…… 말입니까?"

타르타로스는 그야말로 귀까지 닿을 만큼 입꼬리가 찢어지도록 올리고, 쥐고 있던 오른손을 펼쳤다. 그 손바닥에는 무수한 검은색 구슬이 담겨 있었다.

"이것은?"

타나토스의 어조가 살짝 내려가는 것을 느끼고, 옆에 있던 레테는 마른 침을 꿀꺽 삼켰다.

"물론 쓸모없는 놈들을 폐기한 거지."

"황송하지만, 제 부하 중 쓸모없는 자는 없습니다!"

평소 조용한 타나토스라고는 생각할 수 없는 강한 목소리에 방에 있던 타나토스의 부하들이 살짝 동요했다. 타르타로스는 그런 타나토스에게 다가가 벌레라도 보듯이 내려다보았다.

"흐음, 고무라인지 뭔지 하는 시골의 머저리 벌레를 아직도 굴복시키지 못하고 꾸물거리는 놈들이 쓸모없지 않다고?"

"고무라는 아직 설득할 여지가 있어서——."

"아니, 아니야, 타나토스. 그건 아니지. 쓰레기들에게 설득 따위는 필요 없어. 우리는 천(天), 정의의 집행자잖아. 천을 거스르는 것은 한마디로 악. 악은 숨통을 끊어버리면 돼. 안 그런가?"

"타르타로스 님, 조금만 더 시간을 주십시오! 고무라는——."

타나토스의 애원하는 목소리는 타르타로스에게 뒤통수를 짓밟히는 것으로 차단되었다.

"바보 같기는. 이미 게임 오버야."

타르타로스가 손바닥에 있는 검은색 구슬을 꽉 쥐었다. 그 순간 타나토스와 레테를 제외한 천군 장교들이 실이 끊어진 인형처럼 눈을 뒤집고 쓰러졌다.

"으악!"

타르타로스는 소실된 입으로 애써 외치려고 하는 레테는 신경 쓰지도 않고, 자신의 발로 짓밟은 타나토스를 그 불길한 두 눈으로 내려보았다.

"이 몸에겐 너희의 목숨도, 변경의 하찮은 벌레들의 목숨도 알사탕이나 다름없어. 조금만 힘을 주면 부서지니까."

환희에 찬 광기로 물든 목소리로 자신 있게 선언한다.

"설마 신역(神域) 고무라도?"

"아, 지금쯤 사이좋게 황천길로 떠났을 거야."

"…………."

뒤통수를 밟히면서도 타나토스는 이를 빠득 갈았다.

"왜 그래? 이 몸이 하는 일이 마음에 안 든다고 하고 싶은 걸까?"

"절대 아닙니다."

타나토스는 평소처럼 무감정하게 주인의 물음에 대답했다.

"그럼 본론이야. 내 지시대로 그것에 넣어두었겠지?"

"네. 레무리아로 내려가는 부하에게 타르타로스 님의 핵을 심어두었습니다. 기회를 보아 강림 술식을 발동시키겠습니다."

"그런가. 수고했어. 타나토스, 이번에야말로 실패하지 마. 다음은 없으니까."

타르타로스는 그 말을 끝으로 연기처럼 사라졌다. 동시에 레테의 입이 원래대로 돌아왔다.

"얘들아!"

레테는 숨이 끊어진 부하 장교들에게 달려가 끌어안고 엉엉 울기 시작했다.

"이제 조금 남았어. 앞으로 조금만 더…….."

타나토스는 무표정하게 바라보며 자신을 달래듯이 중얼거렸다.

제1장 정령 마을 편

일과가 된 아침 단련을 마치고, 나는 이스트엔드에 최근 생긴 천 명 규모의 소규모 신도시에서도 서쪽 끝에 위치한 저택으로 돌아갔다.

저택 1층 식당으로 들어가자 향긋한 냄새가 후각을 자극했다. 오늘 아침은 일각돼지 생강구이인 모양이다. 일각돼지는 이곳 이스트엔드에만 서식하는 멧돼지의 일종으로, 성질은 거칠지만 맛은 최고다.

"주인님!"

파프가 나를 발견하자 이쪽으로 타박타박 달려와 끌어안았다. 이어서 새끼 늑대인 펜이 나의 머리 위에 착 앉았다.

"쥬인님!"

기쁨에 찬 얼굴로 의자에서 내려와 나에게 아장아장 걸어오는 아기까지.

"마리, 안녕."

안아 들어 뒤통수를 살며시 쓰다듬었다.

"헤헤."

마리가 기분 좋은 듯 눈을 가늘게 떴다.

이 녀석은 마리. 전에는 기리메칼라의 옛 상사 마라였으나, 어쩔 수 없는 사정으로 아기가 되는 바람에 우리가 돌보게 되었다. 기리메칼라파와 여신 연합 양쪽에서 키우고 있지만, 요즘은 나를 묘하게 따르고 있어서 우리와 같이 있는 일이 많아졌다.

"안녕, 카이. 식사가 준비되었으니 자리에 앉아."

주방에서 애쉬가 요리가 담긴 그릇을 양손으로 들고 나타나 나에게 권했다.

"응, 안녕."

시키는 대로 자리에 앉고 왼쪽에는 마리를 앉혔다. 파프도 나의 오른쪽 자리에 얼른 앉더니, 나이프와 포크를 쥐고 침을 흘리며 그릇 위에 담긴 요리를 뚫어지게 쳐다보기 시작했다.

"여러분, 자리에 앉았군요. 그럼 기도할 시간입니다."

로제가 두 손을 모으고 신에게 기도하기 시작했다. 마리도 흉내를 내어 손을 모으고 눈을 감았다. 물론 로제가 마리에게 가르쳐준 것이 아니라 멋대로 따라 할 뿐이다. 마리는 그저 친절한 사람들과 같은 행동을 하고 싶은 것으로 보인다.

물론 나는 그런 있지도 않은 신에게 기도 따위는 하지 않지만.

"그럼 먹읍시다."

기도가 끝나고 식사를 시작했다.

"흠, 이 일각돼지 생강구이, 맛이 제법 괜찮은데."

"저, 정말인가?"

나의 별 의미 없는 감상에 삼백안 소녀 에미가 몸을 내밀고 물었다.

아무래도 오늘 아침의 메인은 에미가 만든 모양이다. 요즘 애쉬와 에미가 요리를 분담하고 있는데, 둘 다 경쟁하듯이 실력을 쑥쑥 키우는 중이다.

"응, 양념이 고기와 잘 어울려. 이거라면 꽤 인기 메뉴가 되겠는걸."

"그런가! 좋아!"

에미가 왼쪽 손바닥에 대고 오른쪽 주먹을 치며, 기쁨으로 상기된 표정을 지었다.

"남은 건 일각돼지의 가축화인데……."

일각돼지는 맛이 상당히 좋아서 그것을 이용한 요리는 틀림없이 이 도시를 대표하는 인기 메뉴가 될 것이다. 즉, 관광 산업에도 쓸 수 있다는 뜻이다.

사냥으로 잡아야 하는 지금 상황에서는 정기적인 공급이 불가능에 가깝다. 따라서 가축화 계획을 현재 진행 중이고, 일각돼지의 자연 번식에도 성공하였다. 다만 모든 일이 순조롭게 진행되는가 하면 그렇지는 않다.

"네, 목장을 만들려고 해도 인력이 너무 부족해요."

로제가 한숨을 쉬며 자신의 영지가 직면한 난제를 말했다.

"맞아. 역시 인원 확보가 가장 시급한 과제인가……."

에르딤의 주민이 이곳 이스트엔드로 이주했기에 도시를 유지하는 최소한의 인원은 존재하게 되었다. 그러나 어디까지나 운영하는 데 최소한인 것에 불과하다. 그야 천 명 정도밖에 없으니까. 도시라기보다 마을이라고 말하는 편이 훨씬 어울릴 것이다. 지금 상황에서는 새로운 사업을 도저히 시작할 수 없다.

"사부, 공주님, 지금은 식사 중이야. 어차피 이 뒤엔 회의 시간이니까 이 도시의 운영은 그때 말하면 되지 않아?"

잭이 지극히 당연한 지적을 했다.

"하긴 그래. 무슨 일이든 정도가 중요해. 일단 먹자."

나도 요리를 맛보는 데 집중했다.

아침 식사를 마친 뒤 나와 떨어질 것을 눈치챈 마리가 칭얼거리는 것을 달랬으나, 오늘은 순순히 잠들지를 않았다. 뮤가 마침 놀러 왔기에 파프와 함께 마리의 놀이 상대를 부탁하자 흔쾌히 승낙해주었다. 한숨 돌릴 틈도 없이 로제, 잭과 함께 북쪽 끝에 있는 이 도시의 유일한 회의장으로 향했다.

회의장 안에는 커다란 원형 테이블이 놓여 있고, 그곳에는 이 도시 '리버티 타운'의 간부들이 이미 모여 있었다. 간부들이 일제히 자리에서 일어나 나에게 인사했다.

"기다리게 해서 미안해."

"전혀 그렇지 않습니다! 저희도 지금 막 온 참입니다!"

시라우스가 차렷 자세로 크게 상투적인 대답을 했다.

"그, 그래. 근데 조금만 더 평범한 태도로 대해주면 고맙겠는데."

앞으로 이 도시가 외부와 본격적으로 교류를 시작해도, 이런 식으로 나와서는 곤란하다.

"네! 알겠습니다."

그런 나의 절실한 바람에도, 그들은 일제히 경례하며 역시 큰 소리로 외쳤다. 틀렸다. 전혀 이해하지 못했다. 뭐, 됐다. 그때마다 주의하면 언젠가 알아줄 것이다. 아마 분명히…….

나는 자리에 앉았다.

"그럼 '리버티 타운'의 정기 회의를 시작하겠소."

의장을 맡은 페리스의 선언으로 회의가 시작되었다.

"결국 인원 부족으로 귀결되네."

이 영지의 개발에 대한 좋은 방안은 얼마든지 있다. 상품과 서비스를 장사 도구로 삼기 위해서는 몇 가지 조건을 만족시켜야 한다. 상품과 서비스를 개발하고 판매할 루트를 확립하고, 거기다 실제로 상품과 서비스를 제공할 체제를 갖추는 것이다. 그러기 위해서는 반드시 인원이 필요하다. 사업이 커지면 커질수록 필요한 인원은 많아진다. 적어도 이대로는 어중간한 것밖에 만들 수 없다. 역시 빠른 인원 확보가 필수다.

"우리도 몇 가지 검토하였으나, 좋은 방안은 전혀 없었네."

페리스의 말에 시라우스를 비롯한 간부들이 미안한 듯 시선을 아래로 고정시켰다.

"그야 그렇겠지. 그것이야말로 우리 진영의 가장 큰 약점이니까. 그리 쉽게 발견되면 고생할 일은 없겠지."

"카이에겐 묘안이 없나요?"

로제가 떠보는 눈으로 물었다.

"글쎄. 그러는 넌 어때?"

어느 쪽으로도 해석할 수 있는 대답을 하고, 반대로 로제에게 되물었다. 나에게는 몇 가지 구상이 있지만, 일거수일투족 내가 모든 것을 지시해서는 로제의 성장을 방해하게 된다. 단서라도 스스로 찾아내지 않으면 안 된다. 그걸 위한 힌트도 이미 주었다.

"일단 생각한 바는 있습니다."

"흠. 그건?"

"광산 도시 아키나시입니다. 그곳의 영지는 다소 특수해요. 만약 아키나시의 영주인 올리버 경을 설득한다면, 우리 진영에 들어오는 것도 가능하지 않을까요."

좋다. 주목한 부분이 꽤 괜찮다. 확실히 도시만 영지로 지닌 도시형 영주는 그 영주와 왕국 정부의 허가만 받으면 특정한 영주에게 편입될 수 있다. 그것이 아멜리아 왕국의 법으로 정해진 공식 규정이다. 다만——.

"아키나시의 현 영주가 순순히 네 제안을 받아들일까?"

"아니요. 아마 힘들겠지요."

로제가 분한 듯 입술을 깨물며 고개를 크게 가로저었다. 그렇다. 아키나시는 왕국에서도 유수의 광산 도시다. 당연히 도시형 영주인 것을 이유로 다양한 세력으로부터 노려져 왔을 터. 그런데 초대 아키나시부터 지금까지 계속 독립을 지키고 있다. 그 불가사의한 이유를 밝혀내지 않으면 아키나시 영주는 결코 고개를 끄덕이지 않을 것이다.

"그럼 어떡할래? 포기할래?"

"설마요! 물론 설득할 생각입니다. 내가 목표로 한 것을 모두 전달하고, 우리 진영에 들어오는 것에 강한 메리트를 느끼게 하면 분명히 올리버 경으로부터 좋은 대답을 받을 수 있을 거예요!"

무르다. 솔직히 로제의 이상을 들은 정도로 아키나시 영주가 마음을 움직일 가능성은 작다. 설령 마음이 움직이더라도 한 사람의 이상으로 생각을 바꾸고 고분고분 따를 정도라면, 이미 예전에 다른 영지에 편입되었을 것이다. 그래도 움직이는 행위 자체는 평가할 만하다. 애초에 아키나시에 주목한 것만으로도 충분히 합격점이다. 게다가 이번 게임의 주역은 로제가 아니다.

"좋아! 로제, 아키나시의 설득은 너에게 모두 맡길게! 한번 해 봐! 그래, 잭, 아스타, 너희 두 사람은 이번에 로제의 서포트를 맡아."

"알겠어!"

"알겠소."

아스타는 다소 꺼릴 것이라 생각했으나, 웬일로 순순히 받아들였다. 이것으로 계획을 다음 단계로 진행할 수 있다.

"그럼 나는 바로 아키나시로 출발할 준비를 하겠어요!"

로제가 눈썹 언저리에 강한 의지를 담은 표정을 지으며, 빠른 걸음으로 회의실에서 나갔다. 잭과 아스타도 나에게 살짝 인사를 하고 물러났다.

"아키나시의 비밀을 로제에게 알리지 않아도 되겠는가? 올리버 경이 로제의 설득에 응할 가능성은 한없이 제로에 가까울 텐데?"

흠. 페리스는 아무래도 아키나시의 비밀을 아는 모양이다. 왕족의 일원인 로제가 모르는 비밀을 이미 왕국을 떠난 페리스가 알고 있다니. 제법 재미있는 이야기다. 그 이유도 이 자의 삶을 안다면 어떤 의미로는 당연하기는 하다. 물론 가장 중요한 부분에 대해서는 전혀 알려지지 않은 듯하지만.

"제로는 표현이 지나치네. 1퍼센트 정도는 있어."

그 1퍼센트를 내가 억지로 끌어올릴 거지만. 이미 씨는 뿌려두었다. 이제 싹이 나기를 가만히 기다릴 뿐이다.

"뭐, 나와는 상관없는 이야기네만……."

마치 남의 일처럼 말한다. 이번 게임의 주역은 로제가 아니라 페리스, 너야. 열심히 목숨을 걸고 발버둥 쳐보라고.

"그나저나 페리스, 너는 조만간 정령들의 마을로 동행해줘야겠어."

"엥?"

얼빠진 소리를 내는 페리스를 향해 나는 미소를 지으며 이번 게임의 시작을 알렸다.

***

──쿠사르 백작령 영주의 저택.

휘황찬란한 인테리어와 곳곳에 놓인 몹시 고가지만 악취미인 장식품, 그리고 벽에 달린 마물의 머리 박제. 그 방의 중심에 놓인 의자에는 뚱뚱하게 살찐 귀족풍 남자가 양쪽에 인형처럼 생기가 없는 미녀를 거느리고 거만하게 앉아 있다.

"사자 여러분, 오늘은 무슨 일입니까?"

새하얀 로브를 입고, 얼굴 역시 새하얀 천으로 가린 사자는 실내에 감도는 악취와 억누르기 힘든 혐오감 때문에 입가를 손수건으로 가리며 자세를 바르게 했다──.

"케처 경, 하명이다."

"하명? 누가 보낸 겁니까?"

뻔한 질문이다. 케처에게 하명할 수 있는 사자는 한정되어 있으니까.

"이름을 입에 담기도 황송한 분이다."

"과연, 과연. 왕궁의 사자님인 모양이군요."

사자는 케처의 말에 대답조차 하지 않았다.

"이제 곧 광산 도시 아키나시에 국가 전복을 꾀하는 여자가 체재할 것이다. 서둘러 이 조국에 반하는 비열한 여자를 없애고, 아멜리아 왕국의 질서를 회복하라!"

사자는 담담하게 내용을 읽고 도망치듯이 방에서 나가버렸다.

"이 하명. 그렇군, 루비 군, 아무래도 자네가 가져온 정보가 진실이었던 것 같네요."

케처가 들뜬 목소리로 혼잣말을 하더니, 손뼉을 짝짝 쳤다. 옆에 있던 숨은 문에서 양손을 바지 주머니에 넣은 채 안으로 들어오는 검은 로브를 입은 백발의 남자.

"신용할 수 있는 곳에서 얻은 정보니까. 틀림없는 사실이야."

"등잔 밑이 어둡다는 게 이런 것이군요! 항상 눈엣가시였던 아키나시가 찾아 헤매던 정령왕 타이니와 깊은 관계가 있을 줄은 몰랐으니까요!"

케처는 두꺼비 같은 얼굴을 욕망으로 물들이고, 탁한 목소리로 껄껄 웃었다. 당연하다. 케처에게 이것은 너무 반가운 상황이기 때문이다.

약 3백 년 전, 아멜리아 왕국의 동쪽 부근에 악룡이 출현했다. 그 악룡은 도시를 부수고, 사람들을 불태우는 등 악행을 마구 저질렀다. 그 악룡은 근거지로 삼았던 현재의 아키나시에서 토벌되었다. 그리고 그 악룡이 있던 산악 지대의 광맥에서 풍부한 금은과 마도구의 제조에 필요한 특수한 귀금속이 다수 발굴된 것이다. 본래 그것은 가장 영지에 가까운 쿠사르 백작가가 획득했어야 한다.

그러나 아멜리아 왕국은 하필이면 그 악룡을 토벌한 이세계인── 코테츠 아키나시에게 악룡을 토벌한 공적이라며 작위와 도시형 영주로서 영지를 주어 광산 도시의 관리를 명했다. 그 이유가 악룡을 봉인했기 때문이며, 설마 그 봉인에 세상에서 아름다움으로 손꼽히는 미려왕 타이니가 관여했을 줄은 꿈에도 생각하지 못했다.

"그래서? 진심으로 타이니를 납치할 셈인가? 타이니가 정령 마을을 떠나면, 십중팔구 악룡이 부활할 텐데?"

"그게 뭐?"

"아니, 악룡이 부활하면 아키나시는 물론이고 이 일대도 불바다가 될 위험마저 있는데?"

태연하게 되묻는 케처에게 루비는 한심하다는 얼굴로 그런 검토하는 것조차 바보 같은 위기를 지적했다.

"그 점도 철저하게 준비해두었습니다. 에이, 고작 이세계인 따위의 평민 나부랭이에게 토벌되는 악룡이란 별거 아니니까요. 안 그렇습니까? 사성 길드 중 하나인 룰렛의 리더, 마다라 공?"

케처가 아무것도 없는 방구석으로 시선을 고정하며 말을 걸었다. 갑자기 주위의 공간이 일그러지더니, 그곳에서 빨간색과 검은색 얼룩무늬가 들어간 옷을 입은 남자가 홀연히 모습을 드러냈다. 얼굴 전체에도 빨간색과 검은색 화장품을 발라서, 그 부자연스럽게 튀어나온 안구와 더불어 남자의 기이함을 한층 강조하고 있다.

"물론이지. 고작 악룡 따위는 이 마다라에게 하찮은 도마뱀에 불과해."

마다라가 지극히 당연하다는 듯 대답했다.

"네가 룰렛의 보스 마다란가? 하지만 전에 사성 길드의 최강이라던 다이스가 무너졌다는 소문이 돌던데, 그보다 약한 너희 룰렛이 정말 악룡을 쓰러뜨릴 수 있다고?"

깔보는 태도인 루비의 지적에 마다라는 입꼬리를 올렸다. 그 순간──.

"며칠 전까지라면 그랬겠지."

마다라의 모습이 루비의 뒤에 나타나더니, 그의 양쪽 어깨를 뒤에서 꽉 잡았다.

"너, 너는?"

빠르게 핏기가 가신 얼굴로 루비가 물었다.

"나는 신의 계시를 받았어. 다이스의 코린? 지금 나와 비견될 자는 이 세상에 존재하지 않아. 그래, 설령 저 용사 마시로라도 지금 나에게는 그저 날벌레에 불과해. 이해했으려나?"

자신의 세계에 빠져 당당하게 말하는 마다라.

"그래, 적어도 입만 산 건 아닌 모양이네."

폭포처럼 땀을 흘리며 루비가 간신히 대답했다.

"이번 일을 모두 이해했으면, 슬슬 구체적인 내용으로 들어가지요."

케처가 제안했다.

"…………."

"…………."

마다라와 루비는 조용히 고개를 끄덕였다.

"루비 군, 자네는 정령 마을을 공격하여, 타이니를 잡아 오십시오. 타이니는 이 케처가 갖겠습니다! 혹시 그곳에 타이니의 딸이 숨겨져 있다면, 같이 데려와요! 그 대신 포상은 바라는 대로 주겠습니다!"

강렬한 욕망이 이글거리는 눈으로 케처가 마치 도적 같은 명령을 내렸다.

케처가 이 계획을 위해 거금을 들여 왕도 제일의 정보상에게 얻은 정보에 따르면, 정령 마을에 있는 타이니에게 사연이 있는 서러브레드가 숨겨져 있다고 한다. 의심스럽지만, 혹시 그것이 진실이라면 케처는 최고의 장난감을 손에 넣을 수 있다.

"내가 관심 있는 건 정령왕이 보관하고 있다는 보물뿐이야. 망가진 정령왕에게도, 그 딸에게도 관심 없어."

루비가 말했다.

"좋습니다. 그리고 마다라 공에겐 처음 약속대로 타이니와 그 딸 이외의 정령들을 모두 진상하겠습니다. 악룡이 부활한 뒤에 빠른 대처 부탁드립니다. 이걸로 되겠습니까?"

"이의는 없어."

"그럼 곧바로 루비 군에게는 정령 사냥을 위한 병사를 빌려드리죠. 당장 출발하십시오!"

"그래."

루비가 오른손을 들고 인사했다.

"그럼 나도 여기서 실례하지. 내 발목만은 잡지 마."

마다라는 그런 퉁명스러운 말을 남기고, 기척을 완전히 지웠다.

"흥! 모자란 정령 따위에 실패할 리가 없잖아. 나에겐 비장의 수단이 있으니까!"

루비는 마다라의 말에 불쾌한 듯 얼굴을 찡그리면서 방에서 나갔다.

두 사람이 떠난 뒤, 케처는 두꺼비 같은 얼굴을 혐오로 일그러뜨렸다.

"더러운 평민 짐승 따위에 사교(邪敎)에 영혼을 판 배신자인가. 도저히 용서할 수 없는 놈들이야! 저런 저속한 자들의 손을 빌리지 않으면 안 된다니……."

화를 내면서 케처는 바닥에 침을 뱉었다.

"하지만 어쩔 수 없지. 어쨌든 얻으려는 게 그런 것이니."

아까와 달리 거칠게 콧김을 내뿜으며 늘어진 볼살을 출렁거렸다.

그렇다. 이번에 케처에게 내려진 하명. 이것으로 케처는 지금까지 쭉 갈망하였으나 포기해야 했던 이득을 얻을 수 있게 되었다.

그 이득이란 아멜리아 왕국 제일의 미녀라 일컬어지는 아멜리아 왕국 제1왕녀 로제마리 로트 아멜리아를 말한다. 로제마리가 아키나시를 방문한 것은 이미 첩보원을 통해 케처의 귀에도 들어왔다.

로제마리는 귀족제도의 철폐를 꾀하는, 말하자면 푸른 피가 흐르는 모든 귀족의 공통된 적이다. 이 여자의 제거는 아멜리아 왕국에서 권력을 지닌 모든 세력이 바라고 있다. 저 궁정의 사자가 구체적으로 어떤 세력에 소속되어 있는지는 모르지만, 길버트파인 케처를 움직일 정도이니 십중팔구 길버트 왕자가 뒤에서 실을 당기고 계실 것이다. 길버트 왕자는 귀족 사회의 영구적인 존속을 바라는 패자의 기질을 지닌 분이며, 질서와 전통을 중요하게 여김과 동시에 다정함과 냉철함을 함께 지녔다. 또한 로제마리와 길버트 왕자는 견원지간이기에 길버트파인 케처에게 지극히 중요한 책무를 이번에 명령하신 것이다.

"으흐흐, 상황이 나에게 유리하게 돌아가는군."

저 하명, 한마디로 로제마리 왕녀를 살해하고 그 죄를 올리버 아키나시 기사장에게 덮어씌워라. 그런 뜻이다. 또한 사법관의 수장은 길버트파의 귀족이다. 이미 충분할 만큼 은폐 공작이 이루어졌을 것이다. 그렇다면 아키나시를 완전히 없애는 것은 오히려 악수다.

올리버에게 모든 죄를 뒤집어씌우고 처단하면, 케처에게 아키나시의 모든 것이 양도되게 된다. 그렇다면——.

"사혈(蛇血)의 보스에게 연락을 취하세요."

케처는 명란젓처럼 두꺼운 입술을 한 번 핥고, 황홀한 표정으로 측근에게 지시를 내렸다.

사혈은 왕국에서도 손꼽히는 실력을 지닌 청부업자 집단이다. 강도, 유괴, 도둑과 금지품의 매매, 그리고 귀부인의 노예 판매 등을 맡는 곳으로 예전부터 친밀하게 지낸 사이기도 하다. 그들을 이용하여 왕녀를 납치한다. 그리고 국가 반역죄라는 명목으로 아키나시를 공격하여 올리버를 포박한다.

그리고 정령 마을을 습격해 악룡을 부활시킨다. 그때를 위해 죽어도 문제가 되지 않을 주로 청부업에 종사하는 하찮은 용병들을 천 명 모아두었다. 이제 곧 정령 마을을 제압할 준비가 끝난다.

정령 마을에는 절세 미녀인 정령왕 타이니가 있다. 덤으로 혹시 저 정보상에게 얻은 정보가 사실이라면, 로제마리 왕녀 전하와 비견될 미녀도 손에 넣을 수 있다.

만약 정령 마을에서 타이니와 그 딸을 사로잡으면, 마다라가 이끄는 룰렛에게 용병들과 루비를 모두 죽이라고 말해두었다. 이것으로 정령 마을을 습격한 죄를 루비에게 떠넘기고, 케처는 실리만 얻을 수 있다.

한 가지 문제가 있다면 마다라를 비롯한 룰렛이 루비와 천 명의 용병들을 모두 죽일 수 있냐는 것이지만, 사교의 신에 의해 마다라의 강함은 전과 비교할 바가 아니게 되었다. 실제로 산을 반쯤 무너뜨리는 광경을 이 눈으로 직접 확인했다. 용사 마시로를 뛰어넘었다는 말도 아주 허세라고는 할 수 없다. 아마 마다라라면 섬멸도 가능할 것이다.

"로제마리에 전설의 미려왕과 그 딸이라! 으음, 군침이 도는데!"

로제마리 왕녀는 전에 왕도에서 본 적이 있는데 인간이라고는 생각할 수 없을 만큼 아름다웠다. 미려왕은 로제마리조차 초월하는 아름다움을 지녔다고 들었다. 그리고 그 미려왕의 딸은 일찍이 케처가 꿈에서도 볼 정도였다…….

이 세상에서 선두를 다투는 아름다운 얼굴을 공포로 물들이고 울부짖는 모습을 보며 일방적으로 희롱한다. 조만간 찾아올 것이라 예상되는 미래를 상상하며, 쾌락이라는 전격이 온몸으로 퍼지는 것을 케처는 명확하게 자각했다.

"정말 군침이 도네요."

그는 욕망으로 가득 찬 말을 내뱉었다.

***

──'영현향(靈玄鄕)'에 있는 거대한 호수 근처에 있는 별장.

우리는 정령 마을이 있는 삼림지대, 영현향에 있는 거대한 호수 근처의 별장을 방문했다. 이 별장은 이번 작전을 위해 나의 부하에게 만들게 한 것으로, 특수한 공간 속에 있어서 기본적으로 내가 허락한 자가 아니라면 발을 들일 수도 없다.

별장에는 차를 준비하는 안나와 나를 끌어안고 떨어지지 않는 파프와 함께 루카스가 서 있고, '신의 잔' 사건 때 보호한 정령들이 무릎을 꿇고 있다. 그리고──.

"이게 계획의 전모야."

바로 지금 이번 시련의 모든 내용을 설명한 참이다. 이 시련은 페리스를 위해 정령들에게 가장 소중한 왕의 마음조차도 이용하는 것이다. 그렇기에 조금은 반발하지 않을까 예상했다.

"카이 님, 진심으로 감사드립니다."

토끼 얼굴을 한 어머니 정령이 눈가에 눈물을 가득 담고, 깊숙이 머리를 숙이며 감사 인사를 했다.

"흠, 나는 감사받을 만한 말은 하나도 하지 않았는데."

이것은 페리스에게 내리는 시련이다. 실패하면 최악의 사태도 가능하다는 것은 이미 전달했다. 오히려 그녀들의 가장 소중한 존재를 위험에 빠뜨리는 것이다. 비난받아야 마땅하다.

"카이 님은 이 세상에 넘치는, 불가능한 일을 강요하는 불합리하고 힘없는 신이 아닙니다. 무엇보다 이대로 손가락만 빨고 있으면 가까운 미래에 타이니 님은 돌아가시고, 정령 마을은 확실히 멸망합니다. 페리스 님이 귀하의 시련을 극복해낸다면 타이니 님에게도 자비를 베풀어 주시겠지요?"

"그건 약속할게."

이것은 게임이다. 페리스와 나의 진검승부. 다른 자에게는 무리를 강요하는 것이다. 게임의 주최자로서 페리스가 내가 만족할 대답을 내린다면, 책임을 지고 이 정령 마을의 위기에 대처할 생각이다. 그렇다고 정 때문에 봐주거나 타협할 마음은 전혀 없다.

"루카스, 이번 시련에 대해 왕족 인간들에게는 전달했나?"

"우리 주인이시여, 물론입니다! 재상 요하네스에게 전달하자 흔쾌히 받아들였습니다. 사후 뒤처리는 모두 재상 쪽에서 맡겠다고 합니다."

요하네스가 흔쾌히 받아들였다니. 아무래도 가족인 국왕에게는 전하지 않은 모양이다. 국왕은 이복동생인 페리스를 눈에 넣어도 아프지 않을 만큼 예뻐한다고 들었다. 따라서 재상보다 국왕의 승낙을 받기를 바랐으나, 루카스는 옛 아멜리아 왕국의 중진 중 한 사람. 나보다 왕국 사정은 잘 알 것이다. 그 루카스가 재상에게만 상담한 것으로 보아, 어쩌면 페리스의 어머니 일도 저 재상이 얽혀 있을지도 모른다.

"슬슬 움직임이 있을 텐데."

내가 그렇게 중얼거렸을 때——.

'주인님, '영현향' 주위를 예의 도적 부대가 포위했습니다. 첩보 목적을 지닌 선두부대가 이미 침입 중으로, 정령 둘과 곧 접촉할 듯합니다.'

굵은 목소리가 머릿속에 울렸다. 이번 시련의 지휘를 맡은 기리메칼라파다. 내가 명령한 것이 아니라, 무지나에게 페리스의 정보를 얻은 직후 기리메칼라가 꽤 강하게 이번 일에 관여하고 싶다고 요청해왔다. 그때 기리메칼라에게선 어떻게 해서든 이번 일에 참가하겠다는 강한 결의와 같은 것이 느껴졌다. 아마 기리메칼라가 마리의 보호자가 된 것과 크게 관련이 있다고 생각한다.

'정령 둘은 정령 마을에서 나온 건가?'

'네. 페리스 양의 어머니에 대해 전하려는 듯합니다.'

역시나. 그렇다면—— 써먹을 수 있을지도 모른다.

'기리메칼라, 정령 둘과 선두부대와의 접촉 예정 장소를 알려줘.'

'알겠습니다.'

자, 바로 시작하자.

"그럼 시련 개시다!"

나는 게임의 시작을 선언하고, 안나와 파프를 데리고 목적지로 이동했다.

***

——정령 마을.

광산 도시 아키나시의 북동쪽에 펼쳐진 비대한 삼림지대 '영현향', 그곳의 유난히 큰 호수 근방에 정령 마을이 있다.

마을을 구성하는 정령들의 인원수도 한때는 수천은 됐으나, 점차 그 수가 줄어 지금은 수백 명 정도가 되고 말았다. 당연히 마을 규모도 축소되어 이제 작은 동네 규모로 구성된 것에 불과하다. 그 작은 마을 중심에 있는 커다란 목조 건물의 한 방에서 열 몇 명의 정령들이 원을 그리고 정좌하고 있다. 모든 정령은 예외 없이 씁쓸한 표정을 짓고 있다.

"타이니 님은 이제 한계일세. 버텨봐야 앞으로 반년 정도일 것이야."

장로인 핑 머리의 정령이 괴로운 표정으로 정령들에게 최악이

45

라고 해도 손색이 없을 사실을 보고했다.

"젠장! 이것도 저것도 모두 인간이 원흉이지 않나! 그런데 타이니 님은 인간을 위해 죽다니?! 이런 결말을 납득하겠냐고!"

늑대 머리의 청년 정령이 눈에 눈물을 담고 바닥을 주먹으로 내리쳤다. 흐느껴 우는 소리가 방에 울려 퍼졌다.

"타이니 님의 따님이니 역시 그분에게만은 전달해야 하지 않을까."

장로가 방 안쪽의 문으로 시선을 고정하며 나직하게 중얼거렸다.

"뭐? 헛소리하지 마! 인간과 사이좋게 연락이라도 취하라고? 인간이 우리 동포에게 무슨 짓을 했는지 알면서 하는 소리야?!"

늑대 머리의 정령이 새빨간 얼굴로 격앙하여 외쳤다.

"맞아. 나도 로보에게 찬성이야. 인간들은 우리 동포를 납치했어. 아이를 방패로 내세우는 비열한 수단으로!"

고양이 귀가 달린 소녀 정령이 증오로 얼굴을 일그러뜨리고, 두 주먹을 떨리도록 강하게 쥐었다.

찬성하는 말이 연이어 나왔으나, 꿩 머리 장로는 크게 한숨을 내쉬었다.

"나도 마음은 여러분과 같다네. 내가 하고 싶은 말은 타이니 님의 마음을 살피라는 것이야!"

다른 정령이 미간을 찡그리고 매우 진지한 얼굴로 강하게 외쳤다.

"무슨 말이야?!"

"알고 있는 겐가? 타이니 님께서 한시도 떼어놓지 않고 그 아이의 머리카락이 든 인형을 쥐고 매일 기도를 드린다는 것을."

"기도를?"

"그렇네! 그 아이가 행복하게 살 수 있도록! 우리에게 그 아이는 확실히 반은 인간인 이분자에 불과하지만, 타이니 님께는 눈에 넣어도 아프지 않은 자신의 아이일세. 마지막으로 한번은 만나고 싶다고 생각하실 게 아닌가!"

흥분한 어조로 떠드는 장로의 말에 실내가 갑자기 조용해졌다.

어색한 침묵이 지배한 와중에 마음을 굳힌 듯한 표정으로 입을 여는 자가 나타났다.

"이봐, 할아범, 정말 타이니 님은 앞으로 얼마 안 남은 거지?"

로보였다. 그는 평소라면 절대 할 일이 없는 질문을 했다.

"그래, 데보아 봉인을 유지하느라 그분의 몸은 이미 엉망일세. 이제 어떻게 해도 살 방법이 없어. 봉인을 포기하면 행여 괜찮을지도 모르지만, 뜻을 바꾸실 가능성은 없다고 봐야겠지."

로보는 잠시 고개를 숙이고 바지를 꽉 쥐었으나, 곧 힘차게 고개를 들었다.

"내가 그 녀석을 데려올게!"

그건 마치 운명에 사로잡힌 듯한 어조였다.

정령 마을이 있는 '영현향'에 빼곡하게 자란 나무 사이로 늑대한 마리와 고양이 귀 소녀가 걸어갔다.

"너까지 올 필요가 있나?"

완전히 늑대의 모습이 된 로보가 옆에 있는 고양이 귀 소녀 켓을 올려다보며 물었다.

"너 말이야, 타이니 님의 딸은 인간 사이에서 생활하고 있어. 게다가 거기는 왕궁이야. 용건을 전달하려고 해도, 너 같은 늑대가 말을 걸면 엄청난 소란이 일걸."

켓이 한심하다는 어조로 대답했다.

"너라면 인간들이 무서워하지 않을 거란 말이야?"

"당연하지! 난 너와 달리 귀여우니까! 평소에는 사랑스러운 소녀, 그리고——."

의기양양하게 말하더니, 켓이 한 바퀴 빙글 회전했다. 그러자 소녀의 모습은 흔적도 없이 사라지고, 한 마리 새끼 고양이가 얌전하게 앉아 있었다.

"이렇게 하면 누구나 매료시키는 귀여운 몸으로 변모하거든! 한 마디로 귀여운 건 정의이자, 누구에게나 먹히는 보편적인 감성이란 뜻이야!"

다시 소녀의 모습으로 돌아온 켓이 가슴을 펴고 열의를 담아 말했다.

"어, 그래, 그래, 그렇구나. 아무튼 아까부터 이상한 냄새 나지 않아?"

"이상한 냄새?"

켓도 인상을 찌푸리고 코를 킁킁거리더니, 갑자기 적진에 발을 들인 듯 험악한 표정을 지었다.

"로보! 큰일이야! 이건 인간들의 '현몽향(玄夢香)'이야!"

켓이 중심을 낮추고 주위를 쭉 둘러보며 경계하기 시작했다.

"젠장! 일단 마을로 돌아갈까?"

"바보 개! 그런 짓을 하면 마을의 위치가 놈들에게 들켜 공격받을 거 아냐! 우리끼리 이곳을 돌파할 수밖에 없어!"

"바보 같은 소리 하지 마!"

로보도 불평하면서도 주위를 경계하며 달렸다.

현몽향은 인간들에게는 그저 냄새가 강렬한 향에 불과하지만, 동물계 종족에게는 술에 취한 듯한 증상을 불러일으킨다. 특히 동물에 가까운 외모를 지닐수록 효과가 강하여 환각까지 보기도 한다. 불운하게도 로보도, 켓도 동물에 가까운 외모로 변할 수 있는 정령이라 이 '현몽향'이 즉각적으로 효과를 내는 체질이었다.

"큰일이야, 눈이 침침해지기 시작했어."

"우는 소리 따위는 듣고 싶지 않아! 기합을 더 넣으란 말이야!"

그렇게 말한 것은 좋지만, 켓도 아까부터 시야가 어지럽게 일그러지며, 자꾸만 구토감이 일었다. 게다가 냄새가 점점 강해지고 있다.

"쳇! 완벽하게 포위당했어!"

혀를 차며, 로보가 강렬한 냄새가 나는 방향으로 으르렁거렸다.

"완전히 궁지에 몰렸네……."

켓도 휘청거리는 몸에 억지로 힘을 주어 싸울 자세를 취했다.

인간은 지극히 일부 예외를 제외하면 약하므로, 기본적으로 정령의 적이 아니다. 다만 그 숫자가 너무 많기 때문에 그 일부 예외의 수도 필연적으로 많아져서 열세에 놓인 것에 불과하다. 따라서 정정당당히 정면으로 싸우면 켓 쪽이 당연히 승리한다.

그러나 인간들이 정령을 상대로 정정당당히 승부를 내는 일은 없다. 이렇게 온갖 수단을 써서 그 능력 차이를 뒤집은 뒤에야 공격한다. 그 탓에 요즘은 일방적으로 사냥당하는 일이 많아지며, 결계가 있는 마을에서 몸을 숨기고 살기를 강요당하는 처지다. 본래 결계를 친 것은 타이니 님의 힘. 혹시 돌아가신다면 정령 마을은 곧바로 인간들에게 습격당하고 말 것이다. 아니, 그전에 최악의 악룡 데보아의 봉인이 풀려 아멜리아 왕국 자체가 멸망할 가능성도 크지만.

"온다!"

로보가 외침과 동시에 나무 사이에서 무장한 인간들이 차례로 모습을 드러냈다. 그들은 두 사람을 품평하듯이 바라보았다.

"좋아! 저 늑대는 차치하고, 이쪽 인간형 정령 여자는 성적 취향이 특이한 귀족들에게 비싸게 팔리겠어!"

대장 같은 거구의 대머리 남자가 입맛을 다지며 그런 불쾌한 말을 입에 담았다.

"하지만 괜찮겠습니까? 정령들은 모두 포박하라는 게 고용주의 지시였을 텐데?"

"바보냐, 너! 조금 빼돌린다고 해도 절대 몰라! 여긴 우리 외에는 아무도 없잖아! 이 두 마리는 우리가 가진다!"

대머리 남자가 선언했다.

"그럼 이 고양이 소녀, 제가 맛보아도 되겠습니까?! 팔기 전에 길들여야죠?"

콧김을 뿜으며 켓의 온몸을 훑어보는 자그마한 몸집의 뻐드렁니가 난 남자.

"바보 자식! 당연히 짐승의 훈련은 나부터 해야지!"

대머리 남자가 헤벌쭉한 얼굴로 켓에게 다가갔다.

"켓, 도망쳐!"

로보가 켓에게 외치며 대머리 남자에게 달려들었다. 그러나 본래 인간 따위는 눈으로 파악할 수조차 없는 로보의 움직임은 모기도 앉을 수 있을 만큼 느려졌다. 당연하게도 대머리 남자가 쉽게 피한 다음 로보를 걷어찬 탓에, 로보는 커다란 나무와 충돌하더니 완벽한 인간형이 되고 말았다.

로보는 평소 힘의 제어가 된 상태에는 전신 혹은 상반신이 늑대의 모습이지만, 이처럼 궁지에 몰리면 완전히 인간형이 된다. 이것은 로보 스스로 제어할 수 없는 형태의 변화이므로, 지금 로보가 반항할 힘을 완전히 잃었다는 증거이기도 하다.

"멍멍이 주제에 위대한 인간에게 덤비지 마!"

대머리 남자가 화를 내면서도 다시 켓에게 다가갔다.

"젠장!"

고양이로 변하여 도망치려고 하였으나, 쉽사리 실패했다. 켓도 로보와 마찬가지로 인간형 정령이다. 힘이 크게 제한된 상태로는 짐승 모습을 유지할 수 없다. 아마 현몽향 때문에 신체 기능 일부가 마비되고 만 모양이다.

"좋아. 그 겁에 질린 표정! 최고야!"

남자의 쾌락에 물든 얼굴에 강렬한 혐오감이 일어 무의식중에 뒷걸음질을 치려고 하였으나, 다리가 후들거려 힘이 들어가지 않아 바닥에 엉덩방아를 찧었다.

"오, 오지 마!"

거부하는 말을 외치며 필사적으로 뒤로 도망치려고 했다.

"싫은데. 당연히 가야지."

마치 켓의 공포를 즐기는 듯이 다가가는 대머리 남자.

"반항해도 되지만 소용없어. 어차피 구해줄 사람은 오지 않으니까."

남자가 막 켓에게 오른팔을 뻗으려고 한 때였다.

"그렇지도 않을걸."

젊은 남자가 나타나 켓을 안아 들었다. 고개를 들자 평범한 인간족 회색 머리 소년과 시선이 마주쳤다. 두 팔로 켓을 안은 그 소년의 눈은 어딘가 다정하고 자신감이 넘쳐서 켓은 본의 아니게 강한 안도감 같은 것을 느꼈다.

"안나, 이 애를 부탁해."

회색 머리 소년이 안나라 불린 소녀에게 켓을 건넸다.

"알겠어!"

환한 미소를 지으며 안나는 켓을 받아든 뒤, 살며시 바닥에 내려놓았다. 그리고 활기찬 목소리로 대답하더니, 소년을 향해 엄지손가락을 들었다.

"주인님, 파프도 이거 가져왔어요!"

어느새 회색 머리 소년의 곁에 나타난 금발의 어린 소녀가 자신의 몸보다 두 배 이상은 큰 로보를 오른손으로 가볍게 들고 있었다. 그 기이한 광경에 주변을 포위한 병사들 사이에 강한 당황과 긴장이 흘렀다.

"그래, 파프는 착한 아이구나."

그 외중에 소년은 금발 아이의 머리를 살며시 쓰다듬었다.

"우후후."

눈을 감고 흐뭇하게 웃는 아이.

"파프, 그 녀석들을 지켜줘."

"알겠습니다!"

아이는 오른손으로 로보를 든 채, 왼쪽 주먹을 하늘로 쳐들며 명랑하게 대답한다.

"자, 그럼."

회색 머리 소년이 오른손으로 자신의 목을 잡아 뚜둑 소리를 내며, 무장한 인간들을 바라보았다. 소년을 포위한 우락부락한 인간들은 약 열 몇 명. 모두 소년보다 체구가 두 배는 큰 근육질로, 언뜻 보아도 아수라장을 제법 거쳐왔다는 것을 알 수 있다. 어떻게 생각해도 소년에게는 승산이 없다. 그런데 소년으로부터는 지금도 포위한 인간들에 대한 두려움은커녕 경계심조차 조금도 느껴지지 않았다.

"흐음, 저 빨간 머리 여자, 제법 괜찮은데. 저기 금발 꼬마도 변태들에게 비싸게 팔릴 것 같고."

대장이라 불린 대머리 남자가 턱에 손을 대고 값을 매기듯이 안나를 보더니, 이어서 파프라 불린 금발 아이에게 시선을 옮기고 욕망에 가득 찬 말을 내뱉었다.

"그렇다는데 안나, 이 녀석들을 어떻게 하면 좋을까?"

악질적인 미소를 지으면서도 소년이 고개만 돌려 안나에게 물었다.

"즉시 사형!"

안나가 엄지손가락으로 목을 긋는 시늉을 했다.

"잘 들었지? 운이 없었네."

소년이 어깨를 으쓱한 직후, 대머리의 사지가 엉망으로 짓눌리며 바닥에 쓰러졌다.

"헉? 엥?"

대머리는 의아한 얼굴로 고깃덩어리가 된 자신의 사지를 바라보았으나, 갑자기 발생한 격렬한 고통에 찢어질 듯한 비명을 질렀다.

"시끄러워."

회색 머리 소년이 정색하며 대머리의 턱을 짓밟아 부쉈다.

"이야기를 들으려면 이 녀석만으로 충분한가."

지금도 포위하고 있는 무장한 인간들을 빙 둘러보며 그렇게 혼잣말을 한다. 그들을 보는 눈에 자비라고는 조금도 담겨 있지 않았다.

"힉!"

그 맹금류와 같은 날카로운 시선을 받은 인간 중 한 명이 작게 비명을 질렀다. 엄청난 공포와 긴장감이 분위기를 지배한 가운데 결국 버티지 못한 사람이 나타났다.

"주, 죽여라!"

"포위해서 다 같이 덤벼!"

마치 없는 용기를 쥐어 짜낸 것처럼 무장한 인간들 몇 명이 소리를 높여 외쳤다. 그것을 호령 삼아 각자 무기를 들고 일제히 소년에게 달려들었다. 소년은 허리에 찬 칼자루로 천천히 손을 뻗었다.

소년을 향해 무장한 인간들의 무기가 그야말로 코앞으로 다가온 순간, 사방팔방으로 번개가 쳤다. 그리고 무장한 인간들은 모두 조각조각 잘리더니 세포 하나 남지 않고 증발해버렸다.

켓은 저만한 숫자가 순식간에 사라졌다는 사실에, 여전히 뇌가 따라잡지 못했다.

"다, 당신들은?"

지금도 자욱이 낀 저주스러운 현몽향 때문에 이미 의식을 유지하는 것은 한계에 가까워졌다. 시야가 어지럽게 일그러지는 가운데 바짝 마른 목으로 켓이 겨우 물었다.

"우리는…… 그래, 이번 게임의 주최자라고나 할까."

회색 머리 소년의 그런 알 수 없는 대답과 함께 켓의 의식은 깊은 어둠 속으로 떨어졌다.

***

광산 도시—— 아키나시, 영주의 저택.

광산 도시 아키나시는 말 그대로 광산을 중심으로 한 소규모 도시로 이루어진 영지다. 과거에는 레어 메탈이 채굴되어 도시에 크게 활기가 넘쳤지만, 주력 광물이던 미스릴이 채굴되지 않게 된 것을 계기로 아키나시는 급속하게 쇠퇴했다. 현재는 도시의 과소화가 진행되어 소도시 정도의 규모가 되고 말았다.

광산 도시 아키나시의 경제적 부활, 이것이야말로 아키나시가 로제의 제안을 받아들일 유일한 열쇠다. 그렇게 생각하고 설득에 나섰다.

"로제 전하의 말씀은 진심으로 훌륭하고, 저도 이 아키나시 영지가 아니라면 한번 걸어보고 싶다, 그런 마음이 들었겠지요. 그러나 저는 이곳 아키나시의 영주입니다. 영지민을 그런 어떻게 될지 모르는 도박에 끌어들일 수는 없습니다."

당초 로제의 이야기 자체를 들을 마음조차 없지 않을까 짐작했으나, 올리버 경은 꽤 진지하게 로제의 이야기를 들어주었다. 그저 듣기만 하는 것이 아니라 로제도 생각이 미치지 못한 부분을 몇 번이나 물었을 정도다. 올리버 경도 크게 관심을 가진 것은 분명한데, 공부 모임이 끝나면 항상 같은 말로 로제의 제안을 거절했다.

"가능한 한 불안함이 없도록 계획을 다시 세우겠습니다. 그러니 모쪼록 다시 한번 검토하여 주십시오!"

며칠 동안 완전히 같은 말을 반복하며 머리를 깊숙이 숙였다.

"죄송합니다만, 저의 마음은 변함없습니다."

미안한 듯 올리버 경이 로제에게 거절하는 말을 하였다.

무거운 발걸음으로 로제는 주어진 방으로 돌아갔다.

"오늘도 틀렸어요."

방에서 쉬고 있던 잭과 아스타에게 오늘 결과를 보고하였다.

"그런가."

"그것도 당연하오."

매우 당연하다는 듯 담백한 반응만 돌아왔다.

"역시 제 제안이 매력적이지 않은 것일까요……."

어깨를 늘어뜨리며 내심 부끄럽게 여긴 생각을 토로했다.

"아니, 공주님은 잘하고 있어."

잭이 나무 컵에 포도주를 따르며 아무 위로도 되지 않는 말을 하였다.

"잘하는 것만으로는 안 된다고요! 실제로 설득하지 못하면 전혀 의미가 없어요!"

세상은 결국 결과가 전부다. 아무리 노력해도 그 과정 따위는 누구도 인정해주지 않는다. 지금까지 왕궁에서 생활하며 그것은 질릴 만큼 경험했다.

"로제, 그것은 교만하다는 것이오."

계속 읽던 책을 탁 덮고, 아스타가 논하듯이 지적했다.

"교만이라니 무슨 말이에요?!"

마치 아이에게 말하는 것 같은 아스타의 태도에 저절로 거친 반응이 나왔다.

"올리버에게는 지킬 것이 있소. 아마 거기엔 자신의 목숨을 걸더라도 해내고자 하는 강한 의지가 담겨 있겠지. 그런 자에게 고생도 모르는 여자가 다소 이상을 펼치더라도, 그 강인한 결의를 꺾을 수는 없을 것이오."

"나도 진지한 마음이고, 이 설득에 내 인생을 걸었어요!"

왕국에서도 중립적인 도시형 영주는 아키나시 정도밖에 없다. 아키나시의 획득에 실패하면 정당한 방법으로 영지민을 획득하기란 절망적으로 어렵다. 그리고 그것은 왕위 계승전에서 로제의 패배를 의미한다. 로제의 패배는 즉, 아멜리아 왕국 귀족들의 지배가 계속된다는 것을 의미한다. 지금도 세상은 빠르게 변화하고 있다. 아멜리아 왕국에서도 최고위 귀족이었던 에스타크 공작가가 마족과의 화평을 주장하다니, 얼마 전까지라면 질 나쁜 농담이라고 했을 것이다. 혹시 카이 하이네만이라는 괴물이 이 세상에 태어난 것이 세계 변모의 계기일지도 모른다. 그렇게 세상이 바뀌려고 하는 때에 만약 귀족의 지배가 이어진다면 가까운 미래에 아멜리아 왕국이라는 나라는 흔적도 남지 않고 사라질 것이다. 국력을 키우고, 위기에 대비해야 한다. 그때까지 무능의 대명사와 같은 귀족의 지배를 우선 끝내야만 한다. 그렇다, 이 왕위 계승전은 아멜리아 왕국의 미래를 결정하는 싸움이기 때문이다.

"본인은 자네가 진지하지 않다고 말하는 게 아니오. 다만, 어쨌든 지금 자네는 죽을 듯한 고난을 극복했다는 경험에서 오는 자신감도, 패자로서의 각오도 없다는 것이오. 그런 자네가 결과주의를 말하다니, 거만하다는 말 외에는 할 말이 없군."

"확실히 고난을 겪은 일은 적을지도 모릅니다. 하지만 패자의 각오쯤이라면 나에게도 있다고요!"

꼴사납게 목소리를 높여 외치고 말았다. 확실히 로제에게는 경험이 없다. 그러나 이 왕위 계승전에서 패배할 각오라면 되어 있다.

"패자의 각오쯤? 그 말이야말로 자네에게 각오가 없다는 증거요! 그 각오는 자네가 생각하는 것처럼 단순한 것이 결코 아니오!"

그렇게 강하게 말하는 아스타는 평소의 의욕 없는 모습과는 전혀 달라서, 무심코 입에 올리려고 한 반론을 삼키게 했다.

"그만하자. 아무튼 나도, 아스타 누님도 공주님의 노력은 인정해. 물론 사부도. 누님이 말하려는 건 이번에 공주님이 아키나시 영주를 설득하려는 건 결코 쓸데없는 일이 아니라는 거야."

로제와 아스타의 논쟁을 보다 못한 잭이 옆에서 중재에 나섰다.

"하지만 올리버 경을 설득할 수 있는 비전이 보이지 않습니다. 이대로는 수포로 돌아갈 가능성이 크다고요!"

지금 이러는 동안에도 왕위 계승전에 참가한 다른 후보자들은 차근차근 힘을 기르고 있다. 낭비할 시간이라고는 전혀 없다. 그렇기에 올리버 경을 설득하지 않으면 안 된다.

"애초에 그 부분이 공주님의 착각이라는 거야."

"착각?"

"그래, **공주님이** 올리버 아저씨를 설득해야만 한다고 믿는 거 말이야."

"뭐라고요? 내가 설득하지 못하면 이번 계획은 모두 수포로 돌아가는 것 아닙니까?"

　로제의 설득이 실패하면 이곳 아키나시는 이스트엔드로의 편입이 불가능해지는 것에 가까워진다. 그것은 카이가 세운 이번 계획이 실패할 것을 의미한다.

"바로 그거야. 이번 계획은 누가 세웠지?"

"그건…… 카이입니다만……."

　그제야 로제도 잭이 하려는 말을 이해했다.

"맞아. 이번 계획을 짠 사람은 사부야. 그 사부가 가능하지도 않은 일을 공주님에게 시킬까?"

"나의 올리버 경에 대한 설득은 계획의 실현 여부와는 상관이 없다. 그렇게 말하고 싶은 겁니까?"

　그렇다면 로제의 이 고뇌와 패배감도 모두 무의미한 촌극에 불과한 것이 된다.

"에이 설마. 저 사부는 그런 무의미한 짓은 절대 안 해. 공주님이 올리버 씨를 설득하는 것 자체에는 큰 의미가 있어."

"큰 의미……라고요?"

"그래, 그렇기에 사부는 공주님에게 이번 계획의 전모를 알려주지 않았겠지."

　로제는 잭이 하고 싶은 말을 그제야 깨달았다.

"한마디로 카이가 또 흉계를 꾸미고 있다. 그런 것이군요?"

　십중팔구, 올리버 경에게 로제의 구상을 전달하는 것 자체는 큰 의미가 있다. 아니, 카이에게 아주 중요한 의의를 지녔기에 로제가 진지하게 임하도록 하기 위해 계획에 대해서는 제대로 설명하지 않은 것이다. 그러나 올리버 경을 로제의 진영에 끌어들일 도구는 설득과는 전혀 다른 방법이다. 아스타는 단순히 로제의 행위가 무의미하지 않다는 취지로 말한 듯하다.

'카이의 비밀주의를 어떻게 좀 했으면 좋겠어요.'

로제는 속으로 불만을 터뜨리고, 강한 어조로 잭에게 따졌다.

"그렇다면 이제 그만 나에게도 카이의 계획에 대해 가르쳐주시죠?"

"미안하지만 나도 무엇 하나 들은 게 없어. 나는 그냥 공주님의 보디가드를 부탁받았을 뿐이야."

"본인도 마찬가지요. 아마 이번 마스터의 계획을 전부 파악한 자는 존재하지 않을 것이오."

두 사람 모두 당연하다는 듯 예상하지 못한 대답을 하였다.

"하지만 아스타, 당신이라면 카이의 계획을 예측 정도는 해둔 것 아닌가요?"

"설마! 마스터는 그 강함은 물론, 사고방식 자체가 이미 상식을 벗어나 있소. 예측 따위 가능할 리가 없지. 뭐, 그래도 본인이 한 가지 말할 수 있는 것이 있소."

"그것은?"

"어차피 이번에도 우리의 상상을 벗어날 법한 끔찍한 사태가 벌어진다는 것이오."

아스타가 어두운 미소를 지으며 강하게 단언했다. 카이의 사고방식이 이상하다라…… 확실히 그렇지 않으면 전설의 괴물인 토우테츠를 이용하려는 발상은 꿈에도 하지 않을 것이다.

마침 그때 누군가 손님방의 문을 두드렸다. 빨간 머리의 메이드 여성이 들어와 정중하게 인사하였다.

"식사를 가져왔습니다."

메이드가 세 사람이 있는 테이블까지 오더니 그릇을 놓기 시작했다.

그녀의 자기소개는 들었다. 최근 막 들어온 신입 메이드로, 이름은 제인. 마음씨 고운 친절한 여성이다. 올리버 경은 현재 생활이 어려운 사람들을 적극적으로 저택에서 일시적으로 고용하여, 그자에게 적합한 자리를 알선하고 있다. 따라서 이 저택에는 그녀와 같은 사람이 여럿 존재한다.

"수고했어. 매일 고마워."

"아니에요, 제 일이니까요."

수줍게 웃는 모습에 마음이 흐뭇해졌다.

"자, 공주님, 얼른 먹자."

잭이 포크를 들고 재촉했다.

"저는 이것으로 실례하겠습니다."

제인이 황급히 인사를 하고 방에서 나갔다. 음, 손님이 방에서 먹을 때는 자리를 비우고, 부르면 바로 응답한다. 그것은 이곳 아멜리아 왕국의 전형적인 예의 작법이다. 막 들어온 참인데 대단하다. 학습이 빠른 것일지도 모른다. 그렇게 생각하면서 자리에 앉자, 잭이 험악한 얼굴로 아스타에게 시선을 보냈고 아스타는 살짝 고개를 끄덕였다.

잭은 자리에서 일어나 요리가 든 그릇을 들어 창밖으로 내던졌다.

"잭, 뭐 하는 거예요?!"

"됐으니까 보기나 해."

잠시 뒤 나무에 앉아 있던 작은 새 몇 마리가 그것들을 쪼아먹더니, 몇 입 먹기만 했을 뿐인데 옆으로 쓰러져 움직이지 않게 되었다.

"어?"

사태를 이해하지 못하여 놀란 소리가 나왔다.

"이 요리엔, 자네들 인간이 먹으면 아침까지 숙면을 취할 정도의 수면제가 들어 있소. 물론 본인은 이 정도 약 따위는 효과가 전혀 없지만."

아스타의 비아냥거리는 말이 묘하게 멀리서 느껴졌다. 그리고 바로 얼마 전에도 느꼈던 핏기가 가시는 감각. 아무래도 로제는 또 제거당할 위기에 처한 모양이다. 게다가 이번에는 성심성의껏 자신의 영지민으로 끌어들이기 위해 설득하는 상대에게. 그 사실이 상상 이상으로 로제의 마음을 아프게 했다.

"올리버 경의 지시라고 생각하십니까?"

나락으로 떨어진 듯한 실망감 때문에 당장이라도 고개를 숙이고 싶은 마음을 애써 참으며 두 사람에게 물었다.

"아니, 그 아저씨는 사부와 달리 뼛속까지 착한 사람이야. 이런 짓은 안 해. 게다가 이런 짓을 하면 일단 틀림없이 이 광산 도시는 소멸하고 말아. 그 아저씨에겐 공주님에게 위해를 끼칠 정도의 이득이 없어."

잭이 굉장히 자신만만하게 말한 덕분에 차갑게 식은 마음에 불이 들어왔다. 패닉에 빠졌던 머리가 점차 평소대로 돌아가기 시작했다. 그렇다. 백번 양보해서 올리버 경이 로제를 함정에 빠뜨리려고 하더라도, 그것은 로제가 이 땅에서 떠났을 때 실행할 터였다.

"이것도 카이의 계획에 포함된 것. 그런 말인가요?"

"구체적으로 알았다면 사부가 한마디쯤 했을 테니, 분명히 막연한 위험성이었을 거야. 그러니 감정 능력을 쓸 수 있는 아스타 누님이 공주님의 호위로 붙었겠지."

그렇다면 지금 이곳에 카이가 없는 것이 더욱 부자연스럽다. 이제 확신이 들었다. 이것은 로제가 올리버 경을 설득하면 되는 단순한 이야기가 아니다.

"크큭! 움직이기 시작한 이상, 마스터는 멈추지 않을 테고, 돌아보지도 않을 것이오! 각오하시오. 이대로 사태는 더 막무가내로 최악으로 향할 것임을. 그 사실을!"

아스타가 두 팔을 벌리고 하늘을 향해 악취미적으로 깔깔 웃으며 자신만만하게 말했다.

잭도 같은 의견인 모양이다. 아스타의 말에 이의를 제기하지 않는다.

"이미 메이드가 수면제를 탔다고요! 더 심한 사태라니 대체 무슨 일이 일어난다는 거예요!"

외치는 로제를 향해 잭이 집게손가락을 대고 입을 다물라는 몸짓을 취했다.

로제는 서둘러 입을 다물었다.

"어떡할래? 이대로 잠든 척이라도 할까? 그러면 이 계략을 짠 멍청이가 어슬렁어슬렁 나타날 텐데?"

잭이 작은 목소리로 속삭였다.

"아니요, 우리 외에 다른 사람에게도 수면제를 탔을 거라는 확신이 없습니다. 혹시 독이라도 탔다면 대참사가 벌어져요. 당장 저택 사람들에게 알리고 주의시켜야 합니다."

잭이 입꼬리를 올렸다.

"공주님이라면 그렇게 말할 줄 알았어."

들뜬 듯이 천진난만한 목소리로 그렇게 말했다.

마침 식사 전이었던 올리버 경에게 일의 경위를 전달하고, 아스타가 감정 능력으로 조사한 결과 먹으려던 요리에 효력이 늦게 나타나는 독이 들어 있었다.

"죄송합니다만, 좀처럼 믿을 수 없군요."

당황하여 인상을 찡그린 올리버 경의 모습에서 전혀 믿지 않는 것이 느껴졌다. 오히려 이 타이밍에 로제가 증거도 없이 이런 무례한 말을 꺼낸 것에 분노마저 느끼는 듯했다.

"허, 헛소리하지 마!! 우리가 은혜를 입은 어르신께 독을 넣었단 말이야?!"

"맞아! 그런 짓을 할 리가 없잖아!!"

머리를 짧게 깎은 요리사 복장의 중년 남성이 무서운 기세로 외치자, 다른 요리사들도 차례로 입을 모아 비난하는 말을 퍼부

어댔다.

이곳 저택의 사용인들은 모두 사연이 있어서 다른 도시에서 쫓겨나 이 도시로 흘러들어왔다. 예외 없이 고용해준 올리버 경을 존경하고 있다. 그렇기에 은인을 죽이려고 했다는 의심을 받는 것만은 절대로 용납할 수 없을 것이다.

아무튼 올리버 경을 비롯하여 이쪽의 말을 냉정하게 들어줄 분위기가 아니다. 어떻게 행동해야 할까. 구체적인 증거는 아무것도 없고, 무엇보다 로제 일행도 짐작 가는 범인이 없다. 생각에 잠긴 사이, 아스타가 조금 꺼림칙한 미소를 지은 채 한 걸음 앞으로 나섰다. 지금 아스타로부터는 맹렬하게 불길한 예감밖에 들지 않는다.

"그럼 독이 들지 않았다고 자신하는 자가 그 그릇에 든 요리를 먹어보시오."

"아스타, 기다리세요! 정말 그러기라도 하면——."

제지하려는 로제를 잭이 오른팔로 제지하며 고개를 가로저었다. 아스타에게 맡기라는 뜻일 것이다. 카이는 죄인에게는 전혀 관용을 베풀지 않지만, 성실하게 사는 사람에게는 비교적 관대하다. 그리고 아스타는 평소에 무기력하고 의욕이 없지만, 카이에게는 충실하다. 그 점에서 이 저택의 자들에게 독을 먹여 죽이려고 한다면, 적어도 카이가 좋은 표정을 짓지 않을 터. 그렇다면 아스타에게 이 자들을 정말 죽이려는 마음은 없을 것이다.

"로제 전하, 죄송합니다만 그들은 저의 소중한 가족입니다. 저는 가족을 의심하지 않아요."

올리버가 의연한 태도로 아스타의 제안을 거절했다.

"자네의 신뢰는 대단하군. 그러나 만약 그 요리에 독이 들어 있어서, 자네가 죽으면 어떻게 될까? 저기 요리사들은 모두 극형에 처해지지 않을까?"

아스타는 천천히 테이블 앞으로 다가가 요리가 담긴 그릇을 들어 오른손 집게손가락으로 빙글빙글 돌리며, 곁눈질로 잭에게 의견을 구했다.

"먼저 이곳 아멜리아 왕국에서는 중죄에 해당하지. 아마 의심스러운 자는 모두 처분될 거야. 게다가 귀족을 살해하는 것은 더욱 큰 죄에 해당돼. 가족까지 모두 벌을 받겠지."

가족까지 모두 처벌을 받는다는 잭의 말에 사용인들이 동요했다. 그것도 그렇다. 혹시 저택의 사람 중 하나라도 배신자가 있다면, 그 가족을 포함하여 모두 극형에 처할 것이기 때문이다.

"본인, 아스타로스가 선언하겠소. 이 오른손에 든 요리에는 지효성 맹독이 들어 있소."

아스타는 술렁거리는 실내를 활보하며 모두에게 선언했다.

"이 요리에는 아무런 독도 들지 않았다. 그것이 자네들의 주장이오. 이곳에 있는 자네들이 그릇에 든 요리를 먹고, 자신의 결백을 증명하시오. 자네들 중 누구도 죽지 않으면 우리의 주장이 잘못된 것이 증명되오. 반면에 자네들 중 배신자가 있다면 자네들은 죽지만, 최소한 자네들의 가족은 죽을죄까지는 뒤집어쓰지 않아도 되겠지. 자, 자네들에게 최선의 선택이 아니오?"

아스타의 감언에 사용인들이 모두 불안한 듯 얼굴을 마주 보았다.

"서로를 의심하게 만드는 짓은 그만둬! 나의 사용인 중 독을 넣을 법한 비겁한 자는 없어!"

올리버 경이 새빨간 얼굴로 분연히 일어나 화를 냈다.

"어르신, 우리는 괜찮아. 한마디로 우리가 무죄를 증명하면 되니까."

머리가 짧은 요리사가 화난 얼굴로 아스타에게 다가가 그릇에 담긴 고기 요리를 포크로 난폭하게 찔러 입에 넣었다.

"봐, 난 무죄지?"

"그래, 자네는 독을 타지 않았소."

방에 안도하는 분위기가 퍼지는 가운데 아스타는 더욱 짙은 미소를 짓고, 크게 고개를 끄덕이며 그렇게 단언했다.

"흥!"

짧은 머리 요리사의 옆에서 긴 머리 요리사 청년도 코웃음을 치더니 망설이지 않고 먹었다. 그 뒤로 자신의 긍지를 증명하듯이 사용인들이 차례로 요리를 먹었다. 그 와중에 한 사람만 이상한 행동을 취하는 자가 있었다. 빨간 머리의 메이드 여성 제인이다. 그녀는 숟가락으로 요리를 떴으나, 그 상태로 굳어 있었다.

"왜 그러시오? 제~인~양, 먹지 않는 것이오?"

아스타가 악질적이기 짝이 없는 미소를 짓고 가까이서 그 얼굴을 들여다보며 물었다.

"그, 그런 건 먹어도 독이 든 것을 증명하지 못합니다! 당주님, 다시 생각해주세요!"

폭포처럼 땀을 흘리며 새파랗게 질린 것을 넘어 흙빛이 된 제인의 모습에 실내가 술렁거렸다.

"역시 나는 반대야. 이런 가족을 의심하는 듯한 행위는——."

올리버 경이 다시 결정을 번복하려고 했다.

"그건 아니지. 어르신, 여기엔 우리의 신용과 긍지가 걸려 있어. 확실히 해야만 해!"

"맞습니다! 제인, 어서 먹어. 나도 너 다음에 반드시 먹을 테니까!"

짧은 머리 요리사의 말에 정원사 남성도 먹도록 재촉했다. 그런데 제인은 꿈쩍도 하지 않았다.

"어, 어르신!"

제인이 비명처럼 애원하며 올리버 경에게 매달렸다.

"미안해, 제인. 모두 동의한 일이야. 너에게 죄가 없다는 게 증명되면 정식으로 사과할게."

거절당하고 말았다.

"큭!!"

제인은 숟가락을 든 손을 잠시 덜덜 떨더니, 곧이어 메이드라고는 생각할 수 없는 몸놀림으로 백 스텝을 밟아 문 앞까지 이동했다.

"본인에게서 도망칠 수 있을 것이라 생각하오? 그건 너무 오만한 것 아닌가."

아스타가 등 뒤에서 가볍게 목덜미를 잡아 들어 올렸다. 입을

떡 벌린 올리버 경을 힐끗 보며, 아스타는 천천히 손에 힘을 주었다.

"윽!"

"자, 왜 도망쳤는지 이유를 듣고 싶소. 혹시 이 요리를 싫어하기라도 하시오?"

"마, 맞아! 난 그걸 싫어해! 그런 잔반만도 못한 걸 어떻게 먹으라는 거야!"

필사적인 얼굴로 빠르게 외치는 제인의 말에 불처럼 화난 표정을 짓는 요리사들.

아스타의 입꼬리가 인간에게는 불가능할 만큼 올라가더니, 제인을 의자에 앉혔다.

"편식하면 안 되지. 하지만 본인도 싫어하는 것은 있소. 그러니 기회를 주겠소."

"뭐, 뭐야, 그 맛 없는 요리만 아니면 뭐든지 먹겠어!"

기회라는 말에 한 줄기 희망의 빛을 발견한 듯 환하게 밝은 표정을 지었으나, 아스타가 어디서 꺼냈는지 모를 오른손에 든 것을 보고 완전히 굳어버렸다.

아스타의 오른손에 든 접시에는 반구 형태의 투명한 용기가 놓여 있었는데 그 속에 생리적으로 혐오감을 불러일으키는 무수한 작은 생물이 꿈틀거리고 있었다.

"본인은 어느 쪽이든 상관없소. 그들의 요리를 먹든가, 아니면 본인이 특별히 준비한 스페셜 메뉴를 먹든가. 자, 고르시오."

제인은 온몸을 잘게 부들부들 떨면서도,

"둘 다──."

부정하는 말을 꺼내려고 하였다.

"흠, 둘 다 먹고 싶단 말이오?"

아스타는 흉악한 얼굴로 그녀가 가장 바라지 않는 말을 하였다.

"아, 아니──."

제인은 울먹이며 필사적으로 고개를 저었다.

"안타깝게도 그건 안 되오. 먹어도 되는 것은 한 가지뿐. 자, 선택하시오."

최후 통보를 하였다.

지효성 독이 든 요리와 꿈틀거리는 구더기 같은 정체불명의 생물. 이만큼 끔찍한 양자택일이 없다. 그야말로 이것은 악마의 선택이다.

"거, 거절하겠어!"

"이것은 거절이 인정되지 않는 선택이오. 따라서 이 모래시계의 모래가 떨어질 때까지 선택하지 않으면, 여기서 본인이 자네의 목을 쓱 베어내겠소."

아스타가 주머니에서 모래시계를 꺼내 테이블 위에 놓았다. 악취미에도 한도란 것이 있다. 그리고 이런 아스타가 무서운 사태라고까지 단언한 카이의 계획이란 대체…….

"시, 싫어……."

눈물과 콧물을 쏟으며 제인이 애원했다.

"세상은 자네가 생각하는 만큼 무르지 않소. 뺏으면, 빼앗기는 법이지. 그것이 당연한 이치. 자네는 뺏으려고 했소. 그러니 빼앗기는 거야. 이해하셨으려나?"

입꼬리를 귀까지 올리고 더는 인간이라고는 생각할 수 없는 형상으로 아스타가 그렇게 단언했다. 안구가 사방으로 흔들리는 가운데, 제인이 떨리는 손으로 벌레가 든 그릇을 가리켰다.

"축하하오! 이것으로 자네는 생을 얻었소!"

아스타가 손가락을 딱 튕기자, 얼굴을 새까만 두건으로 감싼 두 명의 남녀가 연기처럼 모습을 드러냈다. 남자는 어두운 색의 이국의 옷을 입었고, 여자는 검은색 가슴 보호대에 짧은 치마를 입고 그 위로 코트 같은 것을 입었다. 여자가 아직도 엉엉 울며 반항하는 제인의 몸을 누르고, 남자가 그녀의 턱을 잡고는 그 끔찍한 생물을 아무렇게나 집었다.

"이러지 마————!!"

제인의 짐승 같은 절규가 저택 안에 울려 퍼지며, 몸의 털이 쭈뼛 서는 식사가 시작되었다.

너무 끔찍하여 토하는 사람이 반, 나머지 반은 새파랗게 질린 얼굴로 그 몸을 덜덜 떨고 있다. 메이드를 비롯한 여성 몇 명은 완전히 정신을 잃고 말았다. 로제 역시 아까부터 다리가 후들거리고 있다. 눈썹 하나 까딱하지 않는 사람은 이 방에서 잭밖에 없을 것이다. 아무튼 그녀가 올리버 경을 죽이려고 한 것은 틀림없다.

"저기? 아스타 누님, 그 요리의 해독제는?"

어쩐지 지친 얼굴로 잭이 물었다.

"독 따위는 처음부터 들어 있지 않았소."

묘하게 후련한 얼굴로 아스타가 즉시 대답했다.

"들어 있지 않다고?"

"음. 저 여자가 독을 넣은 요리는 이쪽이오."

갑자기 아스타의 왼손에 요리가 담긴 그릇이 나타났다.

"뭐? 그럼 방금 먹은 건?"

"이거 말인가?"

아스타가 독이 들었다고 주장했던 오른손에 든 그릇을 테이블 위에 올리고, 오른쪽 손바닥을 위로 향했다. 그 순간 새로운 그릇과 요리가 오른손에 생겼다. 잠시 잭은 그 놀라운 현상에 입을 뻐끔거렸다.

"누님 정말, 진정한 악마구나."

잭이 목구멍으로 그 말을 간신히 쥐어 짜냈다.

"음, 그렇소."

아스타가 잭의 말을 가볍게 넘기던 그때——.

"끝났어! 너희는 끝장이야!! 이미 이 도시는 5백 명 이상의 사혈 멤버가 포위하고 있어! 이제 벌레 한 마리 도망칠 수 없다고!!"

얼굴 반의 근육을 움찔움찔 경련하며, 눈물과 콧물로 엉망이 된 얼굴로 날카롭게 외치는 제인.

"사, 사혈?! 넌 사혈과 한통속이었나?!"

올리버 경이 안색을 바꾸고 제인에게 물었다.

"그래! 나는 사혈의 척후! 내 신호가 없으면, 이 도시를 공격하게 되어 있어! 물론 모두 죽일 계획이야!"

제인의 외침에 올리버 경의 온몸에서 힘이 빠지며, 절망으로 물든 얼굴을 푹 숙였다.

"최악이야……."

그는 그렇게 신음하며, 바닥에 철퍼덕 주저앉아 머리를 싸맸다.

"올리버 경, 그들을 아십니까?"

"네, 사혈은 아멜리아 왕국의 범죄조직 중에서도 열 손가락 안에 드는 무투파 마피아 중 하나입니다."

"승산은?"

"아시는 바와 같이 우리 아키나시는 광산 도시입니다. 헌터도 그리 많지 않습니다. 물론 일반 주민은 무기를 한 번도 손에 들어본 적도 없는 사람들뿐이고요. 사혈이 5백 명이나 몰려와 공격하면 도저히 버텨낼 수 없습니다."

올리버 경의 말에 실내는 금세 큰 혼란에 빠졌다.

"우, 우리는 어떻게 되는 거야?!"

"나도 몰라!"

평소 냉정 침착한 올리버 경이 이만큼 동요한 걸 보게 되면, 불안해지는 것이 당연하다.

그나저나 큰일이다. 이대로 손을 놓고 있으면 돌이킬 수 없게 된다. 지금은 당장이라도 행동해야 할 때다.

"꼴 좋다! 너희는 모두 파멸할 거야!!"

사람들이 당황한 모습을 보며 제인이 온 얼굴에 주름이 지도록 크게 웃었다. 잭은 어깨를 으쓱하고 불쌍하다는 표정으로 지금도 웃고 있는 제인을 내려다보았다.

"정말 운이 없네. 아주 운이 없어."

반복해서 무언가를 체념한 듯이 중얼거렸다.

"이제 와서 한탄해도 늦었어! 남녀노소 가리지 않고 모두 죽을──."

의기양양한 제인의 승리 선언이 이어지는 와중에 식당 문이 벌컥 열리며 위병으로 보이는 갑옷을 입은 남자가 허겁지겁 들어왔다.

"도, 도, 도시 밖에──."

남자는 손가락으로 가리키며 필사적으로 말을 이으려고 하지만, 제대로 하지 못하고 뻐끔뻐끔 움직이기만 했다.

"올리버 경!"

로제 본인도 놀랄 만큼 커다란 목소리에 올리버 경은 퍼뜩 정신을 차리고 방에 있는 사용인들을 둘러보았다. 그리고 양손으로 자신의 볼을 때리더니 벌떡 일어나 오른팔을 들었다.

"괜찮아! 이런 때를 위해 인근 라무르와는 긴급 조항을 맺어두었어. 현재 상황을 전하면, 라무르에서 검성님을 중심으로 한 팀이 달려와 줄 거야! 그때까지 버티면 우리의 승리야!"

올리버 경은 마치 자신을 분발시키려는 듯 크게 외쳤다.

그렇다. 로제가 아키나시를 후보로 올린 이유는 이곳이 이스트엔드와 가깝다는 지리적 요인도 크다. 그리고 아키나시는 이스트엔드와 라무르의 딱 중간 지대에 위치한다. 즉, 이곳 아키나시를 로제가 획득하면 라무르와의 교역도 가능해지므로, 큰 이점이 생긴다는 뜻이다. 그렇기에 여기서 절대 아키나시를 잃어서는 안 된다.

로제가 입을 열었다.

"올리버 경에게 동의해요. 하지만 라무르보다 카이가 있는 이스트엔드의 '심마의 숲'이 좀 더 가깝죠. 우리가 다 같이 시간을 벌며 카이에게 도움을 요청하는 편이 훨씬 확실한 방법이라고 생각해요."

이곳 아키나시라면 라무르보다 심마의 숲이 약간 더 일찍 도착할 수 있다. 또한 카이는 피닉스라는 거대하고 놀라운 새를 부하로 두고 있다. 피닉스라면 심마의 숲에서 아키나시까지 거의 순식간에 도착할 수 있다. 즉, 사실상 심마의 숲에 도착하기만 하면 로제 쪽의 승리라는 뜻이다.

물론 그때까지 아키나시를 방어해야 하지만, 잭과 아스타가 있으면 어떻게든 될 것이라 생각한다. 경력만 보아도 잭은 상당히 강하다. 카이가 없으면, 왕족의 로열 가드 후보 중 필두일 것이다. 아스타 역시 자신이 방금 몸놀림을 전혀 인식하지 못한 것으로 보아 강하니, 카이가 도착할 때까지 버티는 것은 가능할 것이다.

"전하의 로열 가드는 왕국에서도 유명한 도적 5백 명을 괴멸시킬 정도로 강합니까?"

로제의 안색을 살피며 올리버 경이 물었다. 무능한 기프트를 지닌 소년 카이 하이네만이 로제의 로열 가드라는 사실은 유명하다. 따라서 올리버 경은 로제의 이 발언을 믿을 수 없을 것이다.

"네, 폐하의 로열 가드, 아르놀트 기사장이 자신보다 압도적으로 강하다고 말할 정도로는."

"…………."

조용해지는 실내. 왕국 기사장 아르놀트라고 하면, 전 세계적으로 이름을 떨친 아멜리아 왕국 제일의 검호다. 그를 뛰어넘은 검사라니 상상도 되지 않는다. 그것이 이 자리에 있는 모두의 일치된 의견일 것이다.

"누가 오든 틀렸습니다……."

보고하러 온 위병이 두 무릎을 바닥에 대고 고개를 숙이며 나직하게 중얼거렸다. 모든 것을 포기한 듯한 태도에 올리버 경이 다가가 그의 양어깨를 잡았다.

"틀렸다니 무슨 소린가?"

조용히 그 발언의 의도를 물었다.

"이길 수 없어! 도움을 요청하러 간다고?! 그건 불가능해!! 수천 명이나 되는 도적 떼가 우리 아키나시를 포위하고 있단 말입니다!! 어떻게 그걸 돌파한단 겁니까?!"

수천 명이나 되는 도적 떼? 사혈의 수는 5백일 터. 이 타이밍이라면, 이것은 틀림없이——.

"설마 지금 도시를 포위한 수천 명의 도적은?!"

"그래, 아마도. 이것으로 사부의 계획이란 걸 대체로 파악했어. 저 도적 떼란 놈들도 평범한 놈들은 아니겠지. 뭔가 특징이 없었나? 뭐든지 좋아."

위병이 떨면서 오른손 집게손가락을 관자놀이에 댔다가, 더듬거리는 어조로 간신히 말했다.

"……분명히 그들 중 한 사람이 항아리와 용 문장이 들어간 깃발을 들고 있었어."

"항아리와 용…… 문장?"

항아리 안에서 용이 나오는 이미지인가? 그 문장은 전에 왕도에서 들은 적이 있다. 아마…….

"하하! 크하하! 당했군! 십중팔구, 타오 가문이야!"

잭이 얼굴에 오른쪽 손바닥을 대고 광기에 찬 기쁨이 담긴 표정으로 웃음을 터뜨렸다. 그리고 잭이 마지막으로 꺼낸 단어는 로제의 뇌에서 급속도로 문관에게 들은 정보를 이끌어냈다.

타오 가문—— 동쪽 대국 부토에 자리한 어둠의 거대 신디케이트. 엄격한 입회 시험을 보며, 그 멤버 하나하나가 일기당천의 실력을 지녔다고 한다. 사혈 같은 중견 조직과는 격 자체가 다른 어둠의 세계에 군림하는 왕 중 하나다.

"서, 설마, 이번 계획을 위해 이 땅에 타오 가문을 불러들였다고요?! 농담이죠?! 그런 건 절대 제정신으로 할 짓이 아니에요!"

타오 가문은 부정할 수 없는 뒷세계의 왕이다. 고작 영주 하나를 스카우트하기 위한 설득의 도구로 쓴다니 도저히 이해가 되지 않는다.

"이제 와서 왜 그래, 공주님."

"그렇소. 마스터는 희대의 기인이자 미치광이요."

아스타가 보란 듯이 단언했다.

"그럴 수가?! 왜 천하의 타오 가문이 이런 불면 날아갈 지경인 변경의 영지를 습격하는데?!"

제인이 절규했다. 잭이 질린 얼굴로 오른손 새끼손가락으로 귀를 후볐다.

"그러니까 운이 안 좋다고 했잖아? 너희는 괴물이 쓴 시나리오 속에서 불쌍하게 춤추는 일회용 광대로 등장하게 된 거야. 절망적일 만큼 운이 너무 없었단 말이지."

잭이 다시 동정심마저 함유된 시선으로 내려다보았다.

"음. 동감이오. 이번에 자네들을 이 땅에 보낸 인물은 본인이 감복할 만큼 사악하오. 대체로 자네들은 모두 우스꽝스러운 마리오네트로써 뼈까지 먹히고, 비참하게 그리고 잔혹하게 죽을 것이오."

가녀린 허리에 손을 대고 몸을 숙여 제인을 내려다보며 입꼬리를 올린 아스타. 그 모습은 옛날이야기에 나오는 마족들이 숭배하는 악마와 같아 솔직히 오싹했다.

"…………."

제인은 눈을 부릅뜨고 아스타를 응시하였으나, 결국 두 팔로 자신을 끌어안으며 소리 죽여 울기 시작했다. 너무 일이 커지는 바람에 비현실적인 이야기를 따라잡지 못한 탓인가 올리버 경과 그의 사용인들은 조용히 일의 경과를 지켜볼 뿐이다.

"그렇다면 우리의 역할은 이미 끝났어. 괴물이 쓴 이야기를 구경이나 하자고."

잭의 이 말을 시작으로 괴물의 계획이 시작을 맞이했다.

***

──아키나시 남부의 성문 앞 황야.

"정말 이런 장소에서 특급 클래스 마도서의 거래가 이루어진 다고?"

반신반의하는 모양이다. 검은색 만두 머리에 갈색 피부의 소녀, 링링 라팡이 인상을 쓰며 등 뒤에 무릎을 꿇은 검은 옷을 입은 사람에게 물었다.

"암시장에 흘러들어온 마도서는 모두 특급 클래스의 진품임을 확인했습니다. 그리고 아멜리아 왕국의 제1왕녀 로제마리 로트 아멜리아가 이 도시에 체류하고 있는 것, 나아가 세계 최대의 마도 결사 '로스트 포레스트', 무섭기로 소문난 암살 결사 '아케가라스'가 아키나시 주변에 집결하고 있는 것을 확인하였습니다."

검은 옷을 입은 사람이 내용을 하나하나 확인하듯이 대답했다.

"어둠의 삼대 세력이 모두 모였단 말이네. 이걸로 진실성이 거의 담보되었어."

어둠의 삼대 조직이 혈안이 되어 원하는 마도서인가. 이것은 단순한 마도서 쟁탈전이 아니다. 이후 뒷세계의 왕을 정하는 싸움이라고 해도 과언이 아니다.

"어떻게 하시겠습니까?"

"어떡하냐고? 그야 당연하지. 죽여. 우리 타오 가문에 거스르는 것은 풀 한 포기 남기지 말고 없애버려!"

링링의 호령이 아키나시 남부 황야에 울려 퍼지자, 검은 옷을 입은 집단이 조용히 움직이기 시작했다.

——아키나시, 북쪽 산악 지대.

주위로 절규가 메아리쳤다. 의자에 묶인 뱀 문신을 한 조직원. 그 조직원의 전신에 박힌 무수한 철제봉.

"왕국의 일개 백작 밑에 있는 잔챙이 따위가 우리 삼대 세력의 싸움에 끼려고 할 줄이야."

금발에 부드러운 인상의 남자—— 오보로가 이미 숨이 끊어지기 직전인 사혈의 조직원에게 흥분된 목소리로 말을 걸었다. 오보로는 태양과 까마귀 문신을 오른쪽 볼에 새기고, 헐렁한 빨간색 옷과 이세계인이 개발한 작은 둥근 테 안경을 쓰고 있었다.

"그, 그냥…… 죽여줘……."

"뭐? 그건 당연히 안 되지."

죽음을 바라는 사혈의 남자에게, 악의가 가득 담긴 대답이 돌아갔다.

"두목, 전원 배치가 완료되었습니다."

오보로와 같이 피처럼 새빨갛고 헐렁한 옷을 입은 측근 남자가 살육을 시작할 준비가 완료된 것을 전했다.

"자, 잘 봐라, 지금부터 시작되는 뒷세계의 진정한 왕을 정하는 왕위 결정전. 승리하는 것은 하나뿐. 이기는 건 누구?!"

오보로가 오른손을 오른쪽 귀에 대고 외쳤다.

"바로 우리 아케가라스!!"

모든 사람이 발을 구르며 목소리를 높여 대답했다. 오보로는 만족스럽게 몇 번이나 고개를 끄덕이고 이야기를 계속했다.

"우리는 왕이야. 왕은 자비롭지 않으면 안 돼. 저항하는 민간인만 단칼에 죽여라!"

"오오!!"

"그럼 우리 동업자는 어떡할까?"

역시 귀에 손을 대고 묻는 오보로.

"고통스러운 죽음을!!"

목이 찢어지도록 크게 외치는 헐렁한 옷을 입은 남녀.

"맞아, 동업자는 배려할 거 없다. 여자든 뭐든 한 마리도 남기지 말고 죽여라!!"

밤하늘을 향해 포효하며, 헐렁한 옷을 입은 집단이 아키나시를 향해 진군했다.

──아키나시, 동쪽 삼림지대.

숲에서 도시의 상황을 살피는 녹색 로브에 고깔모자를 쓴 집단.

그 중심에 있는 열둘, 열셋쯤 된 외모의 소녀. 그녀가 바로 세계 최대의 마도 결사 '로스트 포레스트'의 수괴── 앨리스 렌렌 로렐라이다. 옛 로렐라이의 왕족이지만, 마도를 추구하느라 최대의 금기라 여겨지는 불로불사의 술에 손을 뻗는 바람에 조국에서 쫓겨난 이색 마도사다.

"어둠 계열의 최상위 마도서. 고문서급의 전설적인 어둠 마법이야."

참고 참아도 자꾸만 목소리에 기쁨이 담겼다.

빛 마법과 어둠 마법. 어느 쪽이든 신화의 영역에 속한 마법이라 불리는 것으로, 마도사에게는 지고의 영역에 있는 마법이다. 심지어 그중에서도 최상위 어둠 마법이니, 그 마법의 취득은 말하자면 마도사의 도달점이라고 해도 좋다.

"아케가라스와 타오 가문도 이번 쟁탈전에 참여한 모양입니다."

"이 싸움만은 절대 질 수 없어. 어떤 수단을 써서라도 마도서를 확보해!"

"네!"

녹색 로브를 입은 집단이 일제히 경례하고 아키나시의 내부로 차례차례 침입했다.

이렇게 괴물이 그린 악몽의 막이 천천히 올라갔다.

***

정령 마을로 향하는 마차 안.

"왜 내가 정령들의 왕과 만나지 않으면 안 되는 겐가?"

페리스는 지금 가슴에 휘몰아치는 의문을 마차에 동승한 갈색 머리를 얌전히 내린 자그마한 청년에게 던졌다. 그는 D 시트. 카이의 부하가 깊이 관여한 '카르텔'에 있는 기리 직업알선상회의 직원으로, 페리스를 정령 마을로 안내하라는 지시를 받았다고 한다.

"그건 저에게 물어도 모릅니다."

"카이에게 아무것도 듣지 못했나?"

"네, 저는 그저 지배인에게 당신을 정령 마을로 데려가라는 명령을 받았을 뿐, 그 외에는 아무 말도 듣지 못했습니다."

D는 평소처럼 읽던 책에서 시선조차 들지 않고 무뚝뚝하게 사무적인 대답을 했다.

처음에는 카이가 페리스와 동행하기로 되어 있었다. 그런데 갑자기 '왕도에서 갑작스러운 일이 생겼다'며 카이에게 일방적으로 혼자 정령 마을로 가라는 지시를 받았다. 그래도 어린 시절부터 교육 및 시중을 맡은 루카스가 함께 올 것이라 생각했는데, 그 루카스도 왕도에서 카이의 일에 참여한다며 동행하지 못한다고 한다. 결국 기리 상회의 D라는 이름의 이 눈에 띄지 않는 청년 한 사람이 동행하게 되었다.

"정령 마을로 향하는데 왜 정작 보호한 정령들이 없는 겐가?!"

페리스가 받은 것은 정령왕에게 보내는 이 밀서뿐이다. 그 외에는 방문하는 이유 자체를 전달받지 못했다. 이런데 걱정하지 않는 것이 더 이상하다.

"자꾸 물으셔도 제 대답은 같습니다. 한마디로—— 저도 몰라요!"

D가 질린다는 듯 강한 어조로 대답했다. 이 완고한 모습으로 보아 정말 모르는 모양이다.

"그럼 예상이라도 좋네. 짐작 가는 바는?"

D는 턱에 손을 대고 잠시 생각에 잠겼다.

"어디까지나 추측이지만——."

그가 무언가 말하려고 한 순간, 마차가 정차하고 말았다. D가 일어나 마차를 모는 마부에게 사정을 묻기 위해 마차 밖으로 나갔다.

기다리기를 몇 분, D가 안색을 바꾸고 마차 안으로 뛰어 들어와 뜻밖의 보고를 하였다.

"검문입니다! 정령 마을이 있는 영현향 일대를 케쳐 백작의 대군이 포위하고 있는 모양입니다!"

그로부터 마차를 멈춘 뒤 텐트를 치고, D는 정보 수집을 위해 모습을 감추고 말았다.

그렇게 약 반나절쯤 기다리자 D가 정신을 잃은 두 명의 남녀를 데리고 돌아왔다.

한 사람은 고양이 귀가 달린 귀여운 소녀, 다른 한 사람은 늑대 얼굴의 강해 보이는 청년.

"이자들은…… 정령 아닌가."

페리스는 '이터 소녀'라는 특수한 기프트를 지녔는데 인간이 아닌 존재를 더욱 강하고 정확하게 느낄 수 있다. 늑대 얼굴의 청년은 물론이고, 고양이 귀 소녀로부터 전해지는 이 독특한 감각은 틀림없이 정령이다.

"으…… 응."

고양이 귀 소녀가 눈을 뜨고 상반신을 일으켜 크게 기지개를 켜고는 페리스, 이어서 D에게 시선을 옮겼다. 졸린 얼굴이 점차 험악한 표정으로 변해갔다.

"이, 인간?!"

소녀는 늑대 얼굴 청년의 볼을 몇 차례나 때리고는, 페리스 쪽을 경계하며 다급하게 외쳤다.

"이 바보 개, 일어나!"

"크헉! 무슨 짓이야!"

늘대 얼굴의 청년은 벌떡 일어나 송곳니를 드러내며 화를 냈지만, 페리스를 발견하고 중심을 낮추며 으르렁거렸다.

"나는 그대들 정령에게 적대할 마음이 전혀 없네. 그렇지 않으면 기절한 그대들을 일부러 구하지 않았을 테니까."

두 사람을 진정시키려고 단호하게 말했다.

"맞아, 맞아. 제가 기절한 여러분을 여기까지 옮겼다고요. 엄청 무거웠다고요. 감사 인사 정도는 해줬으면 좋겠는데요."

D가 불쾌한 듯 팔짱을 끼며 두 사람에게 말했다.

"믿을 수 있겠냐!"

D는 크게 한숨을 쉬고 한 걸음 앞으로 나아가 늘대 청년의 발을 후려쳤다.

"으앗?!"

몸이 몇 번이나 회전하더니 바닥에 등을 부딪치고 말았다. D는 자신보다 훨씬 커다란 늘대 청년의 가슴을 짓밟으며 내려다보았다.

"미안하지만, 너희에겐 내가 거짓말을 할 가치가 없어."

"D! 그만두게나!"

정말이지 그 남자가 소개하는 녀석은 하나같이 왜 이렇게 성격파탄자가 많을까. 그 남자의 신봉자들에게 고문에 가까운 훈련을 받고 있으니 실력 자체는 확실하겠지만, 특히 다루기 어렵다.

"네, 네."

D가 페리스의 제지에 어깨를 으쓱하고 밟고 있던 청년에게서 얌전히 물러났다.

"당신들, 정말 우리를 구해준 거야?"

고양이 소녀가 겁에 질린 눈으로 물었다.

"그렇네만."

안심시키기 위해 친절한 미소를 지으며 힘껏 고개를 끄덕였다. 소녀는 바닥에 철퍼덕 주저앉아 소리 내어 울음을 터뜨렸다.

울고 있는 소녀를 달래며 사정을 물었다. 놀랍게도 정령왕 타이니의 목숨이 위태로워졌기에 그 딸이 있는 아멜리아 왕국의 왕도로 가려고 하였으나, 영현향을 포위하고 있던 용병들에게 일시적으로 사로잡히고 말았다. 그러나 위험해지기 직전 간발의 차이로 D가 구해주었다고 한다.

"영현향을 포위한 것은 케처 백작에게 고용된 용병인 것 같아. 너희를 습격한 놈을 심문해서 알아냈으니 틀림없어."

D가 아무렇지도 않게 무서운 말을 꺼냈다.

"그 사로잡은 용병은 어떻게 되었는가?"

"그건 모르는 편이 나을걸요."

D가 슬쩍 음흉한 미소를 지으며 은근슬쩍 말을 돌렸다. 그 모습으로 보아 원만한 해결법은 아니었을 것 같다. 뭐, 케처 백작은 왕국에서도 악명 높은 인물이다. 그런 악당에게 고용된 용병의 안전을 걱정할 만큼 페리스도 머리가 꽃밭인 것은 아니다. 솔직히 아무래도 좋다.

그보다도——.

"그들의 목적은?"

"정령왕 타이니와 정령 마을에 사는 모든 정령의 포박. 그 이유는 예상할 수 있겠죠?"

"음……."

강한 불쾌함에 아랫입술을 깨물며 작게 고개를 끄덕였다. 케처 백작은 나쁜 소문이 끊이지 않는 진정한 악당이다. 십중팔구 그의 목적은 정령들이 지닌 정령핵. 정령핵을 몸에 넣으면 인간을 뛰어넘은 힘을 발휘할 수 있게 된다. 특히 정령왕의 정령핵이라면 인간을 신의 영역까지 들어가게 할 것이다. 그리고 정령핵은 말 그대로 정령의 심장 같은 것. 만약 빼앗긴다면 목숨을 잃는다.

"그래서? 앞으로 어떻게 하실 겁니까?"

"카이에게 지원을 요청하는 게 무난하겠지."

그는 진정한 괴물이다. 에르딤의 민중을 단기간에 훈련시켜 아멜리아 왕국에서도 손꼽히는 무력을 지닌 에스타크 공작의 군대를 압도했을 정도다. 케처 백작이 고용한 용병 따위는 상대조차 되지 않을 것이다. 그리고 이번에 정령 마을은 카이와 강하게 얽힌 상태다. 카이가 케처 백작의 이번 동향을 알면 불같이 화낼 것이 눈에 선하다. 한마디로 이미 그들은 궁지에 몰린 것이다.

"그 말에는 저도 동의합니다만, 저희 모두가 지금 이곳을 떠나는 것은 위험하지 않을까요?"

"위험하다고?"

"곧 있으면 정령 마을로 습격이 시작된다고 합니다. 우리가 돌아가기 위해 아무리 마차를 빠르게 몰더라도 반나절은 걸립니다. 기리메칼라 님께 전달했을 때에는 이미 이 정령 마을은 저들에게 점령당했겠지요."

"카이에게 연락 수단이 있는 것 아닌가?"

"그런 편리한 건 없다고요. 저는 기리메칼라 님께 당신에게 협력하라는 명령을 받았을 뿐입니다."

D가 태연하게 악몽과도 같은 뒷사정을 말해주었다.

"기다리게! 설마 이 천이나 되는 군세를 우리끼리 대처하라고?"

본래 정령들이라면 그것도 가능할지도 모르지만, 안타깝게도 이 마을의 정령들은 대다수가 짐승에서 정령으로 막 승격한 참이다. 현몽향의 효과를 그대로 받고 만다. 즉, 정령들의 지원은 기대할 수 없다.

"정령들을 구하고 싶다면, 그래야 되겠지요. 결국 저희가 택할 길은 두 가지뿐입니다. 정령 마을을 버리고 기리메칼라 님을 부르러 이스트엔드의 심마의 숲으로 향하든가, 정령 마을로 향해 그들의 도주를 돕는 것입니다."

"아키나시에 있는 로제에게 원조를 요청하는 건 어떠한가?"

아키나시에는 카이의 제자 잭이 있고, 그 역시 이미 인간을 벗어난 상태다. 삼류 용병 따위는 적이 되지 않는다.

"그것은 어렵겠네요."

"이유가 뭔가?"

"현재 아키나시도 케처 백작에게 고용된 사혈에 습격을 받는 중이니까요. 저들을 심문하니 모두 토해내더라고요."

"사혈의…… 습격을 받고 있다고?"

무언가 곤봉처럼 단단한 것으로 머리를 얻어맞은 듯한 충격에 두 손으로 머리를 감싸고 신음했다.

"네, 추가로 말하자면 그 루트에는 케처 백작이 고용한 용병 부대도 배치되어 있어서 아키나시로 가려면 제법 고생할 것 같습니다. 그러는 동안 정령 마을은 디 엔드가 될 가능성이 크죠. 그럼 도착할 수 있을지 불명확한 아키나시로 향하는 것보다 기리메칼라 님께 알리러 돌아가는 편이 더욱 확실할 겁니다."

"그렇군……."

D의 말은 이치에 맞다. D가 도와준다면, 이 멤버로도 아키나시에는 도달할 수 있을지도 모른다. 그러나 상당한 시간이 걸린다. 게다가 아키나시도 사혈을 처리하느라 잭이 당장 움직이지 못할 가능성이 있다. 그러는 동안 정령 마을은 전멸한다. 그래서는 본말이 전도된다.

"즉, 우리는 그들을 돕든가, 버리든가 둘 중 하나밖에 없다는 말입니다."

매우 진지한 얼굴로 D가 말했다.

"부탁이야! 우리 마을을 구해줘!"

그 말에 늑대 청년 로보가 머리를 깊숙이 숙이고 애원했다.

"알겠네. 버릴 수 있을 리가 없지 않나."

"그렇다면?!"

로보의 표정이 환하게 바뀌었다.

"곧장 마부에게 편지를 건네 카이에게 원군을 요청하게. 우리가 할 수 있는 일은 원군이 올 때까지 정령 마을에서 농성하거나, 아니면 모두 도망치는 것일 테지."

카이는 지금 왕도에 있다. 그러나 카이는 부하와 거리를 무시하고 통신할 수단이 있다. 심마의 숲에 있는 카이의 부하에게 알리면, 즉시 이 위기가 카이에게 전해진다. 그러면 카이가 움직여 이 사태는 바로 해결된다. 한마디로 페리스가 해야 할 일은 카이가 원군을 보낼 때까지 시간을 버는 것이다.

"케처 백작에게 고용된 자 중에 루비라는 제법 숙련된 자가 있는 모양입니다. 이 멤버로 맞서는 것은 추천하지 않습니다. 그럴 바에는 정령들을 데리고 아키나시로 피난하는 편이 생존율은 올라가겠지요."

D가 논리적으로 제안했다.

"그건 안 돼! 타이니 님이 그 땅을 떠나면——."

초조한 얼굴로 고양이 소녀 켓이 거부했다.

"데보아의 봉인이 풀려 녀석이 부활하고 말 테지?"

아키나시의 광산이 있는 산 분화구 안에 악룡 데보아가 봉인되어 있고, 그 봉인을 땅의 정령왕이 수호하고 있다. 그것은 현재 왕이자 오빠인 에드워드에게 들었다.

"으, 응, 맞아. 아, 알고 있었어?"

"그냥 조금."

어린 시절부터 그 성가신 시스터 콤플렉스 오빠에게 악룡이 봉인되어 있어 위험하니까 절대 아키나시 주변에는 얼씬도 하지 말라고 시끄럽게 들었다.

"뭐, 그런 이유라면 어쩔 수 없겠네요. 그럼 정령 마을에서 농성하는 것으로 결정해도 되겠습니까?"

D가 어깨를 으쓱하고 이야기를 정리했다.

"그래, 그러도록 하지!"

크게 고개를 끄덕여 승낙했다.

카이에게 보내는 편지를 마부에게 맡기고, 페리스 일행은 지금 로보와 켓의 안내를 받아 정령 마을로 향하는 중이다. 물론 중간에 몇 번이나 적들의 척후병과 마주쳤으나, D가 혼자 문제없이 처리해버렸다.

'저기, 저 D라는 인간, 대체 정체가 뭐야? 능력 제한을 받지 않는 정령인 나보다 강한 인간은 처음 봤어.'

로보가 선두에서 걷는 D를 힐끗 보며 페리스에게 귓속말을 했다.

'글쎄, 나의 악질적인 지인의 부하라고 하네만.'

'악질적인 지인이라니 당신이 도움을 요청한 카이라는 인간 말이야?'

'음, 성격은 몹시 문제가 있지만, 엄청나게 강하네. 어쩌면 데보아조차 그라면 토벌할지도 몰라.'

'그건 아무래도 힘들지 않을까? 상대는 데보아라고?'

물론 데보아의 전설은 오빠에게 들어 안다. 과거에 아멜리아 왕국을 멸망 직전까지 몰아넣은 최악의 악룡. 그것이 데보아다.

데보아는 코테츠처럼 이세계에서 온 존재다. 갑자기 아멜리아 왕국의 동쪽 부근에 나타난 데보아는 도시를 불태우고, 다수의 아이와 젊은 여자를 제물로 바치라고 요구했다. 당시 아멜리아 왕국 정부는 이 요구를 거부했다. 이어서 토벌대가 조직되었다. 다만 데보아의 강함은 상상을 뛰어넘었기에 토벌대는 코테츠를 남기고 전멸한다. 나아가 격노한 악룡의 보복으로 코테츠의 연인도 살해되고 만다. 증오의 불꽃을 불태운 코테츠는 땅의 정령왕과 힘을 합쳐 데보아를 봉인하는 데 성공한다. 그리고 땅의 정령왕은 지금까지 쭉 악룡 데보아의 봉인을 지키고 있다. 그런 이야기다. 일련의 이야기로부터 알 수 있는 사실은 데보아는 인간의 몸으로는 절대 이기지 못한다는 것이다.

'데보아에게도 이길 것이라 생각될 만큼 강하다는 뜻일세.'

애초에 페리스 같은 평범한 사람은 카이나 데보아 등 초생물의 강함을 세세하게 구별할 수 없다. 단순히 엄청나게 강하다는 것밖에 모른다.

'그럼 그 카이라는 인간이 올 때까지 버티면, 우리가 승리한다는 말이네?'

'실제로 카이 본인이 올지는 모르네만, 적어도 카이의 부하들이 원군으로 보내질 걸세. 그러면 이 사태는 순식간에 해결될 것일세.'

카이는 물론이고, 그 부하도 모두 유별나다. 특히 간부 클래스는 옛 에르딤의 엘프 한 사람이 초월자라고 판단할 정도였다.

인간을 상대로 뒤처질 일은 결코 없다.

'그, 그렇구나……'

로보가 안심하여 가슴을 쓸어내렸다.

'그나저나 그대들이 만나려고 하는 정령왕의 딸이란 어떤 자인가?'

들자 하니 아멜리아 왕국의 왕족인 모양이지만, 정령왕의 딸이라니 페리스도 소문조차 들은 적이 없다. 즉, 왕족 중에서도 극비사항이라는 뜻이다. 로제나 루이즈가 아니라는 것은 분명하므로, 왕족이라고 해도 먼 친척일 것이다.

'이름도, 외모도 몰라. 왕에게 이 펜던트를 보여주며 사정을 말하면 만나게 해준대. 할아범이 그렇게 말했어.'

로보가 주머니에서 방패 마크가 새겨진 금색 펜던트를 꺼냈다.

'이 문장, 어디선가……'

펜던트의 마크를 어디선가 본 적이 있는 듯한…….

갑자기 강렬한 두통이 일어 시야가 마구 일그러지면서 색이 사라졌다. 그 직후, 페리스는 아름다운 여성에게 안겨 있었다.

──나의 사랑스러운 페리스.

여성이 페리스의 이마에 키스를 하고 다정하게 끌어안았다.

그 따스한 온기에 가슴이 옥죄어들어, 그 여성에게 말을 걸려는 순간 경치가 일그러지며 원래대로 색이 있는 세계로 돌아왔다.

"방금 그건 대체…… 어라?"

혼란스러운 머리로 볼을 따라 흐르는 뜨거운 액체를 오른손으로 닦았다. 그것이 눈물임을 이해하자, 설명할 수 없는 눈물이 줄줄 흘렀다.

"뭐, 뭔가?"

페리스는 의아해하며 애써 눈물을 닦았다.

"아, 아니, 갑자기 왜 그래?"

로보가 당황하여 신경 써주었다.

"로보, 너── 무슨 말 했어!"

성난 눈으로 로보를 비난하는 켓.

"모, 몰라! 이 펜던트를 보여주니 갑자기 울기 시작했어!"

놀란 로보를 보며, D는 큰 한숨을 쉬더니 페리스에게 다가가 머리 위에 손바닥을 올렸다. 그리고──.

"울고 싶을 때는 울어. 그건 참는 게 아냐."

D의 태도와 말이 평소의 무뚝뚝한 것이 아니라, 저 안아주던 여성처럼 다정하고 따스해서 자연스럽게 코끝이 찡해졌다.

"──흑!"

페리스는 그대로 D를 끌어안고 소리를 내어 울었다.

강렬한 감정의 탁류가 간신히 잦아들었다. 어느새 페리스는 D의 가슴에 매달려 울고 있었다. 마치 정서가 불안정한 아이와 같은 추태에 얼굴이 화끈거려 얼른 D에게서 떨어졌다.

"흠, 당신 그냥 차가운 녀석인 줄 알았는데 제법 좋은 점도 있 잖아!"

로보가 히죽거리며 D의 가슴을 오른쪽 주먹으로 툭 쳤다.

"로보, 울린 네가 말하지 마! 정말 미안해!"

지금도 눈물을 닦고 있는 페리스의 등을 켓이 조심스럽게 쓰다듬으며 사죄했다.

"괘, 괜찮네!"

페리스는 수치심에 그렇게 외쳤다.

"시간이 없으니 다시 출발하자."

D가 평소처럼 무뚝뚝한 어조로 재촉하며 걸음을 옮겼다.

아마 이때부터였을 것이다. D에 대한 페리스의 마음에 살짝 불순물이 섞인 것은.

그 뒤로 적들의 척후와도 마주치지 않고 짙은 안개 속으로 들어갔다. 안개 속을 잠시 걷자, 새빨갛고 아름다운 꽃이 흐드러지게 핀 어딘가 그리우며 마음이 안정되는 장소에 도착했다. 꽃이 만든 길을 따라 걷자 작은 오두막이 모인 마을이 나왔다. 아무래도 이곳이 정령 마을인 모양이다.

로보와 켓을 보자, 마을에서 머리가 동물인 사람과 수인족 같은 외모의 사람들이 줄줄이 다가왔다.

"지금 이 마을이 위험해! 대표자는 지금 당장 모여줘!"

로보가 다급하게 외쳤다.

그러자 마을 중심에 있는 커다란 목조 건물의 한 방으로 안내를 받았다.

"인간들에게 포위당했는가……."

장로로 보이는 꿩 머리의 정령이 씁쓸한 표정으로 목이 메 말했다.

"게다가 마을 밖을 둘러싸고 현몽향이 깔려 있다니. 그럼 우리 동물계 정령은 전력이 되지 않겠군."

말 머리의 정령이 맞장구를 치며 나직하게 중얼거렸다.

"남의 일처럼 그렇게 말할 때야? 저들 중엔 루비라는 실력이 뛰어난 인간도 있대! 이대로 손을 놓고 있으면 우리 마을은 전멸한다고!"

로보가 짜증스럽게 왼쪽 집게손가락으로 바닥을 두드리며 지극히 당연한 의견을 말했다.

"그럴 리가. 이 마을에는 타이니 님이 친 결계가 있어. 인간 따위가 들어올 수 있을 리가 없지. 그 인간 냄새가 나는 두 마리도 너희가 허락하지 않았다면 들어오지 못했을 거다."

말 머리 정령이 화가 난 듯 거칠게 대답했다.

"그러니까 방금 말했잖아! 적 중에는 그 결계 자체를 무효화할 수 있는 루비라는 괴물 인간이 있다고!"

로보가 열심히 설득했다.

"타이니 님의 결계는 아직 건재해. 결계가 있는 이상, 인간 따위가 부수는 것은 불가능. 놈들이 이곳에 들어오는 것은 말도 안 돼!"

말 머리 정령이 고개를 가로저으며 이야기를 제대로 들으려고도 하지 않았다. 그리고 그것은——— 다른 정령들도 마찬가지다.

"그래. 나도 결계가 있는 이상, 야단법석 떨지 말고 조용히 지켜보면 돼. 그보다 저 인간 두 마리를 이 땅에서 쫓아내는 쪽을 먼저 처리해야 하지 않을까?"

뱀 머리 정령이 길고 가는 혀를 날름날름 움직이며 다른 정령들에게 동의를 구했다.

"이 마을의 결계를 인간이 부술 수 있을 리가 없어."

"인간 따위를 믿을까 보냐! 인간은 나가!"

동석자로부터 고성이 오갔다.

"어느 세계든 어리석은 자는 있는 법이군⋯⋯."

옆에서 D가 작게 중얼거렸다.

"애송이, 지금 뭐라고 한 거냐?!"

곰 머리 정령이 옆에 놓인 곤봉을 오른손에 쥐고 D를 향해 들었다.

"기, 기다리게! 지금 싸울 때가 아닐세——."

페리스가 끼어들려고 하자, D가 손으로 제지했다.

"소용없어. 이미 늦었어."

D의 목소리는 마음 깊은 곳까지 얼어버릴 듯 차가웠다.

한 박자 늦게 밖에서 굉음이 들렸다.

"네, 네 이놈, 무슨 짓을 한 거냐?!"

곰 머리 정령이 D의 멱살을 잡으려고 하였으나, D는 왼손으로 쉽게 쳐내더니 오른손으로 정령의 목을 잡아 그 거대한 몸을 바닥에 내리꽂았다.

"너, 방금 로보의 이야기를 제대로 들었어? 적 중에 결계를 무효화하는 자가 있다. 그렇게 말했을 텐데."

D의 매와 같은 시선에 곰 머리 정령은 크게 숨을 들이켰다.

"저, 정말이라고?"

조심스럽게 물었다.

"이 타이밍에 거짓말을 할 만큼 저는 어리석지 않습니다."

D는 가볍게 고개를 끄덕이고 곰 머리 정령에게서 떨어졌다. D는 평상시처럼 속을 알 수 없는 무기력한 모습으로 돌아갔다.

"마을 주민들을 안쪽 사당 안으로 당장 피난시켜! 움직일 수 있는 자는 침입자를 제거하게!"

"오오!"

장로의 지시에 정령들이 일제히 오른쪽 주먹으로 가슴을 치더니, 각자 무기를 들고 밖으로 나갔다.

"우리도 가자!"

D가 조용히 고개를 끄덕이자, 두 사람은 밖으로 나갔다.

건물 밖은 연기 같은 것으로 자욱했다. 마치 짙은 안개가 낀 것 같다. 아마 현몽향이겠지만, 밖에서 이렇게까지 농밀하게 까는 것은 웬만한 방법으로는 불가능하다. 마법이나 스킬에 의한 것이라 추측된다.

"이 현몽향은 마법이나 스킬일세! 연기가 스며들기 힘든 장소는?"

괴로운 듯 이를 악물고 버티는 켓에게 물었다.

"마법이나 스킬이라면 타이니 님의 결계로 강하게 보호받는 사당이 좋을지도……."

켓이 간신히 말을 이었다.

"모두 사당이라는 곳으로 가게나! 미처 도망치지 못한 정령들은 우리가 사당으로 유도하겠네!"

"하, 하지만 이 이상 자네들에게——."

장로가 반론하려고 했다.

"됐으니까 어서! 솔직히 제대로 걷지도 못하는 자가 와봐야 걸리적거리기만 하네! 그보다 사당에서 완벽하게 태세를 갖춰 반격하는 쪽이 훨씬 승기가 있어!"

페리스는 장로의 말을 무시하고 크게 외쳤다.

"아, 알겠네! 다들 서둘러 사당으로!"

꿩 머리 정령이 크게 고개를 끄덕이고 지시를 내렸다.

"하, 하지만, 그래서는——."

말 머리 정령이 그 말에 반론하려고 하였다.

"됐으니까 어서 달려! 거슬리니까!"

D가 격노하자, 모두 목을 움츠리고 달렸다.

"미안해, 부탁할게! 꼭 돌아와야 해!"

켓이 미안한 얼굴로 고개를 한 번 숙이고는 달려갔다.

"미안! 진심으로 고마워!"

이마에서 땀을 줄줄 흘리며, 로보도 휘청거리면서 걸어갔다.

마을은 아비규환에 빠졌다. 도망치는 정령을 포박하려고 쫓는 용병 인간들. 유일하게 다행인 점이라면, 다짜고짜 죽이지는 않는다는 것이다. 아마 남녀노소를 가리지 않고 정령에게는 높은 가치가 있는 정령핵이 있기 때문일 것이다.

"안 돼!"

불안정한 발걸음으로 필사적으로 도망치던 토끼 귀 정령과 장검을 들고 히죽거리며 몰아붙이는 금발의 양아치 같은 용병.

"D──."

곧장 구조를 부탁하려고 했을 때, 옆에 있던 D의 모습이 사라지더니 오른손에 든 단검으로 양아치 용병의 정수리를 찔렀다.

"꾸엑……?"

눈을 뒤집고 숨이 끊어진 양아치 용병을 걷어차고, D가 페리스를 어깨 너머로 돌아보았다.

"그래서요? 이 녀석들을 모두 처분해도 되겠습니까?"

이제 와서 허락을 받으려고 한다.

"으, 응."

페리스가 고개를 끄덕이자마자 D에 의한 학살이 시작되었다.

D가 하나의 빛줄기가 되어 용병들 사이를 이리저리 달렸다. 그때마다 용병의 목이 허공을 날고, 중력을 따라 목을 잃은 몸이 바닥으로 쿵 쓰러졌다.

"페리스, 너 에어 볼 마법, 쓸 줄 알지?"

"어…… 어어, 쓸 수 있네!"

'에어 볼'이란 압축한 공기 구체를 발생시키는 마법이다. 보통은 공기 구체를 적에게 날려 대미지를 입힌다.

"한계까지 압축한 에어 볼을 공중에 띄워!"

D가 강한 어조로 페리스에게 지시를 내렸다. 그러나 지금 광장에는 적이 없다. 그보다 현몽향에 의해 쓰러진 정령들을 안쪽 사당까지 피난시키는 것이 우선이다. 따라서──.

"허나 지금은——."

"됐으니까 어서 해!"

페리스가 반론하려고 하였으나, 혼나기만 했다.

"아, 알겠네."

서슬 퍼런 기세에 몇 번이나 고개를 끄덕이며 에어 볼을 몇 개 중첩하여 공중에 띄웠다.

"수고했어!"

D가 중심을 낮추고 오른쪽 팔꿈치를 안쪽으로 당겼다. 그 순간——.

——푸슉!

D의 모습이 흐려지더니 에어 볼의 앞에 나타나 오른쪽 손바닥으로 거대한 구체가 된 에어 볼을 때렸다. 동심원 형태로 폭풍이 휘몰아치더니, 순식간에 현몽향이 주위에서 흩어져 사라지고 말았다.

"현몽향은 사라졌습니다."

D의 말에 퍼뜩 정신이 들었다.

"사당까지 달리게!"

아직도 바닥에 누워 있는 정령들에게 사당을 가리키며 지시를 내렸다.

의식이 있는 대부분의 정령은 휘청거리는 발걸음이기는 했지만, 무사히 사당으로 피신하였고, 의식을 잃은 정령들은 페리스와 D가 들어 옮겼다.

"손님, 은혜를 입었네!"

무사히 사당 안까지 피난을 마치자, 꿩 머리 장로가 페리스와 D에게 머리를 숙였다.

"인사는 됐어! 지금 사당 밖의 현몽향은 없어진 상태일세. 나와 D가 있으면 이제 현몽향은 두려워할 필요가 없어! 밖에서 놈들에게 반격하세!"

아무리 그 루비가 강하더라도 제한을 받지 않는 정령들 수백 명이 상대라면 그리 쉽게 제압되지 않을 것이다. 덤으로 D가 있으면 만약 현몽향을 다시 쓰더라도 또 날려버리면 된다. 무엇보다 D는 강하다. 어쩌면 이곳의 정령들보다 더. 승리는 어렵더라도 시간을 버는 것쯤은 할 수 있다.

"그 루비란 인간은 너보다 강해?"

곰 머리 정령이 조심스럽게 D에게 물었다.

"글쎄, 실제로 싸운 적이 없으니, 싸워보지 않는 이상 뭐라고 말할 수가 없겠군요. 다만 충고는 해두겠습니다. 이 강자만 가득한 세상에는 저 이상의 존재는 얼마든지 있습니다. 여러분은 세상을 너무 몰라요."

"하하! 너 같은 녀석이 널려 있다니……."

곰 머리 정령이 메마른 웃음을 터뜨리더니, 갑자기 뚝 그치고 페리스와 D를 바라보았다.

"우리가 잘못 알고 있었어. 지금까지의 무례를 사과할게. 무슨 짓을 해서든 이 마을과 타이니 님을 지키고 싶어. 부탁이야, 힘을 빌려줘!"

깊숙이 머리를 숙인다. 다른 정령들도 일제히 그를 따랐다.

"무, 물론일세! 안 그런가, D!"

"원하신다면."

D가 오른손을 가슴에 대고 가볍게 인사했다.

"그럼 전투가 특기인 자만 밖으로 나와줘!"

로보가 양손을 짝짝 마주치며 외쳤다.

"네가 지휘하지 마!"

"맞아! 너도 저 사람들에게 도움받은 처지면서!"

무투파로 보이는 정령들이 차례로 타박하며 사당 밖으로 나갔다. 페리스도 사당 밖으로 나가려는데 꿩 머리 장로가 다가왔다.

"그런데 당신의 이름을 묻고 싶네만."

진지한 얼굴로 그렇게 요청했다. 그러고 보니 긴급 사태인 것도 있어서 아직 자기소개를 하지 않았다.

"나는 페리스 로트 아멜리아. 이쪽은 D, 이번에 나의 보조로 따라온 자일세."

"페리스…… 로트 아멜리아? 당신의 어머님은 이름이 어떻게 되시는지 부탁하고 싶네!!"

장로가 페리스에게 다가가 안색을 바꾸고 물었다.

"어머니의 이름은 타이리아. 내가 태어남과 동시에 유행병으로 돌아가셨지. 그렇게 오빠에게 들었네."

페리스의 대답에 장로는 벼락에 맞은 것처럼 잠시 미동도 하지 않았다.

"설마 이런 우연이 있다니……."

장로가 두 손으로 얼굴을 감싸고 울음을 터뜨렸다.

"페리스, 이야기는 나중에 해. 가자!"

"으, 응."

D의 재촉에 페리스는 떨어지지 않는 발걸음으로 사당 밖으로 나갔다.

정령들과 진형을 갖추고 십여 분 뒤, 검은색 로브를 입은 백발의 남자가 백은 가볍게 넘을 용병 부대를 이끌고 모습을 드러냈다.

"선발대를 죽이고 현몽향을 날려버린 게 누굴까?"

값을 매기듯이 페리스 쪽을 쭉 둘러보며 질문한다.

"저입니다만, 혹시 당신이 루비?"

D가 한 걸음 앞으로 나와 대답했다.

"흐음, 나의 이름을 알다니. 정보가 사전에 줄줄 샜는가, 입이 가벼운 무능한 녀석 탓이겠군. 뭐, 후자겠지만."

백발에 검은색 로브를 입은 남자, 루비가 어깨 너머로 뒤를 돌아보며 날카로운 시선을 보냈다. 단지 그뿐인데 다른 용병들이 숨을 죽이는 것이 보였다.

"아무튼 실력이나 좀 볼까. 이봐, 너희들 저 녀석을 죽여! 죽인 녀석은 여기 있는 여자들을 마음대로 해도 좋다!"

루비의 허락에 용병들이 일제히 환호했다.

"우와, 나는 저 고양이 여자애를 가질래!"

"나는 저기 금발 여자!"

짧은 머리에 근육질 남자가 페리스에게 시선을 고정시키고 입맛을 다시면서 그런 끔찍한 선언을 했다.

"너, 너무해! 나도 걔가 좋아!"

비만 느낌에 머리가 벗겨진 남자까지 외치자, 차례차례 비슷한 내용의 말이 튀어나왔다.

"페리스, 인기가 많은 것 아닙니까?"

D가 어깨를 으쓱하며 비아냥거리는 어조로 그런 불쾌한 농담을 입에 담았다.

"시끄러워! 그저 불쾌하고 민폐일세! 어서 해치우게!"

당연히 남자들에게 그런 시선을 받는 것에는 강렬한 생리적인 혐오감을 느꼈다. 페리스는 저 남자들에게 욕망으로 얼룩진 시선을 그대로 받고 있다. 하지만 페리스는 오히려, 자신이 모욕을 당하는 상황에 D가 태연한 것이 더 용서할 수 없었다.

"네, 네. 근데 뭐, 확실히 너희의 그 천박한 말은 꽤 불쾌하군."

D가 그렇게 말한 순간, 루비의 바로 옆에 있던 용병의 정수리에 나이프가 꽂혔다.

"앗?!"

놀란 소리를 내는 루비를 곁눈질하며, D가 가까운 용병에게 접근하여 한 사람의 목을 나이프로 날리고, 다른 한 사람의 머리를 오른손으로 거머쥐어 목을 비틀었다. 뽀각 소리와 함께 목이 엉뚱한 방향으로 꺾이며 바닥으로 쓰러지는 용병.

"히이이익!"

사태는 금세 혼란의 극치를 달렸다. 그 뒤로는 도망치는 불쌍한 양과 늑대의 사냥 행위에 불과했다.

순식간에 일대에 시체가 깔렸다. 루비는 후방으로 물러나 방심하지 않고 D를 향해 쏘아보는 듯한 시선을 보냈다.

"너, 진짜 정체가 뭐냐?"

"D입니다. 지금은 저분의 종자 비슷한 거지요."

"쳇! 간단한 일이라고 우습게 봤는데. 말도 안 되는 이레귤러가 나왔잖아! 이봐, 데이모스, 나와!"

루비가 목소리를 높이자, 남색 로브를 입은 검은색 해골이 모습을 드러냈다.

"아무래도 일이 상당히 성가셔진 모양이군."

데이모스가 불린 검은색 해골이 바닥에 널린 사체, 그리고 D를 보며 그런 말을 꺼냈다.

"저 녀석을 죽여! 수단은 가리지 말고!"

"저 녀석은 아주 강해. 상응하는 대가는 받아가야겠는데?"

"그래, 상관없어. 나중에 평소의 열 배를 줄게!"

"좋아. 계약 성립이다."

데이모스의 온몸에서 검은색 오라가 나오자, D도 중심을 낮추고 자세를 취했다. 이어서 두 사람은 격돌했다.

데이모스와 D. 두 사람은 페리스 쪽은 이제 이해할 수조차 없는 영역에서 맞서고 있다.

데이모스가 죽은 용병을 좀비로 만들어 D에게 공격을 명령했다. 용병이었던 것이 일제히 D에게 달려드는 와중에 D의 코앞에서 용병 좀비들이 고깃덩어리로 조각조각 절단나 바닥으로 뚝뚝 떨어졌다.

D가 바닥을 차고 데이모스의 뒤에서 손바닥을 뻗어 때리려고 하였지만, 공중에 생긴 백은의 방패와 같은 것에 가로막혔다. 동시에 데이모스의 주위로 수많은 화염 구체가 나타나 차례로 굉음을 내며 D에게 날아갔다. 그것들을 D는 모두 나이프로 떨쳐냈다.

"굉장해……."

곰 머리 정령이 그 모습을 보며 멍하니 중얼거렸다.

"봤지, D는 진짜 강하지!"

로보가 흥분하여 외쳤다.

"왜 네가 의기양양한 거야……."

켓이 어이없다는 듯 말했다.

"아무튼 그는 정말 강해. 저 데이모스라는 해골, 저건 우리보다 상위 영체입니다. 우리라면 순식간에 고깃덩어리가 되었겠죠."

"두 사람의 힘은 거의 호각, 조금이라도 실수한 쪽이 질 걸세."

장로가 그렇게 중얼거리는데, 페리스의 그림자에서 검은색의 두 팔이 뻗어 나와 페리스를 바닥에 짓눌렀다.

"쳇!"

혀를 차고 페리스를 구하러 움직이려던 D의 주위로 붉은색 정사면체가 감싸듯이 나타났다.

"윽?"

D가 즉시 파괴하려고 오른쪽 팔꿈치를 안쪽으로 당겼을 때, 페리스의 오른쪽 어깨에 격통이 흘렀다.

"으아악——!"

저절로 비명이 나왔다. D는 정사면체에 대한 공격을 멈추고 나이프를 투척했다. 나이프가 페리스를 짓누르고 있는 검은색 그림자의 가슴에 박히자, 스르륵 풍화되었다. 그리고 그 순간——.

"붉은 관!"

데이모스의 목소리와 함께 정사면체가 완전히 D를 뒤덮었다.

"페리스, 나머지는 네가 구해!"

그 말을 끝으로 D를 감싼 빨간 정사면체가 급격히 작아지더니, 바닥으로 툭 떨어졌다.

"D!"

강렬한 초조함이 밀려와 페리스는 온 힘을 다해 외쳤다.

"바보 같은 놈, 걸리적거리는 녀석 따위 모른 척하면 될 것을!"

루비가 의기양양하게 말했다.

"루비! 네 이놈!"

의외로 데이모스가 화난 목소리로 항의했다.

"화내지 마! 네가 우물쭈물하니까 그런 거잖아!"

"젠장!"

데이모스가 발을 구르더니 루비로부터 고개를 돌렸다.

"남은 건 잔챙이뿐이야. 데이모스, 계약을 이행해! 저 녀석들을 모두 잡아!"

"…………."

데이모스는 이를 갈며 붉게 빛나는 눈으로 잠시 루비를 노려보았으나, 곧 오른손을 들었다. 갑자기 나타나 페리스를 비롯한 정령들을 각각 포위하는 무수한 빨간색 관.

D가 없어지고 말았다. 그 사실을 뇌가 좀처럼 받아들이지 못했다. 마치 반신을 잃은 듯한 강렬한 상실감 때문에 온몸의 힘이 빠졌다.

자신을 포위한 빨간색 상자를 멍하니 지켜보던 때였다.

──다른 힘에 기대지 말고, 설령 패배가 농후하더라도 승부를 절대 포기하지 마! 네가 숨을 멈추는 마지막 순간까지!

에르딤이 위기에 빠졌을 때, 마음에 들지 않는 그 남자가 했던 호된 말. 그것이 순간 머릿속에 떠올랐다. 왜일까. 너무나 거만하고, 위에서 내려다보는 듯한, 약자의 처지 따위는 조금도 고려하지 않는 말일 터인데. 맹렬하게 분한 마음이 치솟았다.

페리스는 어느새 두 주먹을 강하게 쥐고 있었다. 동시에──.

──페리스, 나머지는 네가 구해!

마지막으로 D가 페리스에게 남긴 말이 생생하게 떠올랐다. 그렇다! D는 페리스라면 가능할 것으로 믿고 맡겼다. 무엇보다 D의 기대만은 배신하고 싶지 않다. 진심으로 그렇게 생각했다.

그것은 분명히 무의식이었을 것이다. 두 팔을 수평으로 뻗어 옆에 있는 켓을 보았다. 켓의 머리 위에 푸른색 불꽃이 흔들리고 있었다.

'저것은…… 영혼.'

그렇다. 저것은 영혼이다. 뻗었던 왼손으로 켓의 영혼을 끌어당겨 삼켰다. 켓이 마치 실이 끊어진 인형처럼 툭 쓰러졌다.

"아, 아니, 켓!"

로보가 당황하여 외쳤을 때였다.

모두를 둘러싼 빨간색 관이 모두 산산이 부서지고 말았다. 페리스의 옆에 선 켓. 켓의 두 눈은 붉게 물들었고, 온몸에서 붉은색 오라 같은 것이 마치 아지랑이처럼 흔들리고 있다.

"뭐야? 저 녀석, 뭔가 이상해!"

루비가 놀란 소리를 내는 사이, 켓은 모습이 사라지더니 어느새 데이모스의 등 뒤에서 오른손을 높이 쳐들었다 내리치고 있었다.

"으앗?!"

곧장 데이모스가 등 뒤로 방패를 꺼냈지만, 마치 천을 자르는 것처럼 켓이 손톱으로 찢어버렸다.

"얏!"

"크헉!"

켓의 기합과 함께 데이모스가 정수리부터 점차 절단되었다. 그것을 끝으로 켓은 의식을 잃고 바닥에 드러누운 자세로 쓰러졌다.

"흐악…… 이럴 수가……."

루비는 움찔움찔 경련하는 검은색 해골에게 다가가 내려다보았다.

"나 참, 이런 진부한 각성 장면, 보고 싶지 않다고!"

루비는 그렇게 불평하며 가슴에 건 펜던트 보석을 쥐었다. 직후, 데이모스의 전신에서 검은색 거품이 다량 발생하여 바닥에 널린 용병들의 사체를 뒤덮었다. 그것들이 금세 거대한 살덩이 괴물로 모습을 바꾸었다.

"이제 됐으니 저 녀석들을 모두 먹어치워! 어쨌든 난 이 마을의 보물에만 관심 있으니까. 나머지는 솔직히 아무래도 좋아."

루비의 명령에 살덩이 괴물이 페리스 쪽을 공격했다. 방금 켓처럼 로보의 영혼을 잡으려고 하였으나 허무하게 실패했다. 이 신비한 힘도 끝인가. 그러나 분명히 기사회생할 방법이 있을 터였다.

"여기서 포기할까 보냐━━━━!"

온 힘을 다해 외친 순간, 살덩이 괴물이 페리스의 바로 코앞에서 정지했다.

"여러분, 잘 싸워주었습니다."

맑고 부드러운 목소리가 고막을 울렸다. 페리스와 정령들 앞에 갈색 피부에 뿔이 돋아난 아름다운 여성이 서 있었다. 새하얀 의복에 긴 금색 머리카락, 그리고 여신처럼 아름다운 외모. 이 사람, 그 꿈속에서 나온 그 사람이다.

"타이니 님!"

장로가 안도한 목소리로 외치자, 정령들도 차례로 환호했다. 과연, 그녀가 이 정령 마을의 주인이자 세계 사대 정령왕 중 하나, 대지의 정령 타이니인가.

"잘 자랐군요."

타이니가 페리스를 바라보며 눈을 가늘게 뜨더니 그렇게 말했다. 그 얼굴을 보기만 해도 왠지 가슴이 미어졌다. 그 설명할 수 없는 감정의 원인을 확인하기 위해 타이니에게 말을 걸려고 하였으나, 타이니는 지금도 공중에 정지해 있는 살덩이 괴물을 동정하는 표정으로 보고 있다.

"가엾은 불사자여. 흙으로 돌아가거라."

그녀가 오른손 검지와 중지를 세우자, 살덩이 괴물이 천천히 머리 위로 떠올라 고운 모래가 되어 사르르 무너졌다. 순식간에 모래가 된 살 속에서 새까만 해골만이 뚝 떨어졌다.

동시에 D가 정신을 잃은 상태로 나타났다. 얼른 달려가 가슴에 귀를 대자, 힘찬 심장 박동 소리가 들렸다.

'다행이야. 살아 있어.'

안심하여 가슴을 쓸어내리려고 할 때였다.

"정령왕 타이니? 너, 데보아의 봉인 때문에 힘을 내지 못하는 거 아니었나?"

구슬 같은 땀을 흘리며 간신히 말하는 루비를 타이니가 노려보았다.

"그런 말, 아무도 하지 않았습니다."

타이니가 손가락을 딱 튕겼다. 루비를 포위하듯이 흙으로 만들어진 창이 무수히 나타났다. 그 끝이 루비를 향했다.

"제기랄! 이놈들아! 당장 나와!"

루비의 발밑이 빛나며 몇 개나 되는 마법진이 출현하더니, 거기서 괴물들이 줄줄이 나왔다. 그들은──.

"어?"

흙 창에 순식간에 꿰뚫려 흙으로 돌아갔다.

"젠장!"

루비가 도망치기 위해 뒤로 물러났지만, 발이 모래가 되어 무너지기 시작했다.

"히익!"

두 발을 잃고 애벌레처럼 도망치려는 루비에게 흙 창이 박히자, 그 몸도 금세 모래로 바뀌었다.

정령들로부터 승리의 함성이 터지는 와중에,

"아직 끝나지 않았습니다. 곧장 이 장소에서 퇴각해요!"

타이니가 한 곳을 응시하며 강한 어조로 지시했다.

"아직 끝나지 않았다고요?"

로보가 반복하듯이 말했다.

"맞아. 그보다 개막 공연이 끝난 것에 불과해."

빨간색과 검은색의 얼룩무늬 옷을 입은 남자가 홀연히 모습을 드러냈다. 툭 튀어나온 안구로 노려볼 뿐인데 등줄기가 오싹했다.

'저건—— 위험해!'

알겠다. 꾸준히 초월자라는 것을 보았기에 알겠다. 저것은 카이와 마찬가지로 틀림없는 초월자다.

"이쪽에는 타이니 님이 계셔! 방금 그 괴물이라면 몰라도, 너 같은 인간 따위는 아무것도 아니야!"

곰 머리 정령이 크게 외쳤다.

"이 나를 인간이라고 하다니. 정말 재미있군요? 여러분도 그렇게 생각하지 않습니까?"

볼이 핼쑥한 남자가 툭 튀어나온 눈으로 주위를 둘러보며 그렇게 물었다.

"우리 주인, 마다라 님이 인간과 같은 하등 생물이라니 유치한 농담입니다! 안 그래, 루주?"

검은색 옷을 입은 장신에 앞니가 벌어진 남자가 나타나 눈이 툭 튀어나온 남자, 마다라에게 정중하게 인사를 하고 소리 높여 말했다.

"우후후후, 누아르, 맞아요. 마다라 님은 우리가 모시는 신! 신성불가침한 존재!"

빨간색 옷을 입은 불건강한 비만 남자가 두 팔을 들고 하늘을 향해 외쳤다.

"""그렇다! 우리 마다라 님은 신! 우리는 그의 신사다!"""

갑자기 정령들을 포위하듯이 나타난 빨간 옷과 검은 옷을 입은 자들이 동시에 소리쳤다.

'최악일세!'

저들은 모두 초월자다. 인간의 섭리에서 벗어난 자들. 만약 저들에게 이길 수 있는 자가 있다면, 마찬가지로 섭리에서 벗어난 그 진정한 괴물 카이 하이네만과 그의 부하들뿐이다.

"제가 시간을 벌겠습니다! 어서 도망쳐요!"

"타, 타이니 님?"

정령왕 타이니의 주위로 울려 퍼지는 커다란 목소리에, 인상을 찡그리고 그 의사를 묻는 펑 머리 장로.

그도 당연하다. 조금 전까지 태연하던 타이니의 아름다운 입술이 색을 잃고 떨리고 있었기 때문이다.

"이자는 초월자입니다! 저는 이자에게 이기지 못해요!"

타이니가 재촉했지만, 역시 얼굴을 마주 볼 뿐 움직이지 않는 정령들.

"어서 도망치게!"

카이와 그 동료들과 비슷한 부류에 이길 리가 없다. 도망칠 수밖에 없다. 지금이라면 전멸이라는 최악의 상황은 피할 수 있다. D를 업고 퇴로를 확인한 때였다.

"놓치지 않겠어요. 특히 거기 당신, 저 재미없는 정령왕 따위보다 훨씬 쓸모가 있을 것 같군요."

마다라가 페리스를 보며 몹시 긴 혀를 내밀고 할짝 입맛을 다셨다.

"제가 그 꼴을 두고만 볼 줄 아십니까!"

타이니가 허공에 모래를 만들어 소용돌이처럼 마다라 측을 덮쳤다.

"루주!"

"알겠습니당!"

루주의 군살로 가득한 몸이 부풀더니, 수십 배나 커진 개구리 같은 괴물의 모습이 되어 모래를 전부 덥석 먹어치웠다.

"큭!"

한쪽 무릎을 꿇은 타이니를 향해 마다라가 천박한 미소를 지었다.

"봐, 이제 슬슬 한계가 온 것 같지 않습니까. 대용품이 발견되었으니 얌전히 있으면 당신은 살려줘도 괜찮을 듯하군요. 뭐, 평생 변태의 장난감이 된다는 불우한 운명이겠지만."

"절대 안 돼! 이 아이에게는 손가락 하나 닿을 수 없습니다!"

"아니, 소용없다니까!"

마다라의 모습이 스르륵 사라지더니, 타이니의 코앞에 나타났다.

"큭?!"

타이니는 백 스텝으로 물러나려고 하였으나, 마다라가 오른손으로 그 목을 잡아 가볍게 들어 올려 잠시 응시했다.

"크하하! 저쪽 발굴품의 정체를 이제야 알겠어! 저건 케처가 집착하던 이 땅에 숨겨져 있다는 너의 친딸이구나!"

희열에 찬 표정으로 마다라가 외쳤다.

"뭐? 따, 딸?"

페리스가 마다라의 말뜻을 이해하지 못하고 앵무새처럼 되풀이했다.

"흠, 알리지 않고 숨겨두었나. 방금 말한 대로, 정령왕 타이니의 사생아가 너야!"

"내가 정령왕 타이니의…… 딸?"

그런 말도 안 되는 일이 있을 리가 없다. 일단 오빠들은 어머니가 페리스가 태어나자마자 죽었다고 말했다. 페리스의 두 오빠는 모두 유별나기로 소문난 성격 파탄자지만, 페리스에게만은 다정했다. 그런 두 사람이 입을 모아 그렇게 말했다.

"그렇다면 실로 재미있게 되었군. 그래, 너의 정령핵, 여기서 이 내가 먹어주마."

마다라가 눈을 형형히 빛내며 끔찍한 소리를 했다.

"그만두게나!"

혼란스러운 머리로 화를 냈다. 상당히 동요한 탓인가 한심한 목소리가 나왔다.

"저 아이, 방금도 감정이 눈에 띄게 격해졌을 때 훌륭히 잠재 능력을 개화시켰어! 자신의 어머니가 먹히는 모습을 실제로 보여주며 정령핵을 뽑아내면, 제법 양질이 되겠지. 그 정령핵을 먹으면 틀림없이 더 큰 힘을 얻을 수 있어!"

마다라가 얼굴을 쾌락으로 일그러뜨리면서, 타이니의 가슴을 향해 왼손을 뻗었다.

"하지 마!"

안 돼! 절대 안 돼! 물론 저 사람의 딸이라느니 하는 뜬구름 잡는 말을 믿은 건 아니다! 하지만—— 하지만. 저 다정한 미소도, 정체를 알 수 없는 슬픔도, 저 사람을 보고 있으면 자연스럽게 생긴다. 게다가 저 사람은 꿈에 나온 여성과 매우 닮았다. 어쩌면 타이니와 페리스의 어머니는 일정한 관계가 있을지도 모른다.

더 이야기하고 싶다! 죽었다고 생각했던 어머니에 관한 단서다! 이런 곳에서 잃을까 보냐!

"그런 응석은 현실에선 통하지 않아!"

마다라의 왼손이 타이니의 가슴을 점차 파고들었다.

"컥!"

억눌린 소리를 내는 타이니!

"그만둬! 그만두게나!"

그렇다. 이런 곳에서 외치기만 한다면, 완전히 옛날과 같다. 올 리가 없는 용사며 영웅의 도움을 바라기만 하던 어린아이.

세상의 불합리함에 한탄하며 멋대로 절망하고, 기다려도 오지 않는다면 조금이라도 약한 자의 힘이 되겠다 맹세했다. 그렇게 페리스는 왕궁에서 뛰쳐나갔다. 하지만 결국 페리스는 왕궁을 나간 뒤에도 변함없이 도움을 기다리기만 했다. 따라서 에르딤의 일로 카이는 페리스에게 분개했다.

——분발해! 남에게만 의존해서는 아무것도 잡을 수 없어! 그 녀석에게도 들은 말이잖아!

페리스는 자신의 용기를 북돋우며 일어나, 오른쪽 무릎에 힘을 주어 지면을 몇 걸음 박찼다.

"음?"

거리를 좁힌 페리스는 타이니를 든 마다라의 두 팔을 걷어찼다. 뼈가 부서지는 소리와 함께 마다라의 두 팔이 엉뚱한 방향으로 꺾였고, 타이니는 중력에 따라 바닥으로 떨어졌다.

"네 이놈——."

그 순간, 페리스는 온 힘을 다해 마다라의 얼굴을 오른쪽 주먹으로 때렸다. 마다라는 바닥을 통통 튕겨 나가 커다란 나무를 쓰러뜨린 뒤에야 간신히 멈췄다.

"이 망할 자식이! 우리의 위대한 마다라 님을!"

누아르가 호통을 치자 오른쪽 팔이 거대한 악어 같은 생물로 변했다. 크게 벌어진 입이 페리스를 노리고 초고속으로 달려들었다.

아직 멀었다! 아직 포기할 수는 없다! 포기하고 이런 녀석들을 마음대로 놔두면 페리스의 어머니를 알지도 모르는 타이니는 죽는다. 이 마을의 무고한 정령들이 죽는다. 그리고 페리스가 태어나 처음으로 설명하기 힘든 감정을 품은 D가 죽는다. 그것만은── 절대 용납할 수 없다!

"너희 따위에게── 절대 지지 않아!"

있는 힘을 모아 대지를 질주했다. 그 페리스를 잡아먹을 듯이 달려드는 누아르의 오른팔. 페리스는 쫓아오는 커다란 입을 향해 왼쪽 손바닥을 등 뒤로 뻗어 특기 마법, '케테르 프레이'를 힘껏 날렸다. 작렬하는 열풍이 누아르의 오른팔에 달린 커다란 입을 감쌌다.

"으아악!"

작게 비명을 지르며 고통스러워하는 누아르의 오른팔. 완전히 처리하기 위해 마법을 영창하려는 순간, 갑자기 눈앞에 마다라가 모습을 나타냈다.

"──큭?!"

필사적으로 뒤로 피하려고 하였으나, 부러졌을 터인 마다라의 오른손에 의해 쉽게 멱살을 잡히고 말았다. 회복이라도 한 모양이다. 지금까지 부러져 있던 마다라의 두 팔은 빨간색과 검은색으로 얼룩덜룩하게 변했고, 여러 혈관이 피부 위로 두드러져 있었다.

코와 입에서 피를 흘리며 마다라가 찔러 죽일 기세로 노려보았다.

"제법 하는구나. 손버릇이 나쁜가?"

"익!"

페리스의 오른팔에 불꼬챙이로 찌른 듯한 고통이 흘렀다. 오른팔이 어깨부터 찌부러져 있었다.

"아니면 출랑거리는 그 두 다리가 문젠가?"

"윽!"

이어서 양쪽 허벅지가 박살났다. 그로 인한 격통에 날아갈 것 같은 의식을 아랫입술을 깨물어 간신히 유지했다.

"페리스!"

타이니가 비명과 같이 이름을 불렀다.

"내 걱정은 하지 말게! 이런 녀석에겐 지지 않아!"

마다라를 노려보며 허세를 부렸다. 패배를 인정하면 페리스의 패배다. 바꾸어 말하면, 패배를 인정할 때까지 승부는 나지 않는다는 뜻이다.

"마음에 안 드네. 이 절망적인 상황에도 너의 눈은 아직 패배자의 눈이 아냐. 뭔가 비장의 수단이라도 있나?"

비장의 수단? 그런 유용한 것이 있을 리가 없다. 다만 마음마저 꺾이면 진짜 패배한다. 그 녀석에게 그렇게 배웠을 뿐이다. 이제 그 녀석이 하려던 말이 잘 이해된다. 이렇게——.

"멍청이!"

왼쪽 손바닥을 그의 얼굴로 향한 뒤, 유일하게 움직이는 왼팔에 무영창으로 마력을 주입하여 저주를 발동했다. 페리스의 왼팔에서 생겨난 저주 주문이 시야를 완전히 어둠으로 물들였다.

세상이 빛을 되찾자 마다라의 오른팔을 수많은 검은색 뱀이 물어뜯고 있었다. 그러나 마다라가 마치 벌레라도 털어내듯 오른팔을 몇 차례 흔들자, 검은색 뱀이 날아가 먼지로 변했다.

"소용없었네. 그만 포기해. 너와 나는 존재의 그릇 자체가 달라."

바닥에 떨어져 그에게서 거리를 벌리려고 애벌레처럼 기어가던 페리스의 머리를 마다라가 붙잡아 들어 올렸다.

"어리석구나. 정말 어리석어. 이렇게까지 힘의 차이가 나면서 패배조차 인정하지 못하다니. 너무 어리석어 구원받을 여지도 없는 불쌍한 생물이야. 하지만 그런 불쌍한 생물이 절망하여 울부짖는 것이 나는 정말 좋거든! 내 말이 맞지? 루주?"

마다라가 희열에 찬 얼굴로 루주에게 동의를 구했다.

"물론 그래야 마다라 님이니까요!"

루주가 황홀한 표정으로 두 손을 모으고 히스테릭한 목소리로 외쳤다.

"너는 내가 다음 스테이지로 진화하기 위한 중요한 먹이야. 방금 엄청나게 근사한 아이디어가 떠올랐어! 네가 어머니의 정령핵을 꺼내 먹는 거야!"

마다라가 페리스로서는 생각하기도 끔찍한 말을 입에 담았다.

"과연 마다라 님! 최고의 아이디어입니다!"

눈물을 흘리며 감탄사를 내뱉는 누아르.

마다라의 두 눈이 꺼림칙하게 빛났다.

──두근!

순간 심장이 크게 뛰며 페리스의 시야가 새빨갛게 물들었다.

저주로 새까매져 움직이지 않을 터인 왼팔이 변형되어 갔다. 왼팔이 두 배로 부풀면서 왼손의 손톱이 길어졌다.

"사랑하는 어머니를 자신의 손으로 죽이고, 그 영혼의 결정을 먹어치운다. 으음, 그야말로 몸과 마음이 더럽혀진 절망으로 가득 찬 희귀한 영혼! 그것은 너무나 너무나 맛있고, 이 나를 강하게 만들어 진정한 신의 자리로 이끌어줄 테지!"

마다라가 몸을 비틀어 페리스를 루주에게 던졌다.

"자, 어서 시작해!"

이어서 쾌활한 목소리로 명령했다.

"알겠습니다!"

루주가 페리스의 뒷덜미를 잡고 질질 끌었다.

"페리스!"

절규하는 타이니를 바라보며, 누아르의 얼굴이 추악하게 일그러졌다.

"이봐, 그 녀석을 잡고 있어!"

누아르가 등 뒤에 있는 검은색 옷을 입은 자들에게 지시를 내렸다. 남자들은 타이니의 입을 막고 뒤에서 두 팔을 잡아 무릎을 꿇렸다. 그러자 루주가 페리스를 타이니의 앞으로 내던졌다.

"잇츠 쇼 타임!!"

마다라가 두 팔을 벌리고 하늘을 향해 환희에 찬 목소리로 외쳤다.

페리스의 온몸을 검은색과 빨간색의 진흙 같은 것이 휘감았다. 그 진흙이 천천히 페리스의 몸을 움직였다.

"하, 하지 마!"

페리스가 타이니의 앞에 서자, 팽창하여 거대해진 왼팔이 공격할 자세를 취했다.

"이러지 말게!"

이대로 왼팔을 뻗으면 타이니는 죽는다. 그 모습이 확실한 미래의 사건으로 예견되었다. 타이니는 페리스의 어머니에 대한 유일한 단서. 이 뒤에 어머니에 대해 물어야만 한다! 무엇보다 다정하고 그리운 분위기를 지닌 이 여성을 잃는 일이 절대 있어서는 안 된다.

"젠장!"

분한 마음에 눈물이 뚝뚝 흘렀다. 구하기는커녕 저들의 의도대로 조종당하는 자신에게 진심으로 혐오감이 일었다.

"자, 어서 해!"

흥분한 목소리로 마다라가 명령하자, 페리스의 왼손이 단단해지며 빨간색과 검은색의 얼룩무늬로 물들었다.

필사적으로 저항하려고 하였지만, 그것이 소용없는 저항임을 페리스도 알고 있었다. 하지만── 페리스는 포기하지 않았다. 절대 마음만은 질 수 없다! 왜냐하면 그가 믿고 맡겼으니까. 페리스가 구하지 않으면 안 된다.

──그런데 페리스의 입에서 나온 것은──.

"도와줘……."

자신의 결심과는 정반대로 남을 의지하는 말이었다.

"안됐네! 널 도와줄 수 있는 사람은 어디에도 없어!"

페리스의 간절한 바람에 마다라가 추악한 얼굴로 손가락을 딱 튕겼다. 천천히 시간이 흐르는 가운데, 페리스의 왼손이 타이니의 가슴으로 파고들었다.

　"도와줘——! D——!"

　페리스가 영웅의 이름을 불렀다.

　"구웩?"

　그 순간 타이니를 붙잡고 있던 검은 옷들에게 몇 개의 선이 그어지더니, 천천히 몸이 어긋나며 자잘한 살점이 되어 바닥으로 철퍼덕 쏟아졌다.

　"이거 참."

　한숨 섞인 목소리와 함께 페리스는 누군가에게 안겨 있었다. 페리스가 지금 가장 와주기를 바라던 그의 얼굴이 보인다.

　"D……."

　강렬한 안도감에 얼굴을 가슴에 묻었다. 자신의 나약함에 의한 분함도, 놈들을 향한 격렬한 분노도 모두 사라지고, 대신 참기 힘들 만큼 애절한 마음에 페리스는 소리를 내어 울음을 터뜨렸다.

　"페리스, 넌 정말 열심히 노력했어. 뒤는 내게 맡겨."

　D가 페리스의 뒤통수를 살며시 쓰다듬었다.

　"시라유키, 페리스를 부탁해."

　"알겠습니다!"

　D가 전체적으로 하얀 옷에 흰색 마스크로 얼굴 대부분을 가린 여성에게 페리스를 건네고, 어디선가 책과 같은 것을 꺼내 무언

가를 중얼거렸다. 눈부신 빛과 함께 나타난 슬라임 몇 마리.

"애들아, 저 사람들의 상처를 치유해!"

D의 지시에 슬라임이 기쁨으로 몸을 부르르 떨더니, 페리스의 몸을 감쌌다. 지금까지 느끼던 고통이 거짓말처럼 사라지고 몸 전체의 상처가 회복되었다. 동시에 다른 슬라임도 타이니며 다른 정령들을 순식간에 치료했다. 페리스와 정령들을 치료한 뒤, 슬라임들은 의기양양하게 D의 주위를 빙글빙글 돌기 시작했다.

"잘했어. 잠깐 들어가 있어."

D가 주변을 맴도는 슬라임을 다정하게 쓰다듬으며 지시하자, 슬라임들은 한 번 크게 점프한 다음 모습을 감췄다.

"저, 저 슬라임……."

저 슬라임은 전에 본 적이 있다. 아니, 에르딤에서 **그 녀석**이 페리스 일행을 치료하기 위해 불러낸 슬라임들이다. D의 지시에 따르도록 **그 녀석**이 슬라임들에게 지시를 내린 걸까? 그런 것 치고는 너무 잘 따르는 것 같다. 무엇보다 지금 저 D의 어조와 분위기는 마치…….

페리스가 한 가지 결론에 도달하려는 순간, D가 마다라 쪽을 쭉 둘러보았다.

"나는 개인적으로 꽤 참을성이 강하다고 생각했거든. 친딸에게 어머니를 죽이고 먹게 하려고 조종하다니…… 정말 감탄스러워. 너희는 나를 화나게 하는 것에 있어서는 정말 천부적인 재능을 지녔구나."

D가 얼굴을 추악하게 바꾸고 분노를 드러냈다.

"흐음. 나의 신사를 쓰러뜨렸나. 나름대로 강하기는 한가 봐. 도무지 루비 따위에게 진 벌레 나부랭이라고는 생각할 수 없는데."

"나에게도 사정이 있거든."

"사정?"

마다라가 인상을 쓰고 앵무새처럼 말을 따라했다.

"그래. 하지만 너 같은 유사 마물은 알 필요가 없어."

D가 거만하게 대답했다. 역시 그렇다. 이 천상천하 유아독존과 같은 태도. 일방적이고 오만불손을 옷으로 입고 걷는 듯한 모습에 페리스는 당초, 상당히 반발하지 않았던가.

"이, 이 나를 유사 마물이라고?!"

이마에 핏대를 세우고 격노하는 마다라를 보며, D는 바닥에 널브러져 죽은 용병들의 장검 중 하나를 주웠다.

"그러게, 너희 같은 똥오줌을 마물과 가깝다고 표현하다니, 마물에게 다소 예의가 없었네. 사과해야겠어."

마다라를 향해 칼끝을 겨누며, 그는 전혀 위로가 되지 않는 말로 도발했다.

"인간 따위가 나를 얕보다니! 누아르, 루주, 저 주제도 모르는 놈에게 절망을 안겨줘! 단, 절대 죽이지 마! 저 희귀품과 마찬가지로 공들여 괴롭혀줄 테니!"

"네!"

"알겠습니다!"

누아르를 중심으로 한 검은 옷 집단과 루주를 선두로 한 빨간 옷 집단이 D를 빙 에워쌌다.

"이제 와서 목숨을 구걸해도 소용없어!"

누아르가 외치자, 그 온몸의 피부 표면이 부글부글 거품이 터지면서 부풀었다. 그는 인간의 얼굴이 달린 거대한 달팽이와 같은 모습으로 변모했다. 이어서 다른 검은 옷 집단도 거대한 민달팽이 같은 생물로 변했다.

"맞아! 너는 우리의 존귀한 분, 마다라 님을 모욕했어! 너 같은 날벌레 따위가!"

루주가 비만인 몸을 출렁출렁 흔들자 내부의 살이 밀려 올라오며 산처럼 커다란 두 개의 머리에 네 개의 팔이 달린 돼지 얼굴의 생물로 변해갔다. 동시에 빨간 옷 집단도 짐승 같은 이형의 괴물로 바뀌었다.

"뭐, 뭐야…… 저게?"

켓이 부들부들 떨리는 몸을 안으며, 간신히 말을 꺼냈다.

"끝났어…… 설령 타이니 님이라도 저런 것을 이길 리가 없어!"

꿩 머리 장로도 새된 목소리로 외쳤다. 그것을 시작으로 차례차례 절망적인 말을 하는 정령들.

"제가 저분과 함께 가능한 한 시간을 끌겠습니다! 당장 이 자리에서 도망치세요!"

타이니가 긴 머리카락을 흐트러뜨린 채 크게 지시를 내리자, 주위에 돌덩어리가 몇 개 출현하며 그것들을 중심으로 마법진 같은 것이 나타났다.

"…………."

타이니가 유일하게 살아남을 방법을 지시했음에도, 모두 고개를 숙인 채 한 걸음도 움직이려고 하지 않았다. 그들에게 박제된 절망적인 표정을 한 번이라도 본다면, 지금 어떤 심경인지 파악하기란 매우 간단하다. 왜냐하면 옛날에 페리스가 그랬으니까.

'나도 저런 식으로 그저 포기했었지…….'

에르딤에서 신의 사자라 나선 프레트예나 하는 속물에게 습격당했을 때도 그랬다. 그때 페리스는 최선을 다했다고 생각했으나, 자신의 무력함에 절망하여 결국 포기하고 **그 녀석**의 강대한 힘에 의지하려고 했다. 그렇다. 마침 지금도 필사적으로 저항하는 타이니의 기대를 배신하고, 자신의 불운함을 한탄하고 가만히 있기만 하는 이 정령들처럼.

하지만 그래서는 안 된다. 타인에 의해 일방적으로 주어진 평화에는 가치가 없다. 그런 평화는 쉽게, 더 큰 재앙에 의해 부서지고 만다.

그것을 알기에 **그 녀석**은 그때 직접 돕지 않고, 에르딤의 민중 스스로 위기를 극복하게 만들었을 것이다.

뭐, 너무 지나친 감은 있지만, 결국 에르딤의 백성은 살아남아 자신의 발로 자신의 길을 걷기 시작했다.

"뭐 하는 거예요! 어서 모두를 데리고 도망쳐요!"

타이니라고는 생각할 수 없는 무서운 기세로 재촉하였지만, 정령들은 역시 몸을 움츠리고 턱을 가슴에 붙이고 있을 뿐이다.

"어서!"

필사적으로 부르짖는 타이니에게.

"걱정하지 말게. **이곳**은 이미 끝났네."

페리스는 고개를 가로저으며 대답했다.

"페리스, 당신까지——."

"**그 녀석**이 스스로 개입한 이상, 저들의 멸망은 약속되었네."

그리고 타이니의 말을 오른손으로 제지하며 강하게 단언했다.

"멸망이 약속되었다고?"

"음. 보고 있으면 바로 알게 될 걸세."

그렇다. 그 녀석이 페리스를 구했다. 아마 이 자리에서 다른 사람이 할 일은 이제 없다고 생각해도 좋다.

'하지만 **그 녀석**답지 않게 진심으로 화가 난 듯했어…….'

혹시 단순히 페리스가 고통받는 것을 참을 수 없었다든가? 만약 그렇다면——.

'뭐? 기다리게! 안 돼! 대체 내가 무슨 생각을 하는 것인가! 그 녀석은 배배 꼬인 꽈배기 대왕인데!'

순간 치밀어오른 엉뚱한 생각을 고개를 가로저어 애써 억눌렀다.

'하지만 결국 **그 녀석**은 D였고…… 위험한 상황에 구해주었고, 공주님 안기도 해줬고…… 게다가 의외로 다정하고…….'

온갖 생각이 떠올라 몸부림을 치는 사이.

"이, 이봐! 큰일이야!"

로보의 놀란 소리에 현실로 돌아왔다.

D를 포위한 민달팽이 괴물들이 일제히 D를 공격하려는 참이

었다.

무수한 민달팽이들이 D를 건드리려고 한순간, 그 움직임이 부자연스럽게 정지했다. 그리고 민달팽이들의 온몸에 무수한 선이 생기더니 조각난 작은 살점이 되어 바닥으로 떨어졌다.

"엥?"

놀란 소리를 내는 누아르. 어느새 D는 누아르의 코앞에 서서 장검을 아무렇게나 휘두르고 있었다.

"끼엑!"

누아르가 괴상한 비명을 지르고, 녹색 피를 흩뿌리며 천천히 머리부터 세로로 갈라져 바닥으로 쓰러졌다.

"네, 네 이놈, 대체 무슨 짓을 한 거야?!"

이족보행을 하는 머리 두 개에 돼지 얼굴의 괴물, 루주가 떨리는 목소리로 묻자 D는 코웃음을 쳤다.

"이 정도 공격조차 이해하지 못하니까 너희는 조무래기라는 거야."

그렇게 단언하고 D는 중심을 살짝 낮추더니 오른손에 든 장검의 칼끝을 왼쪽 대각선 아래로 이동시켰다.

"저 녀석을 죽여!"

아마 야생의 본능일 것이다. 농후한 죽음의 냄새에 루주가 공포로 얼굴을 굳히며, 부하들에게 돌격을 명령하고 자신은 살짝 뒤로 물러났을 때였다.

"'진계류 검술 일도류' 제2형── 전광석화."

D가 언령을 자아냈다. 그 순간 하늘에 몇 개의 빛줄기가 그어

133

졌다. 검은 옷을 입은 괴물들의 목이 절단되어 허공을 날았고, 몸도 열 십(十) 자 모양으로 갈라졌다.

"히이이이이익!"

루주가 절규하며 도망치려고 했다.

"어라? 내 얼굴이?!"

머리가 둘인 돼지 얼굴이 세로로 갈라지고 있었다.

"제기랄!"

루주는 자신의 무너지는 얼굴을 양손으로 애써 붙잡으려고 하였지만, 그 손도 손목부터 잘려나가고 있었다. 루주의 뒤에 나타난 D가 장검으로 그의 중심을 아무렇게나 찔렀다. 그 순간 몸이 산산이 조각나 흩어졌다.

"그렇지? 내가 말한 대로지 않나?"

"…………."

어쩐지 의기양양한 페리스의 말에 정령들은 새파랗게 질린 얼굴로 굳어버렸다.

"세상에…… 저 클래스의 초월자가……."

타이니가 경악한 목소리로 간신히 말했다.

"아니, 너, 인간이 아니었어?!"

몹시 당황하여 D에게 묻는 마다라.

"어? 보면 알잖아? 나는 인간이야."

D가 황당하다는 얼굴로 미간을 찌푸리고 불쾌한 듯 단언했다.

"거짓말하지 마! 고작 인간이 나의 신사를 죽일 수 있을 리가 없잖아!"

"믿든 말든 아무래도 좋아. 넌 나를 진심으로 불쾌하게 만들었어. 따라서 너의 행선지는 이미 정해졌어."

이미 엉망이 된 장검을 들어 위협하는 자세로 **그 녀석**답게 거만하기 짝이 없는 말을 내뱉었다.

타산적이게도 얼마 전까지는 적지 않게 반발심을 느꼈던 그 녀석의 자기중심적인 태도에 페리스는 가슴이 죄이는 듯한 기분을 느꼈다.

"고작해야 신사를 죽인 정도로 우쭐하지 마! 나는 전능한 신이니라! 신성한 이 모습을 똑바로 보고, 두려움에 질려 자신의 거만함과 어리석음을 후회하는 게 좋을 것이다!"

루주, 누아르와 마찬가지로 마다라의 전신이 부풀었다. 비늘이 돋고 목이 길어지더니, 등에서 박쥐 날개가 돋아났다. 마다라는 이내 10메르에 달하는 눈이 하나뿐인 괴물로 변신했다. 입에서 뻗어 나온 긴 혀에 충혈된 외눈, 여섯 개의 발, 온몸에 달린 수많은 인간의 얼굴. 그 끔찍한 모습은 신이라기보다 옛날이야기에 나오는 악마라고 말하는 편이 더 나을 것이다.

"바보냐! 커지기만 하면 이길 거라고 생각했나! 그래서는 그저 베어낼 부위가 커진 것뿐이잖아!"

D의 호통과 함께 여러 빛줄기가 그어졌다.

"후회?"

얼빠진 소리를 내며 마다라의 사지가 몸에서 스르륵 낙하하더니 차례로 바닥에 떨어졌다. 한 박자 늦게 찢어질 듯한 마다라의 절규가 울려 퍼졌다.

"비명을 지를 여유가 있으면 도망치든, 공격하든 뭐라도 행동해!"

다시 거칠게 말하는 D.

"히익!"

마다라는 공포에 굳은 얼굴로 박쥐 날개를 퍼덕이며 도망치려고 하였으나, 그 날개도 뿌리부터 절단되어 바닥으로 떨어져 땅을 울렸다.

"도망칠 거면 적어도 나를 붙잡아둘 수단을 마련해야지! 너는 내가 가만히 보고 있을 만큼 멍청하게 보이나?"

"괴, 괴물이야!"

어떻게든 멀어지려는 마다라를 향해, 그야말로 **그 녀석**을 상징하는 말을 내뱉은 D는 크게 한숨을 내쉬었다.

"네 행선지를 아직 전달하지 않았구나."

"해, 행선지?"

마다라가 조심스럽게 되물었다.

"그래, 한 줄기 빛조차 비치지 않는 나락의 끝이야."

입꼬리를 올린 D가 마다라에게 악몽과도 같은 선언을 했다. 그 직후 하늘을 뒤덮는 검은 구름이 나타났다. 나아가 주위에 짙은 검은색 안개가 깔리기 시작했다. 그리고 검은 구름에서 내려온 몇 개나 되는 칠흑의 대검. 그것들이 D를 중심으로 페리스 일행을 빙 둘러서 감싸듯이 대지에 박혔다.

"어, 어이, 저기 봐……."

갈라진 목소리로 지적하는 로보의 시선 끝에는 대검 앞으로 차례차례 출현하는 이형의 존재들이 있었다.

"세, 세상에……."

타이니가 창백해진 얼굴로 놀라움을 표했다. 타이니만이 아니다. 정령들은 모두 예외 없이 이를 딱딱 부딪치고 있었다. 뭐, **그 녀석**의 부하를 처음 봤을 때는 페리스도 비슷했으니 그 마음은 누구보다 잘 알고 있지만.

"그분의 곁으로!"

일제히 D를 향해 무릎을 꿇는 **그 녀석**의 부하, 초월자들.

"저기 쓰레기로부터 사정을 알아내. 무지나의 정보에 따르면 저 녀석은 원래 인간이었다고 하니까. 십중팔구, 저 녀석을 마물로 만들고 이 마을을 습격하게 한 흑막이 있어."

"아, 아, 안 돼!"

마다라가 공포로 비명을 질렀을 때—— 지면에서 튀어나온 새하얀 입 같은 것이 마다라를 삼키고 씹어버렸다. 거대한 악의 실로 어이없는 퇴장에 머리가 따라가지 못하는지, 정령들은 아연실색하여 서 있을 뿐이었다.

"황송합니다만, 이제 주인님의 존용을 보이실 때가 아니신지!"

그 녀석의 부하 중 코가 긴 괴물, 기리메칼라가 진언했다.

"그것도 그러네. 이제 모습을 위장할 필요도 없나."

그때처럼 오른손 집게손가락을 건드리자, D는 마치 발끝부터 가짜 가죽을 벗겨내듯이 회색 머리의 소년, 카이 하이네만으로 변했다.

***

　이번에 겉으로 내세운 계획은 아키나시와 정령 마을을 우리 진영으로 끌어들이는 것이다. 덤인 정령 마을은 차치하고, 아키나시는 도시형 영지이기는 하지만 광산을 중심으로 했기에 인구가 7천 명이 넘는다. 또한 그 때문에 앞으로 이용할 삼대 세력 5천 명을 더하면 이스트엔드의 주민 수는 1만 4천 명 정도가 된다. 1만이 넘으면 소규모 나름대로 미래를 염두에 두고 경제 활동을 할 수 있다.

　본 계획은 정보상 무지나로부터 얻은 몇 가지 정보를 토대로 하였다.

　그 중심에는 악룡 데보아의 전설이 있다. 이것은 과거의 이세계인, 코테츠 아키나시의 또 다른 이야기다. 3백 년 전, 이세계인 코테츠 아키나시는 운이 없게도 이 세계로 헤매어 들어왔다. 낯선 문화, 낯선 상식, 다양한 갈등에 괴로워하며 그는 그 특수한 힘으로 이 아멜리아 왕국의 온갖 위기를 극복했다. 그중에서도 최대의 위기, 그것이 악룡 데보아의 습격이었다. 데보아는 코테츠와 마찬가지로 이세계에서 온 존재다. 갑자기 아멜리아 왕국의 동쪽 부근에 출현한 데보아는 도시를 태우고, 연간 5백 명의 아이와 5백 명의 젊은 여성을 제물로 바치라고 요구해왔다. 옥신각신한 끝에 당시 아멜리아 정부는 이 요구를 거부. 토벌대가 조직되었다. 당시 코테츠에게는 연인이 있었는데, 토벌대에 참가하지 않으면 그 연인을 제물로 바치겠다는 협박에 어쩔 수 없이 동료가 되어 참전했다.

그러나 악룡은 너무 강했다. 코테츠 이외의 토벌대는 전멸했다. 그리고 악룡의 보복으로 아멜리아 왕국의 한 도시가 폐허가 되어, 그 도시에서 살던 코테츠의 연인도 사망하고 만다. 증오의 불꽃을 태운 코테츠는 대지의 정령왕 타이탄의 조력을 얻어 보란 듯이 데보아를 봉인하는 데 성공한다. 말 그대로 목숨을 건 데보아와의 싸움에서 코테츠와 타이탄은 전사하고 만다. 그 코테츠와 타이탄이 만든 봉인을 유지해온 것이 타이탄의 딸, 타이니다. 그녀는 수백 년 동안 계속해서 데보아의 봉인을 유지하기 위한 술식을 구축해왔다.

타이니의 봉인 술식은 데보아와 영혼으로 링크할 필요가 있는데, 그 탓에 타이니는 데보아로부터 저주와 같은 것을 받고 말았다. 한마디로 3백 년 동안, 데보아의 저주를 계속 받아온 타이니의 몸은 이미 엉망이 된 상태라는 뜻이다.

그리고 30년 전에 결정적이라고 해도 좋을 사건이 발생한다. 타이니의 수명이 다해가고 있어 악룡 데보아가 부활할 조짐이 보인다는 보고를 받은 선왕이, 정령 마을로 몰래 시찰을 나선 것이다. 그때 어떤 드라마가 펼쳐졌는지는 모르지만, 결과적으로 선왕과 타이니는 사랑에 빠진다. 선왕은 몇 번이나 시찰을 구실로 타이니를 만나러 방문했고, 그 결과 태어난 아이가 페리스다. 정령 마을에 인간이 사는 것은 허락되지 않는다. 그 오래된 정령들의 규정에 따라 페리스는 아멜리아 왕국의 왕족으로 자라게 되었다.

그로부터 30년이 지난 현재, 봉인 술식의 행사로 타이니는 길어야 반년인 목숨이 되었다. 유일하게 사정을 알던 장로가 타이니를 안쓰럽게 여겨서 모두에게 페리스에 대해 밝혔다. 의논한 끝에 로보와 켓이 타이니와 한 번이라도 만나게 하기 위해 페리스를 데리러 갔을 때, 케처 백작이 고용한 용병들에게 포박되고 만 것이다.

케처 백작이란 전부터 아키나시를 노리는 쓰레기 백작이다. 우리의 아키나시 편입을 방해하는 걸림돌 중 하나이기도 했기에 무지나에게 조사시켰다. 그 보고 그대로, 케처는 아멜리아 왕국의 왕자, 길버트 로트 아멜리아의 명령에 따라 용사의 사성길드 중 최후의 하나인 룰렛의 마다라와 손을 잡고 아키나시와 정령 마을 전체를 빼앗으려는 계획을 세웠다.

나는 이 케처라는 멍청이를 최대한 이용하여 본 계획의 본래 목적에 착수했다. 즉, 페리스를 정령들의 왕으로 만들기 위한 시련을 내리는 것이다.

'신의 잔' 사건으로 보호한 정령들의 이야기를 들어보니, 정령들이 멸망으로 향하는 것은 틀림없다. 물론 타이니의 수명이 다하면 악룡 데보아가 부활할 테고, 정령들 스스로가 인간 도적들에게 사로잡힐 만큼 본래의 힘을 잃고 만 것도 있다. 그러나 그것들은 어디까지나 원인 중 하나에 불과하며, 미래의 확실한 멸망의 길을 걷게 한 요인은 따로 있다.

그것은—— 타이니라는 왕 한 명에게 맡기고 자신은 전혀 움직이지 않는 태도다. 톱인 타이니도 왕으로서 다른 정령들을 이

끌려고는 하지 않고, 그저 정령들을 지키는 것에만 전념했다. 지켜지는 것에 익숙해져 싸우는 것도 잊은 백성이란 노예나 마찬가지다. 왕이란 노예 같은 백성을 만드는 존재가 아니다. 그런 의미로는 타이니는 왕으로서 완전히 실격이다. 그보다 너무 착한 타이니는 왕에 적합하지 않고, 그녀가 있어야 할 장소는 이곳이 아니다. 그녀 대신 정령들을 이끌 진정한 의미의 왕이 필요하다.

여기서 후보로 오른 것이 타이니의 딸 페리스다. 페리스는 로제와 마찬가지로 자신의 신념을 위해서라면, 목숨보다 소중한 부모와 형제조차도 적으로 돌릴 만한 강함을 지녔다. 물론 페리스도 과거의 행동에서 타이니와 다른 정령들처럼 남에게 의존하려는 마음이 느껴졌다. 이대로는 도저히 정령들의 왕으로 적합하다고는 말할 수 없다.

애초에 왕이란 누구보다 강해야 한다. 물론 자신보다 강한 것은 이 세상에 얼마든지 있다. 그러나 적어도 왕은 강하게 보이지 않으면 안 된다. 자신만은 자신의 강함을 믿고, 아무리 괴롭고 좌절할 것 같아도 앞으로 계속 나아가야 한다. 백성들은 약하고 금방 도망치는 왕 따위는 동경하지 않으며, 자신의 운명을 맡기려는 생각은 하지 않을 테니까.

따라서 나는 D라는 청년이 되어 페리스의 선택을 지켜보기로 했다. 이것은 페리스가 정령들의 왕이 될 수 있을지 알아보는 시련이므로, 결코 편의를 봐주어서는 안 될 일이다. 그럴 터였다. 그런데 결국 나는 마지막까지 지켜보지 못하고 개입하고 말

앉다. 부하들에게 명령해두었기에 페리스가 죽는 일은 만에 하나라도 없었는데 말이다. 아마 페리스의 그 끝까지 굽히지 않는 처절함에 답지 않게 자극받은 것일지도 모른다.

아무튼 페리스를 구한 뒤 마다라라는 허접한 조무래기를 소탕하고, 지금 나는 정령들의 앞에 있다.

"위대한 분의 앞이다! 다들 고개를 숙이고 예의를 표하라!"

기리메칼라의 굵은 목소리에 정령들은 타이니를 포함하여 모두 엎드려 절했다. 한 사람, 페리스만이 똑바로 서서 나를 강한 눈으로 응시하고 있었다. 그녀는 잭조차 숨을 죽이는 나의 일부 부하들의 적의마저 담긴 강한 시선을 정면으로 받으면서도 눈썹 하나 까딱하지 않는다. 정말 이 녀석이 예전의 그 페리스인 걸까. 단기간에 너무 달라졌는데.

"반가워, 나는 카이 하이네만, 인간 검사야."

나의 자기소개에 술렁거리는 정령들. 모두 의아한 얼굴로 서로 마주 보고 있다.

"이번에 저희 고향을 구해주셔서 진심으로 감사드립니다."

타이니가 대표로 감사 인사를 하였다.

"너희 고향을 구했다고? 아무래도 착각한 모양인데 나는 구하지 않았어. 오히려 지금부터가 진짜 시작이야."

나는 그들의 결정적인 잘못을 지적했다. 나의 강제적인 개입으로 조금 예정이 달라지고 말았지만, 아직 충분히 수정 가능한 수준이다. 응. 분명히 그렇다.

"지, 진짜 시작이라니요?"

핑 머리 장로가 엎드린 채 조심스럽게 질문했다.

"이제 곧 악룡 데보아가 부활해. 아니지. 내가 부활시킬 거야. 자신의 고향을 지키고 싶다면, 너희가 데보아를 토벌해봐."

나의 이 일방적이고 협박 같은 지시에 정령들 사이에 강렬한 긴장감이 흘렀다.

"황송하지만, 데보아가 부활하면——."

타이니가 초조한 목소리로 생각을 바꿀 것을 종용했다.

"여기 일대는 불바다가 되겠지. 물론 너희가 이대로 아무것도 하지 않으면 말이야."

조심스럽게 그들이 나아가야 할 길을 제시했다. 그러나——.

"제발 자비를! 부디 데보아의 부활만은 하지 말아 주십시오!"

타이니가 울먹이는 목소리로 진부한 말을 내뱉었다.

"이봐…… 내가 아니라도 데보아의 저주 때문에 네 몸도 한계잖아? 그 넝마가 된 몸으로 데보아를 앞으로 얼마나 더 봉인할 수 있는데?"

"그, 그것은…….."

타이니가 말문이 막혀 대답하지 못했다.

"나의 개입과는 상관없이 넌 곧 데보아의 저주로 죽고 녀석은 부활할 거야. 아니야?"

"네……."

"빠르든 늦든 데보아는 부활해. 너희는 꼬리를 말고 고향을 버리든가, 데보아와 싸우는 것밖에 나아갈 길이 없어."

"당신이라면 데보아의 토벌이 가능하십니까?"

타이니가 물었다.

"우리 위대한 분께—— 그런 하찮은 도마뱀 따위의 토벌이 가능하냐고?"

기리메칼라의 분노한 굵은 목소리가 울려 퍼지자, 그것을 시작으로 주위를 둘러싼 기리메칼라파의 존재들로부터 타들어 가는 분노의 감정이 뿜어져 나왔다. 작게 비명을 지르고 의식을 잃는 정령들이 속출하는 와중에 나는 오른손으로 부하들을 제지했다.

"가능해."

단적으로 대답했다. 그야 데보아는 아멜리아 왕국 정부의 문헌에는 일단 용이라고 되어 있지만, 그 이지 던전의 토벌 도감 속 용들과는 비교도 안 될 만큼 약한 듯하기 때문이다. '듯'이라 말하는 건 데보아의 사고를 읽게 했을 때, 도감에서 최약에 속하는 정령 사토리가 저 정도라면 능력을 쓰지 않아도 이긴다고 말해서 그렇다.

"모쪼록 부탁드리겠습니다! 데보아를 쓰러뜨려 주시지 않겠습니까?!"

타이니가 바닥에 이마를 대고 절박한 표정으로 애원했다.

"이건 너희의 문제고 나는 완벽히 외부인이야. 내가 데보아를 쓰러뜨리는 건 도리에 어긋나겠지. 그렇지 않나?"

"부탁드립니다! 제가 어떤 일이라도 하겠습니다! 그러니까——."

"그거야! 그게 애초에 틀렸어! 왕이 쉽게 자신을 희생하겠다는 말을 하다니?! 온갖 면에서 넌 왕으로서 실격이야!"

"기분이 상하셨다면 사죄드리겠습니다. 그러니까——."

"타이니…… 그런 문제가 아니야. 이제 됐어. 너와 이 이상 말해도 소용없어. 처음부터 난 교섭할 생각이 없으니까. 너희가 취할 수 있는 길은 두 가지. 싸워서 승리한다는 작은 가능성에 걸든가, 도망쳐서 패배자가 되는 길을 걷든가. 그것밖에 없어."

나의 무정하다고도 할 수 있는 질타에 두 손으로 얼굴을 가리고, 타이니는 하염없이 울기 시작했다. 다른 정령들도 누구 하나 방약무인하게 구는 나를 타박하지 않고, 그저 절망에 빠져 있을 뿐이다. 그렇다. 단 한 사람을 제외하고.

"그래서? 우리는 어떻게 하면 그 데보아를 쓰러뜨릴 수 있는 겐가? 이야기의 흐름으로 보아 데보아를 쓰러뜨리면 타이니 님에게 걸린 저주도 풀 수 있는 거겠지?"

페리스가 이 시련의 본질을 물었다.

"흠, 그건 그런데 페리스, 넌 저 정령들처럼 나에게 데보아를 쓰러뜨리라는 말을 안 하네?"

"그야 카이가 말했으니, 우리가 직접 쓰러뜨려야만 하는 이유가 있겠지."

아무래도 기분이 이상하다. 이 시련 전의 페리스라면, 정령들 이상으로 나를 박정하다며 욕했을 것이다. 적어도 나의 의도를 파악할 만한 통찰력은 지니지 않았을 터였다. 만약 노룬의 영역에서 수백 년의 시간을 살았다면 그나마 이해할 수 있다. 그러나 페리스가 명확하게 달라진 것은 겨우 몇 시간에 불과하다.

"물론 힘은 빌려줄 거야. 하지만 데보아를 토벌하는 것은 어디까지나 페리스, 너와 이 마을의 정령들이야."

정령 마을의 정령들에게는 토벌 도감에 속한 용들의 가호를 줄 생각이다. 데보아 따위에게는 그것으로 충분하고도 남는다. 애초에 허약한 정령 사토리조차 힘으로 이길 만한 허접한 도마뱀을 용이라 본다면, 저 혈기 넘치는 토벌 도감의 용들은 틀림없이 토라질 것이다. 자칫하면 또 이상한 깃발을 들고 잘 이해되지 않는 권리 주장을 시작할지도 모른다. 특히 요즘 기리메칼라파의 활약에 상당히 대항의식을 불태우고 있었기도 하고. 그녀석들, 기본적으로는 나와 파프에게 충실하지만, 아무래도 자존심이 너무 세단 말이지……. 그렇기에 이번엔 토벌 도감의 용들에게 가호를 내리게 하는 것으로 진정을 꾀하기로 했다. 봐, 그야말로 일석이조지?

"나는 반드시 데보아를 쓰러뜨리겠어. 다만 나도 목숨을 거는 것이니, 한 가지 나의 부탁을 들어주게."

부탁이라. 확실히 페리스에게 일방적으로 시련을 내린 상황이니, 나도 일정한 책임은 져야 할까.

"좋아. 다만 못 하는 건 못 들어줘. 내가 할 수 있는 건 한정되어 있을 텐데 그래도 괜찮아?"

"음! 상관없네! 약속은 지키게나! 꼭일세!"

"그래, 두말하지 않을게."

내가 크게 고개를 끄덕였다.

〈토벌 도감으로부터 보고. 모든 등록 조건을 갖추었습니다. 페리스 로트 아멜리아의 토벌 도감 등록을 시작합니다.〉

머릿속에 울리는 무기질적인 여자 목소리.

"어?"

갑자기 의식을 잃고 힘없이 쓰러지는 페리스를 얼른 끌어안았다.

"이럴 수가……."

잠든 페리스로부터 전과는 비교도 안 되는 강렬한 힘을 느꼈다. 아무래도 토벌 도감 녀석이 또 폭주한 모양이다.

"페리스!"

나의 팔에서 페리스를 빼앗아 강하게 안는 타이니.

"걱정하지 마. 반동으로 잠든 것뿐이야. 금방 눈을 뜰 거야."

나는 한숨 섞인 목소리로 그렇게 달랬다.

"자, 나머지는 너희인데——."

내가 정령들을 빙 둘러보았을 때, 하늘에 감도는 검은 구름을 뚫고 황금빛이 바닥으로 낙하하더니, 용의 머리가 달린 하카마 차림의 남자가 나의 앞에 무릎을 꿇었다. 이자는 토벌 도감에서도 기리메칼라파와 쌍벽을 이루는 무투 파벌 신룡군파의 두령, 칠두룡 라돈이다. 이 모습은 파프를 돌보고 싶다는 마음 하나로 얻은 인간 형태라고 한다.

"주인님, 이자들의 지도, 저희 파벌에 맡겨주시지 않겠습니까?! 저희라면 기리메칼라파보다도 효율이 높으면서 일절 타협하지 않는 최고의 버서커를 만들어낼 수 있습니다!"

그렇게 턱턱 버서커를 만들어내도 곤란하다. 그러나 확실히 지금 이 정령들은 과거 에르딤 주민들처럼 아니, 그 이상으로 허술하다. 다소 멘탈 트레이닝이 필요하다고는 생각했다. 게다가 이 이상 기리메칼라에게 맡기면 광신적인 신자를 양산할 위험성마저 있다. 이 점에서 라돈이라면 악질적인 세뇌 같은 사상 교육까지는 하지 않을 것이다. 나머지는——.

"라돈의 제안에 나 개인은 이의가 없지만, 기리메칼라, 너희는 어때?"

"저희도 특별히 이의는 없습니다."

무조건 불같이 반론할 것이라 생각했던 터라 약간 맥이 빠졌다.

"미안해."

"가당치 않은 말씀이십니다."

이번 지휘는 기리메칼라파가 맡았으나, 마지막에 공적을 라돈에게 양보하는가. 아무래도 기리메칼라답지 않다. 이 녀석이 이렇게 고분고분한 성격이었던가? 뭐, 좋다. 알력이 없는 것은 좋은 일이다. 이번 기리메칼라파의 공적에 대해서는 나중에 무언가 생각하면 된다.

"그럼 슬슬 게임도 마무리 단계다. 시작하자!"

——이 괴물의 호령에 따라 아키나시를 무대로 한 이야기는 최종 국면에 접어들었다.

***

오보로 일행은 부대의 정예만 선발하여 북부 산악 지대의 산

기슭에 있는 약간 높은 언덕 위에서 아키나시로 침입했다.

아키나시 영주의 저택까지는 언덕 밑에 있는 밀집된 숲을 돌파해야 하므로, 대인원으로 이동하는 것은 오히려 걸리적거린다. 따라서 서른 명 규모의 정예로 제압하려는 것이다.

이곳은 직선거리로는 영주의 저택과 가장 가까운 장소다. 오보로를 비롯한 아케가라스를 막을 수 있는 자가 이곳 아키나시에는 존재하지 않는 이상, 입지적으로는 최고의 장소에서 침입하는 것이 된다. 그들은 달빛조차 닿지 않는 밀림 속을 질풍처럼 달려가는 중이었다.

"응?"

오보로가 전방에 기척을 느끼고 급정거를 하며, 오른손으로 부하들에게 경계 신호를 보냈다.

아케가라스는 자타 공인 악당이지만, 양보하지 못할 긍지를 가지고 있다. 그것은 민간인 중 저항하지 않는 자에게는 최대한 위해를 가하지 않는 것이다. 이것은 이 조직이 결성되었을 때, 반평생을 빼앗기며 살아온 멤버들이 다 같이 정한 단 하나의 규칙이다.

따라서 이 기척의 주인이 이쪽을 향해 걸어오는 이유가 달밤에 산책하는 등 사소한 것이라면, 기절시키고 방치할 생각이었다. 그러나 그 무른 예상은 쉽게 최악의 형태로 뒤집혔다.

"엥?"

옆의 간부 한 사람이 놀란 소리를 냈다. 그것도 그렇다. 어둠 속에서 위풍당당하게 나타난 것은 머리가 메뚜기에 이족보행을 하는 마물이었기 때문이다.

"포진—— 학익!"

오보로의 목소리에 호응하여 부하들이 V자 포위 진형을 만들었다.

메뚜기 마물이 오른쪽 손바닥을 위로 하더니 손가락을 굽혀 손짓했다. 아마 어디서든 덤비라는 태도일 것이다.

"이 자식……."

마물에게 격이 낮은 취급을 당했다는 사실에 굴욕과 분노로 얼굴이 불처럼 화끈해지는 것을 느꼈다. 그리고 그것은 부하들도 마찬가지였다. 성난 눈으로 괴물을 바라보고 있다.

"후회하게 해주마! 감히 마물 따위가!!"

오보로의 짐승 같은 포효가 밤하늘에 울리며 전투가 시작되었다.

"괴물 놈들……."

메뚜기 마물은 오보로와 호각이었다. 아니, 더욱 정확하게 말하자면 아케가라스 전체와 호각이라고 해야 좋을까.

상대한 느낌으로는 신체 능력만이라면 오보로와 호각이었다. 그러나 중요한 인간종의 전매특허라고 할 수 있는 전투 기술은 상대가 압도적으로 우수했다.

지금 오보로 일행이 사지가 멀쩡하게 붙어 있는 것은 단순히 눈앞의 마물에게 투지는 있어도 살의는 없기 때문이다. 아무래도 이 메뚜기 마물에게 오보로 일행은 죽일 가치조차 없는 나약한 집단인 모양이다.

"젠장."

강렬한 굴욕에 온몸이 부들부들 떨려서 분한 마음이 가득 담긴 말을 쥐어 짜내어 내뱉었다.

마물에게 전사라고 인정조차 받지 못했다. 이만한 굴욕이 또 있을까!

"얘들아, 의지를 보여줘라!!"

이대로 얌전히 전멸당하는 일은 농담으로라도 일어나서는 안 된다.

신체 능력이 호각인 이상, 오보로의 공격으로 녀석을 죽일 수는 있다. 물론 어디까지나 공격이 정통으로 들어갔을 때의 이야기다. 전투 기술은 상대가 훨씬 뛰어난 이상, 그리 쉽게 맞을 리는 없다. 양손검을 쥐고 중심을 낮췄다. 부하들도 오보로의 의사를 파악하고, 각자 싸울 자세를 취했다.

"기싯!"

메뚜기 마물이 오른쪽 팔꿈치를 안쪽으로 당기며, 왼손을 앞으로 내밀고 상체를 숙였다. 메뚜기 마물이 처음으로 보이는 무술 자세다. 거기서 정신이 아득해질 만한 세월을 연마한 자만이 겨우 도달할 수 있는 달인의 모습을 보았다. 웃음이 나온다. 일류 무인조차 저 영역에 도달하는 것은 겨우 한 줌에 불과하다. 그런 영역에 메뚜기 마물이 발을 들였다니. 이것은 이미 완성도가 떨어지는 코미디다.

"이 녀석은 강해. 우리보다 격이 높아! 그러니 기합 넣어둬!!"

모든 신경을 다음 기술에 집중시켰다. 이것은 오보로의 필살기이자, 그에게 치명상을 줄 수 있는 유일한 길이다.

"가라!!"

오보로의 구령과 함께 부하들의 절반이 화염구며 불기둥 같은 것을 메뚜기 마물을 향해 일제히 날렸다. 어두운 밤에 갑자기 태양이 떠오른 듯 주위가 새빨갛게 물든 와중에, 칼끝을 겨누고 돌진하는 부하들.

'영법사―― 그림자 뛰기.'

메뚜기 마물은 예상대로 몰려드는 부하들을 가볍게 때려눕혔다.

'느려!!'

동심원 형태로 날아가는 부하들. 바로 직전 그 부하들의 그림자에서 녀석의 뒤에 있는 그림자로 연속해서 도약했다. 그리고 그의 뒤에서 나타나,

'타오르는 불꽃!!'

오른손에 든 장검에 화염을 두르고, 그것을 정수리를 노려 수직으로 내리쳤다.

"그깃!"

메뚜기 마물이 몸을 비틀어 피하였으나, 동시에 그 목을 베어내기 위해 가로로 휘둘러지는 오보로의 왼손 장검. 마물은 질풍처럼 바람을 가르는 장검을 브리지 자세로 피했다.

'젠장! 좀 더 마물처럼 움직이란 말이야!'

욕설을 퍼부으면서도 그림자 뛰기에 의해 자세가 크게 무너진 녀석의 뒤로 이동했다.

'끝났어!'

상체가 뒤로 젖혀진 마물의 머리를 둘로 갈라버리려고 했다. 녀석이 얼른 오른팔로 그것을 막으려고 했다. 장검이 마물의 오른쪽 팔꿈치를 절단하며 목으로 향하였고——.

갑자기 메뚜기 마물의 모습이 희미해졌다. 그 순간 시야가 일그러지며 지면과 하늘을 몇 번이나 오가더니, 커다란 나무에 등을 부딪치고 말았다.

'무슨 일이…… 일어났지?'

여기저기 쑤시는 몸에 애써 힘을 주어 일어나 마물의 모습을 확인하자, 그것은 절단된 오른쪽 위팔의 절단면을 멍하니 바라보며 서 있었다.

'마, 말도 안 돼…….'

이렇게 상대해보니 아주 잘 알겠다. 저 메뚜기 마물은 아까와는 전혀 비교도 안 될 압력을 발하고 있다. 적어도 지금 녀석은 오보로 일행과 절대 호각이 아니다. 전혀 다른 생물이었다.

"흠, 능력 제한 팔찌를 장비한 팔을 베어냈는가. 제법 뛰어난 무사가 섞여 있던 모양이군."

나무가 만들어낸 어둠 속, 거한이 이쪽으로 천천히 걸어왔다. 오보로는 눈을 부릅뜨고 그자를 관찰하기 시작했다.

"너도 좋은 교훈을 배웠겠지? 궁지에 몰린 쥐는 고양이도 문다. 약자라 무시하고 처음부터 최선을 다하지 않았던 것이 네가 패배한 이유다."

엄숙한 목소리로 말하며 달빛 아래로 모습을 드러낸 것은 사자 머리를 지닌 갑옷 차림의 인간형 괴물이었다.

"으아⋯⋯."

그 모습을 보기만 했을 뿐인데 오보로는 깊고 깊은 절망의 신음이 저절로 새어 나왔다. 당연하다. 이 사자 머리의 괴물로부터 느껴지는 것은 절대 못 이긴다고 생각했던 메뚜기 마물조차 비교도 안 될 만큼 압도적인 강자의 위풍이었기 때문이다.

"이번 패배를 가슴에 새기고, 부상을 회복하라."

"키싯!"

메뚜기 마물이 사자 머리 괴물에게 경례와 같은 것을 하더니, 떨어진 오른팔을 왼손으로 어루만지며 잠시 힘을 주었다. 뚝뚝 절단되었을 터인 메뚜기 마물의 상처 부위가 부풀면서 절단된 위팔이 엄청난 속도로 재생되었다.

어안이 벙벙해진 오보로 일행을 마치 비웃듯이 숲속에서 무수한 메뚜기 마물들이 차례차례 등장했다.

"힉!"

무수한 메뚜기 마물을 목격한 부하들이 일제히 비명을 질렀다.

"합격이다. 너희에겐 그분의 축제에 참여할 자격이 있어."

"그분? 축제?"

"그렇다. 이것은 그분이 계획한 지고의 책략. 사퇴할 권리는 인정되지 않는다. 계획서는 여기 기재되어 있으니 확인해둬."

사자 머리 남자가 오보로에게 서간을 던지고 몸을 돌렸다.

"너희의 건투를 비마."

그러고는 숲속으로 들어가 모습을 감췄다. 동시에 다른 메뚜기 마물들도 연기처럼 그 존재 자체를 소실시켰다.

"수령님……."

오보로에게 다가와 걱정스럽게 말을 거는 한 간부.

저들의 병사 한 마리조차 이기지 못했다. 애초에 저런 엄청난 자들에게 저항할 수 있을 리가 없다. 본래라면 서둘러 꼬리를 말고 이 땅에서 도망쳐야 할 때다.

그러나 저 사자 머리 괴물은 사퇴는 인정되지 않는다고 말했다. 여기서 물러나려고 하면, 분명 제거될 것이다. 그야말로 이 세상에 흔적조차 남지 않을 만큼 철저하게. 살아남기 위해서는 이 계획서라는 것에 따라 행동할 수밖에 없다. 인간이 아닌 존재가 생각하는 일이다. 저 앞에 기다리는 것은 끔찍한 결말이라는 생각밖에 들지 않는다. 그래도 이런 곳에서 아무것도 하지 않고 사라지는 것보다는 훨씬 낫다.

"반드시 살아남겠어."

오보로는 스스로 다짐하듯이 목구멍에서 소리를 쥐어 짜내고는 서간을 펼쳐 그 내용을 확인했다.

***

──아키나시 남부 거주구.

"왜 이런 동네 한가운데에 이런 흉악한 마물이 있는데!"

검은색 만두 머리를 한 '타오 가문'의 총사── 링링 라팡은 벌써 몇 번째인지 모를 의구심을 외쳤다.

뒤를 돌아보자 머리가 세 개 달린 개들이 이쪽을 향해 달려오고 있었다. 저 머리가 셋인 개들은 각 머리의 입에서 푸른 불꽃, 얼음, 회오리바람을 뿜어내는 중이다. 심지어 계속 떨어지는 검은색 번개는 덤이다. 저런 흉악하기 짝이 없는 마물은 지금까지 한 번도 본 적이 없다. 이것이 마물의 소굴인 비경이나 유적이라면 그나마 이해가 간다. 그러나 이곳은 아키나시의 도시 안이고, 주변 민가에는 지금도 불이 켜져 있다. 사람이 생활하고 있는 것이 거의 확실하다. 그렇다면 이 도시는 이 링링을 비롯한 타오 가문조차 압도할 수 있는 마물을 경비견 대신 세워두고 있다는 말인가? 그건 너무 황당무계한 소리다. 그보다 미친 짓이다. 그것이 가능하다면, 이곳의 주민들에게는 적어도 이 괴물들을 길들일 만한 힘이 있다는 뜻이다.

'어쩐지 이런 변경에서 마도서가 거래된다고 하더라니!'

좀 더 신중하게 진행했어야 했다. 갑자기 변경 광산 도시에서 전설급 마도서가 거래된다는 소문. 로제마리 왕녀의 장기 체류 중에 마치 짠 듯이 모인 삼대 범죄조직. 새삼 생각해 보니 모두 이상하기 짝이 없는 사태뿐이다. 전설급 마도서라는 극상의 미끼 탓에 냉정한 판단 능력을 잃고 있었다. 그리고 이 도시에서 시작된 악질적인 놀이로, 링링의 세력은 완전히 함정에 빠지고 말았다. 하지만 누가 판 함정일까? 아멜리아 왕국의 왕녀, 로제마리 로트 아멜리아일까? 아니, 저런 범상치 않은 괴물들을 일개 왕녀 따위가 부릴 수 있을 리가 없다.

"총사님, 이 이상은 모두 한계입니다!"

그렇겠지. 저 악마들에게 이래저래 세 시간 가까이 쫓기고 있다. 타오 가문의 구성원들은 체력에 자신이 있지만, 그것도 한도란 것이 있다.

"진형을 취해! 분발하는 거야!"

멈춰 서서 땀을 닦고 자신이 애용하는 칼을 허리에서 뽑아 적을 가리켰다.

"네!"

모두 결사의 각오를 다지고 저 악마들을 향해 무기를 들었다. 예상대로 금세 수십이나 되는 괴물 개들에게 둘러싸이고 말았다.

"자중하라! 자중하라! 이것은 위대한 그분께서 내린 지령이다!"

주위를 날아다니는 작은 검은 새가 외쳤다. 동시에 머리 셋인 개들 무리가 갈라지며, 스크롤을 입에 문 하얀 강아지가 이쪽을 향해 걸어왔다. 그러더니 스크롤을 던졌다. 그것을 링링이 받아들자, 지금까지 포위하고 있던 괴물들이 거짓말처럼 모습을 감추고 말았다.

"뭐야…… 이게?"

갑작스러운 사태를 머리가 제대로 이해하지 못하여 링링은 잠시 멍하니 서 있었다.

"총사님!"

부하의 놀란 목소리에 현실로 돌아온 링링은 떨리는 손으로 스크롤을 펼쳤다.

그곳에는——.

＊＊＊

──아키나시 동부 삼림지대.

'실수야! 완전히 속았어!'

마도결사 로스트 포레스트의 수괴── 앨리스 렌렌 로렐라이는 어두운 숲속에서 자신의 경솔하기 짝이 없는 판단 때문에 이런 마경에 발을 들인 것을 몹시 후회하고 있었다.

틀림없다. 저 유통된 마도서 자체가 함정이었다. 저런 강력한 초월자를 조종할 정도니, 십중팔구 모국 로렐라이에서 보낸 자객일 것이다.

'언제부터 로렐라이가 저런 초월자들과 계약할 만한 마도 기술을 얻은 거지?'

한번 상대했기에 안다. 저 초월자들은 상식에서 벗어났다. 저만큼 강력한 초월자는 엘프라는 종의 관측 사상 처음일지도 모른다.

'……아니, 그건 아니야.'

저들은 보통 사람이 계약할 수 있는 수준의 초월자가 아니다. 게다가 여럿인 것으로 보아, 엘프 중에 돌연변이 괴물이 나타났다고 이해해야 할지도 모른다. 그렇다면 이 세계의 세력 판도가 단숨에 달라진다.

"앨리스 님, 완벽하게 포위되었습니다."

노련한 부하들의 걱정스러운 보고에 어두운 심연으로 끌려들어 가는 듯한 허탈함에 사로잡혀, 그 자리에 웅크리고 싶은 마음을 애써 억눌렀다.

"돌파구를 열어! 여기서 전력으로 퇴각해!"

도저히 이룰 수 없는 바람을 외친 그때.

"그대들은 합격입니다."

숲 깊은 곳에서 청아하고 아름다운 여자의 목소리가 고막을 울렸다. 그리고 이어서 나타난 아름다운 은색 털을 자랑하는 여우들. 그 여우들에게 둘러싸여 아홉 개의 꼬리가 달린 여자가 모습을 드러냈다.

무릎까지 길게 뻗은 탐스럽고 부드러운 은색 머리에 새하얀 피부, 여성스러운 체구. 달빛에 비친 여신처럼 아름다운 모습은 본 적도 없는 이국의 의상과 더불어 환상적인 분위기를 자아냈다.

"하, 합격이라고?"

"이것은 나의 사랑스러운 서방님이 내린 시련. 그대들은 이번에 그 용사의 역할을 맡을 권리를 얻은 거랍니다."

아홉 개의 꼬리가 달린 여자가 앨리스에게 다가가 스크롤 하나를 살며시 건넸다.

"이것은?"

"그것은 계획이 쓰인 칙서. 이번 유희, 최선을 다해 임하세요."

그 말을 끝으로 여자는 마치 처음부터 존재하지 않은 양 사라지고 말았다.

저 여자 초월자의 말투로 보아, 이것은 조국 로렐라이와는 상관없다. 그보다 저런 수준의 초월자와의 계약은 최대한 운이 좋아 봐야 손해만 안 보는 정도일 것이다. 보통은 오히려 예속되고 만다. 그런데 저만큼 매료시키다니, 엘프라는 종에겐 불가능한 일이다. 조국의 추격자가 아니라면 아직 해볼 만하다. 앨리스는 스크롤의 내용을 확인하기 위해 그 끈을 풀었다.

***

페리스가 무거운 눈을 뜨자, 걱정을 숨기지 못한 얼굴로 들여다보는 아름다운 여성의 얼굴이 시야에 들어왔다.

"나는……."

머리가 멍하여 제대로 돌아가지 않는다.

"페리스, 다행이야! 정신이 들었구나!"

페리스는 울면서 힘껏 끌어안는 타이니의 온기를 잠시 느꼈으나, 현재의 위기 상황을 떠올렸다.

"타이니 님, 그 뒤로 어떻게 되었습니까?!"

벌떡 일어나 상황을 확인했다.

"그건……."

타이니가 온갖 감정이 섞인 무어라 말할 수 없는 표정으로 고개만 움직여 뒤를 바라보았다.

"어?"

놀란 소리가 목에서 새어 나왔다. 타이니의 뒤에는 수백 명에 달하는 정령들이 자세를 똑바로 하고 서 있었다. 모두 휘황찬란한 로브며 갑옷을 입고, 각자 특수한 형태의 무기를 들고 있다. 그 방어구와 무기로부터 빨간색이나 파란색, 검은색 오라가 마치 아지랑이처럼 하늘하늘 흔들리고 있었다. 방금까지 절망으로 떨던 정령들의 모습과는 너무 대조적인 자신만만한 모습에 당황한 페리스를 향해, 중심에 있는 찡 머리 장로가 한 걸음 앞으로 나서서 입을 열었다.

"우리의 새로운 왕, 페리스 님께 경례!"

크게 외치면서 가슴에 오른손을 대고 머리를 숙인다. 다른 정령들도 페리스에게 일제히 가슴에 손을 대고 목소리를 높였다.

"왕? 잠깐만, 무슨 말을 하는지 모르겠네만?"

당황하여 옆에 있는 타이니에게 도움을 요청했다. 타이니는 쓴웃음을 지으면서 어깨를 으쓱하고는 곧 페리스를 향해 진지한 표정을 지었다. 그리고――.

"그분의 전언입니다. '페리스, 너는 이번에 그들의 새로운 왕이 되었어. 다만 아직 왕의 자격을 받은 임시 왕에 불과해. 이 마을을 습격한 어리석은 자들을 제거하고, 정령들을 오래도록 괴롭힌 데보아를 토벌해야 비로소 넌 그들의 진정한 왕이 된다. 시련을 극복하고 모든 것을 손에 넣어라. 너의 건투를 진심으로 비마'라고 합니다."

그런 엉뚱하고 일방적인 격려를 전해주었다.

"내가 임시 왕……?"

헛웃음이 나올 만큼 믿기 어려운 이야기다. 페리스가 정령들의 왕? 인간 페리스에게 그런 자격이 없다는 것은 카이도 알고 있을 터였다.

갑자기 공중에 새빨간 모래가 나타나더니, 타오르는 듯한 빨간 털의 고양이 소녀 켓의 모습으로 바뀌었다. 켓은 다른 정령과 달리 오른쪽 볼과 양쪽 팔에 초승달과 별 문장이 새겨져 있다. 켓이 페리스의 앞에 무릎을 꿇었다.

"페리스 님, 인간 병사 약 천 명이 이 마을을 완전히 포위하고 있습니다."

그리고 정중하게 보고했다. 역시나. 방금까지 켓은 친근한 태도였지, 실수로라도 페리스를 존경하는 행동은 보이지 않았다.

혼란이 극에 달한 페리스에게 로보가 왼쪽 손바닥에 오른쪽 주먹을 부딪치며 말했다.

"먼저 멍청하고 어리석은 인간들을 물리치자. 그 뒤에는 허접한 도마뱀을 마음껏 요리하자고! 다들 동의하지?!"

사악한 미소를 지으며 자신의 입술을 할짝 핥더니 주위를 향해 묻는다.

"그래! 엉망으로 마구 베어내서 살아 있는 것을 후회하게 해 주자!"

곰 머리 정령이 금 방망이를 휘두르며 크게 외쳤다.

"크크큭! 그 망할 도마뱀, 어떤 비명을 지르며 울려나!"

토끼 머리 정령이 두 손을 모으고 심취한 목소리로 혼잣말처럼 중얼거렸다.

"이 참도가…… 피에, 피에, 피에, 굶주려, 굶주려, 굶주려……."

뱀 머리 정령이 핏발이 선 눈으로 긴 혀를 뻗어 칼을 날름 핥았다.

"똑같네……."

이것은 그야말로 에르딤 때와 같다. 아니, 에르딤은 그나마 군대처럼 통제되고 기개가 있었으나, 이곳에 있는 자들은 아무리 관대하게 판단해도 전투광으로만 보인다. 어떤 교육을 했기에 이 짧은 시간에 이런 인격 파탄자를 만들어낸단 말인가.

"뭐, 괜찮겠지."

머리를 싸쥐고 싶은 것을 최대한 참으며 자신을 달래듯이 혼잣말을 했다. 어차피 처음부터 혼자 하려고 했다. 그 녀석이 페리스에게 바란 이상, 페리스는 행동해야 한다. 그렇다. 찰나라도 지금 이 정령들의 이상적인 왕으로서!

"지금부터 이 마을을 포위한 나쁜 놈들을 섬멸한 뒤, 데보아 토벌에 나선다! 나를 따르라!"

페리스의 온 힘을 다한 개전 선언이 울려 퍼지자, 곧 정령들의 짐승 같은 포효가 일대를 흔들었다.

***

정령 마을을 주르륵 포위하고 있는 케처가 고용한 용병들. 주위로 현몽향이 깔린 와중에, 약 천 명의 용병들이 사실상 군의 지휘를 맡은 루비의 지시를 애타게 기다리고 있었다.

"그나저나 가성비가 좋은 일이란 말이야…… 힘도 못 쓰는 정령을 붙잡기만 해도 한 마리당 백만 올이라니."

"바보, 녀석들의 목숨줄인 정령핵은 최소한 그 몇 배로 팔려.

게다가 질이 좋은 미녀나 아이 정령이라면 수천만 올이나 해."

"정말이야? 그럼 한 마리쯤 빼돌려도?"

"맞아, 이 난리잖아! 붙잡고 바로 이탈하면 안 들킬걸!"

거칠게 숨을 몰아쉬며 용병들이 외쳤다.

〈빌어먹을 벌레들!〉

머릿속에 울리는 아름다운 여자 목소리.

"지금 여자 목소리가 들리지 않았어?"

두리번두리번 주위를 확인하는 용병을 향해 하늘에서 빛나는 구체가 내려와 바로 코앞에서 급정지했다.

"응? 뭐야 이게?"

인상을 찡그리고 그 구체로 다가가 건드리려고 했다. 그 순간 빛이 사방팔방 퍼졌다.

"으잉?"

빛이 칼날이 되어 용병의 미간을 꿰뚫었다. 얼빠진 목소리를 끝으로 용병은 바닥에 쓰러졌다.

"이, 이봐?"

옆에 있던 용병이 조심스럽게 다가가 그 몸을 흔들었다.

"주, 죽었어?"

죽은 것을 확인하고 조금 뒤로 물러나 고개를 돌렸다.

"다, 다들, 조심해! 이거 심상치 않아!"

용병은 동료 용병에게 주의를 주었으나, 모두 미간이 뚫려 숨이 끊어진 것이 보였다.

"히이이이익!"

빛의 칼날이 비명을 지르며 엉덩방아를 찧은 용병의 미간을 바로 꿰뚫어 죽였다.

조용히 그리고 확실하게, 일방적인 게임이 시작되었다.

3메르는 될 금 방망이를 휘두르는 곰 머리 정령. 방망이를 한 번 휘두르자 근접하던 용병은 물론이고 도저히 닿을 리가 없는 거리에 있던 용병들의 몸까지 부자연스럽게 꺾이며 쓰러지고 말았다.

"크하하! 버러지 같은 놈들! 죽어라! 죽어라! 죽어라아아!"

두 눈을 부릅뜨고 히스테릭하게 웃음을 터뜨리더니, 곰 머리 정령이 금 방망이로 후려쳤다.

"안 돼—— 꾸엑?!"

주위 용병들이 찌부러지고, 깨지고, 무참한 고깃덩어리가 되었다. 죽음을 흩뿌리며 곰 머리 정령은 천천히 나아갔다.

미소를 지은 토끼 머리 정령의 붉은 눈이 빛나자 용병들의 눈앞에 무수한 빛의 구체가 나타났다.

"히, 히익?!"

비명을 지르는 용병의 코앞에서 빛의 구체가 팽창하여 터졌다. 그 직후, 몇 개의 빛이 용병의 몸을 마구 꿰뚫었다.

"히하하하! 더 공포로 떨어봐! 울부짖어봐! 그래 봐야~ 절대 용서하지 않겠지만!"

두 팔을 펼치고 환희에 찬 목소리로 외치는 토끼 머리 정령에게서 과거의 약하고 다정한 모습은 조금도 느껴지지 않았다. 그야말로 악귀나찰과 같다. 그런 모습으로 토끼 머리 정령은 이리저리 도망치는 용병들에게 무정한 죽음을 선사했다.

상공에 날리는 몇 개나 되는 목. 몸은 새빨간 피를 뿜어내며 바닥에 쓰러졌다.

나무가 무성한 숲속은 한 마리 뱀의 사냥터가 되어 있었다. 검은 빛의 띠. 그것들이 나무 사이를 고속으로 이동하였다.

"뭐야?"

모두 제 죽음조차 이해하지 못하고 그 목숨을 빼앗겼다.

"죽음, 죽음, 죽음, 죽음, 죽음, 죽음, 죽음, 죽음, 죽음, 죽음, 죽음, 죽음……."

검은색 빛의 띠가 지나갈 때마다 용병들의 목이 허공을 날았다. 그 직후 부자연스럽게 휘어진 칼을 한 손에 든 뱀 머리 정령이 서 있었다.

"죽여, 죽여, 죽여, 죽여, 죽여, 죽여."

핏발이 선 눈으로 무서운 말을 내뱉으며, 뱀 머리 정령은 다시 검은색 빛의 띠가 되어 사냥감을 찾아 사냥터를 달렸다.

***

정령 마을이 있는 '영현향'의 빼곡하게 자란 나무 사이로, 나는 정령들의 유린극을 지켜보고 있었는데…….

"으음, 확실히 어설픈 느낌은 사라졌군."

어설픈 느낌은 사라졌지만, 너무 미묘한 방향으로 어긋난 느낌이 든다.

"칭찬해주시다니, 경하해 마지않을 일이겠지요."

이번 교육을 맡은 라돈이 만족스럽게 몇 번이나 고개를 끄덕였다.

"그래, 그렇겠지. 응, 분명히 그럴 거야."

나의 부하 중에서는 비교적 양식이 있는 라돈이 이렇게 말하니, 좋은 변화일 것이다.

무엇보다 거대한 무언가를 두려워하며 포기하고 있던 자들은 이제 없다. 그것은 말하자면 정신적 노예 상태에서 해방된 것을 의미한다. 그야말로 축복할 만한 일이다.

"나의 주인이여, 이번 일은 진심으로 감사드립니다."

루카스가 눈물이 고인 눈으로 나에게 깊숙이 머리를 숙였다. 이 계획은 애초에 루카스가 상담한 내용에서 시작되었다. 말하자면 루카스는 본 시련의 발기인이라고 해도 좋다.

"아니, 나는 길을 제시한 것에 불과해. 선택한 것은 페리스고, 저 정령들이야."

결국 자신에게 닥친 고난과 비극을 떨쳐내는 것은 자신이다. 타인에게 일방적으로 떠넘기는 꼴이 되어서는 안 된다. 그것이 나의 기본적인 사고방식이다. 무엇보다——.

"아직 시련은 끝나지 않았어——라고 말하고 싶지만, 저 정령들을 데보아와 맞붙게 하는 게 시련이 될까?"

나에게는 모두 날벌레처럼 약해 보여서 판단할 수 없다. 유일하게 페리스와 그녀가 권속으로 삼은 고양이 소녀만 조금 다른 느낌이 드는 정도다. 따라서 논리적으로 생각하면 계획에 지장은 생기지 않을 테지만, 아무튼 나는 타인의 강함을 파악하는 능력이 절망적으로 없다. 그 점에서 라돈과 루카스라면 세세한 판단이 가능할 것이다.

"황송하지만, 저희의 가호와 귀중한 무구도 받았다면, 이미 작은 도마뱀과 용만큼의 차이가 나는 것이라 하겠습니다."

이야기의 흐름으로는 도마뱀이 데보아고 용이 현재의 정령들일 것이다. 그렇다면 정령들보다도 강하게 느껴지는 페리스라면 데보아는 아마 상대도 되지 않겠지. 특히 페리스의 기프트 '이터 소녀'는 아스타가 말하기를 차원이 다른 능력이라고 했다. 타인의 영혼 일부를 삼켜서, 육체와 마력을 강제로 진화시킨 뒤 사역하는 능력이기 때문이다. 또한 토벌 도감에 의해 그 능력의 대폭적인 효력 상승이 예상된다. 이제 페리스와 켓만으로도 데보아 따위는 순식간에 죽을 것이다.

뭐, 이 시련으로 내가 판단하고 싶은 것은 강함이 아니라 왕으로서의 자질이니 딱히 그 부분은 상관없다. 다만 시련이라 내세우고 있으니 다소 시련답게 할 필요는 있다.

"알겠어. 그럼 조금 취향을 바꾸기로 하자. 스파이, 플랜 B로 가자. 정말 아키나시의 지하 깊은 곳에 부정한 것이 있는 거 맞지?"

"네, 제가 이 눈으로 확인했으니 틀림없습니다. 데보아를 재료로 삼으면, **나름대로 쓸 만한** 정신 생명체를 불러낼 수 있겠지요."

무릎을 꿇은 채 스파이가 바로 대답했다.

"재미있어지기 시작했는데!"

감정 능력을 지닌 아스타가 있으니 괜찮을 거다. 만약 페리스
와 정령들이 그 정신 생명체라는 것을 감당할 수 없다면, 내가
나서면 된다. 뭐, 제법 오랫동안 강자와 진검 승부를 내지 않았
으니 가끔은 그런 여흥도 괜찮을 것이다.

"그럼 바로 시작하자!"

나는 신나는 목소리로 게임의 최종 선고를 내리고, 이번 최종
스테이지인 아키나시로 향했다.

***

──광산 도시 아키나시.

아키나시가 아멜리아 왕국의 마피아 사혈과 타오 가문에 포위
되었다는 연락을 받은 뒤로 별다른 움직임도 없이 반나절이 지
났다. 가장 먼저 올리버 경이 영지 주민을 구하기 위해 움직이
려고 하였으나, 무슨 까닭인지 영주의 저택에서 한 걸음도 나갈
수가 없었다. 현관문도 창문도 꿈쩍도 하지 않아서 올리버 경이
검으로 베어도 흠집 하나 나지 않았다. 무언가 특수한 힘이 작
용하고 있는 것이 분명하다. 아스타에게 물어도 모른다면서 대
답을 얼버무리기만 했다.

그리고 주민의 안전을 걱정하던 올리버 경이 더 이상 참지 못

하게 된 순간, 갑자기 저택의 모든 문이 열렸다.

뛰쳐나가는 올리버 경의 뒤를 따라 로제 일행도 밖으로 나갔다.

멀리서 보아도 도시 중심에 있는 광장에 많은 사람이 모여 있는 것을 알 수 있었다.

"광장인 것 같군요."

"가봅시다!"

로제의 지적에, 올리버 경이 작게 고개를 끄덕이고 달려갔다.

광장에 도착했다. 광장은 도시의 두 메인 스트리트가 교차하는 장소에 있어서 꽤 널찍했다. 아키나시는 광산 도시. 지금은 흔적도 남지 않았지만, 예전에는 아키나시 광산에서 산출된 다양한 금속이 이 광장에서 거래되었다고 한다.

그 광장으로 들어가는 거리 앞에는 이미 세 개의 집단이 진을 치고 있었다.

하나는 항아리와 용 문장이 그려진 집단, 타오 가문. 동쪽의 대국 부토에 뿌리를 내린 거대 신디케이트다. 타오 가문의 깃발은 확인되었기에 여기까지는 로제도 예상한 바였다. 전혀 뜻밖이었던 것은 다른 두 세력이다.

"세, 세상에……."

입에서 경악이 새어 나왔다. 당연하다. 나머지 두 세력은 타오 가문과 마찬가지로 뒷세계에 군림하는 왕이었기 때문이다.

아멜리아 왕국을 중심으로 활동하는 무서운 암살 결사, 태양과 까마귀 문장을 내세운 집단 아케가라스.

다른 하나는 마른 나무와 보름달 문장을 내세운 집단으로, 세계를 무대로 활동하는 마도 결사 로스트 포레스트.

"이런 말도 안 되는!"

카이의 비상식적인 행동은 아주 잘 알고 있었다. 그러나 지방 도시 중 하나인 아키나시를 끌어들이기 위해 뒷세계의 왕이라 불리는 삼대 세력을 미끼로 쓰다니, 제정신으로는 불가능한 발상이다.

"카이……."

원망스러운 눈을 광장 중심에 위풍당당하게 선 회색 머리 소년, 카이 하이네만에게 향했다.

"흠, 너희도 왔구나."

그 시선을 받으면서도 카이는 태연하게 그런 말을 내뱉었다.

"저들을 어떻게 할 생각이죠?!"

로제는 어느새 달려가 떨리는 손으로 삼대 세력을 가리키며 거칠게 외치고 있었다.

"뭐야, 몰라? 저들은 뒷세계의 왕이야. 뒷세계의 삼대 세력이라느니 하는 거창한 이름으로 불리더라."

"알아요!"

로제는 일단 왕녀다. 어둠의 삼대 세력쯤은 안다. 아니, 알지 않을 수밖에 없다. 그만큼 이 세계에서 삼대 세력의 영향력은 크니까.

"알면 자기소개는 필요 없겠네. 그렇지, 얘들아?"

"…………."

카이와 시선을 마주쳤을 뿐인데 악명 높은 삼대 세력은 조용히 표정을 굳히고 크게 긴장한 자세를 취했다.

'뭐야, 저 얼굴?!'

당장이라도 세상이 끝장난 듯한 저 얼굴. 어떻게 하면 이름난 뒷세계의 왕들에게 저런 표정을 짓게 할 수 있을까? 역시 카이는——.

"사부, 사혈이라는 패거리는 어떻게 했어?"

잭이 주위를 둘러보며 물었다.

"사혈? 아아, 그 망할 백작에게 고용된 허접한 자들인가. 그 것들은 이번 게임의 제물로서 망할 백작과 함께 이번 사건의 모든 죄를 감당하게 할 생각이야."

아무렇지도 않게 잔인하기 짝이 없는 대답을 하는 카이를 보며, 얼굴의 핏기가 가시는 삼대 세력의 멤버들.

"역시 사부는 무섭네."

잭이 진심에서 우러난 감상을 말했다.

"그런가? 그나저나 아무래도 이번 게임의 메인 디시가 도착한 모양이야."

큰길에서 화려한 무구를 입은 자들이 모습을 드러냈다. 그중에는 전에 '신의 잔' 사건에서 보호한 정령님들도 있었다. 십중 팔구 저들은 정령님들이다. 메인 디시란 설마 저 정령님들을 가리키는 말일까? 신의 잔 사건 이후로 아멜리아 왕국은 다시 한 번 정령님에 대한 경의를 정식으로 표명하고, 친밀한 관계를 쌓으려고 하고 있다. 이 상황에서 정령님에게 무언가 무례하게 굴면 최악의 경우 숙청 대상이 될 수 있다.

"카이, 이 정령님은?"

로제의 물음에 대답하듯이 정령님의 집단이 둘로 갈라지더니, 일제히 가슴에 오른손을 대고 한 금발 소녀에게 살짝 머리를 숙였다.

"페리스 언니?!"

로제의 입에서 튀어나온 경악에 찬 목소리.

영문을 모르겠다. 왜 페리스 언니가 이 계획에 참여하고 있는 걸까? 아니, 그전에 왜 정령들이 페리스 언니에게 저런 정중한 태도를 취하는 걸까? 저래서는 마치 페리스 언니가 정령들의 왕이라도 된 것 같지 않나?

"정령 제군, 너희의 용맹한 모습은 충분히 확인했어."

"화, 황송한 말씀……."

꿩 머리 정령이 감격에 차 눈물을 흘리자, 다른 정령도 환희로 몸을 떨었다. 또 이런다……. 틀림없이 또 카이의 나쁜 버릇이 나왔다. 정령님들은 카이의 악질적인 부하에게 멘탈 교정을 받았을 것이다. 이렇게 되면 이제 될 대로 두는 수밖에 없다.

"그런데 말이야. 지금부터 그 허접한 도마뱀을 쓰러뜨리도록 할 생각이었는데 조금 사정이 바뀌었어. 일단 삼대 세력 사람들이 노력해줘야 할 일이 있어."

카이가 삼대 세력을 빙 둘러보며 그렇게 선언했다.

"우리끼리 전설의 악룡을 토벌하라고?"

태양과 까마귀 타투를 오른쪽 뺨에 새기고, 작은 둥근 테 안경을 쓴 남자가 물었다. 그 눈에는 어둠의 왕이라고는 생각할 수 없는 강렬한 두려움이 드리워져 있다.

"그래, 맞아."

전설의 악룡? 짐작 가는 것은 어린 시절부터 들은 악룡 데보 아의 전설이다.

'봉인한 곳은 불명확했는데, 설마 그 데보아가 이 땅에 봉인되 어 있나? 아니, 아무리 카이라도 전설의 악룡을 부활시킨다는 생각을 할 리가……..'

로제는 거기까지 생각하다 치명적인 착각을 하고 있었다는 걸 깨달았다. 그렇다. 로제에게는 말도 안 된다고 생각하는 것을 카 이 하이네만이라는 남자는 쉽게 뒤집어버리지 않았던가?

그러나 데보아는 안 된다. 그것은 일찍이 세상을 파멸 직전까 지 몰아넣은 악룡이다. 이 악룡만은 사대 마왕조차도 건드리지 않는, 말하자면 세계의 금기다. 만약 부활하면 여기 일대는 불 바다가 된다.

"카이——."

로제가 만류하려고 할 때였다.

"기다려!"

올리버 경이 분노와도, 당혹스러움과도 같은 감정을 온 얼굴 에 드러내며 주위가 울리도록 크게 외쳤다.

"너는 이곳 아키나시의 영주, 올리버 경이지. 무슨 일이야?"

"설마 자네는 악룡 데보아를 부활시키려고 하는 건가?!"

올리버 경이 지금 로제가 우려하는 것을 물었다.

"맞아. 난 지금부터 데보아를 부활시킬 거야."

"제, 제정신인가?! 상대는 악룡 데보아인데?! 일찍이 최강의 정령왕 타이탄과 영웅 코테츠조차 없애지 못하고 봉인하는 것이 고작이었던 전설의 악룡을?!"

"그렇게 전해지는 것 같더라."

"그렇다면——."

"하지만 지금은 그저 나약한 도마뱀이야. 착각해서는 곤란하지만, 나는 불가능한 일을 강요하지 않아."

그거다. 그 부분을 제일 믿을 수 없다. 카이의 강함에 대한 기준은 아무리 낮게 잡아도 평범하지 않다. 웃는 얼굴로 무리한 일을 강요한다. 질이 나쁜 건, 그 엉터리 같은 강함의 기준을 카이 본인은 진심으로 믿는다는 것이다.

"자네는…… 정상이 아니군."

올리버 경이 이 자리의 모두가 생각하는 말을 간신히 했다.

"그래서? 그 자들에게 데보아의 토벌을 시키면 우리는 무엇을 하면 되는가? 그자들이 데보아를 쓰러뜨리는 바람에 약속이 취소되는 것은 사양이네만?"

이 중에서 비교적 양식이 있을 듯한 페리스 언니로부터 그런 생각지도 못한 말이 나와 아연실색했다.

"물론 저들에게 벅찰 것 같으면 참전해도 돼. 만약 쓰러뜨리더라도 다음 일은 확실히 생각해두었으니 안심해."

카이가 환하게 웃으며 대답하자, 페리스 언니는 두 손을 잡고 꼼지락거리며 살짝 볼을 붉히더니 크게 고개를 끄덕였다.

이상하다. 얼마 전까지 페리스 언니는 따지자면 카이를 거북해하는 듯했다. 그런데 지금 언니의 저 모습은 마치——.

"마스터, 시킨 대로 잠들어 있던 도마뱀한테 왓~ 해주고 왔어. 힘 조절도 잘했어! 죽이진 않았거든! 대단하지?! 대단하지?!"

갑자기 새하얀 강아지, 펜이 나타나 카이의 품으로 뛰어들어 자랑스럽게 보고했다.

"그래, 적당히 잘했나 보구나! 굉장한걸! 펜!"

카이가 부드럽게 펜의 머리를 쓰다듬자, 펜은 기분 좋은 듯 눈을 가늘게 떴다.

"주인님, 이자들 이외에 이 땅의 모든 호흡하는 자는 저의 영역으로 전이하였습니다. 저 정도 도마뱀 따위로는 제 영역을 엿보는 것조차 불가능하겠지요."

부하인 사자 머리의 괴물 네메아가 다른 부하, 구미와 함께 모습을 드러내 카이의 앞에 무릎을 꿇고 그렇게 보고했다.

"수고했어. 아무래도 준비가 끝난 모양이네."

카이는 구미에게 펜을 넘기고, 마치 옛날이야기에 나오는 사악한 마왕 같은 형상으로 두 팔을 벌리고 하늘을 올려다보았다.

"레이디스 앤 젠틀맨! 지금부터 시작되는 것은 이 땅에 잠든 거대한 도마뱀과 인간 악당들의 목숨을 건 데스 매치!!"

그것은 대기마저 흔들 듯한 커다란 외침이었다.

순간 광산 정상 부근에 폭발이 일어나더니, 무언가 검은색의 거대한 생물이 기어 나왔다.

"저게 데보아……?"

바닥에 두 무릎을 대고 신음하는 올리버 경에게 카이는 크게 고개를 끄덕였다.

"맞아. 저 거대한 도마뱀이 좋아하는 음식은 잘 익힌 여자의 살점. 좋아하는 취미 생활은 인간의 도시를 불태우는 것. 좋아하는 음악은 인간의 고통과 절규의 하모니! 저 쓰레기 같은 도마뱀은 말하자면 인류의 적. 자중할 필요도 없고, 전혀 봐줄 것도 없어. 죽여버려도 전혀 상관없는 생물이야."

카이가 그런 엉뚱한 소리를 내뱉었다.

"아니, 그런 문제가――."

로제의 말은 채 듣지도 않고 카이는 구미를 바라보았다.

"그럼 축제 시작이야. 구미."

"알겠습니다."

은발 수인 소녀가 오른쪽 손바닥을 위로 향하자 몇 개나 되는 빛의 구체가 나타났고, 그것들은 광산 정상에서 나오려고 하는 괴물에게 고속으로 날아가 충돌했다.

"그럼 제군들의 분투를 기대하지."

그 말을 끝으로, 카이 일행은 삼대 세력을 남기고 거짓말처럼 이 자리에서 완전히 사라졌다.

"말도 안 돼. 정말 우리에게 저걸 쓰러뜨리게 할 셈인가?"

헐렁한 옷을 입고 안경을 쓴 금발 남자가 거대한 용을 올려다보며 떨리는 목소리로 간신히 말한 순간, 정상에 있던 검은색 물체가 그 커다란 날개를 펼쳤다.

"구워어어어어어어어어어어어어억————!!"

그것이 대기마저 흔들리도록 크게 포효했다.

약 3백 년 만에 전설의 악룡이 부활했다. 괴물이 그린 이야기는 클라이맥스를 맞이했다.

***

──아키나시 중앙 광장.

악룡 데보아가 크게 입을 벌렸다. 그 거대한 입에서 불이 뿜어져 나왔다.

화염의 파도가 삼대 세력을 덮쳤지만, 수괴 앨리스의 지시로 마도 결사 로스트 포레스트가 마법 장벽을 펼쳐 막아냈다. 다만──.

"자, 자, 좀 더 노력해봐라아."

그것은 그저 데보아의 놀이에 불과했다.

"오, 오래는 못 버텨!"

앨리스가 울음 섞인 목소리로 절실하게 외쳤다.

"구속해! 그 상태로 죽여!"

검은 머리를 만두 모양으로 한 타오 가문의 총사── 링링 라팡이 이끄는 무리가 두 손을 모아 수평으로 하여 기운을 불어넣자, 악룡 데보아의 머리 위로 투명한 판이 낙하하여 데보아를 구속했다.

"얘들아, 기합 넣어!"

아케가라스의 보스, 오보로가 부하들에게 구체성이라고는 전혀 없는 지시를 내리며 양손검을 들었다. 그리고 땅을 질주하여 데보아의 비늘을 향해 화염을 두른 양손검을 찌르려고 했다.

그러나 데보아의 검은색 꼬리가 들리자, 링링의 타오 가문이 만든 구속은 쉽게 파괴되었다.

"엄청난 괴물이야!"

링링의 외침에 이어—— 데보아가 꼬리를 고속으로 휘둘렀다.

오보로는 엄청난 충격과 함께 몇 번이나 시야가 바닥과 하늘을 오가며 민가와 충돌했다.

찢어질 듯한 고통에 이를 악물며 간신히 일어나 양손검을 다시 쥐었다.

이들이 이런 처지가 된 것은 모두 괴물의 장난 때문이다. 그 진정한 괴물, 카이 하이네만은 절대 이기지 못한다고 영혼으로 깨달은 사자 머리 괴물 네메아의 주인이다. 네메아에게 위대한 분이라 불린 괴물. 한 번이라도 상대하면 전사의 본능이 저절로 이해하게 된다. 천진난만하고 순수한 끝도 없는 악의와 결코 인간은 저항할 수 없는 절망적인 강함을. 뒷세계의 왕? 웃기는 소리다. 저쪽에서 보면 오보로 같은 인간들은 길거리에서 꿈틀거리는 벌레에 불과하다. 아마 그는 초월자, 쉽게 말하면 신일 것이다. 게다가 꽤 상위 존재다. 그 초월자든 신이든 아무튼 그런 존재가 오보로 등을 이 땅으로 불러 악질적인 놀이를 시작하고 말았다. 저 걸어 다니는 비상식인 신이 데보아를 쓰러뜨리라고 명령한 이상, 오보로 일당이 살아남기 위해서는 이 도마뱀을 쓰러뜨릴 수밖에 없다.

"왜 그래, 바닥을 기는 벌레들아? 이걸로 끝인가? 나는 아직 작은 상처 하나 나지 않았는데?"

귀에 거슬리는 목소리로 보면 알 수 있는 사실을 의기양양하게 말하는 데보아.

"벌레라. 자신이 지금 어떤 상황인지도 모르다니 불쌍하네."

"나에게 한 말이냐?"

"그래, 이 빌어먹을 놀이의 주최자에게 우리는 그저 장난감. 그 이상도, 그 이하도 아니야. 너도 불쌍하게 스러질 도마뱀에 불과해."

초월자, 카이 하이네만에겐 전설의 악룡 데보아도 그저 몸집만 큰 약한 도마뱀일 뿐이다. 저 악질적이기만 한 신이 이 데보아를 무사히 살려둘 것이라고는 생각할 수 없다. 최후에는 비참하고 잔혹하게 그저 고깃덩어리가 되고 말 것이다.

"이, 이, 이 내가 도마뱀이라고──?!"

데보아는 분노로 눈을 붉게 물들이고, 대기를 흔들 만큼 크게 호통쳤다.

끝까지 예상을 배신하지 않는 녀석이다. 그러니 삼대 세력 같은 하잘것없는 인간들에게 밀리는 것이다. 오보로가 힐끗 앨리스와 링링에게 시선을 보내자, 둘 다 싸울 자세를 취했다. 아무래도 오보로의 의도가 전해진 모양이다. 가장 먼저 움직인 것은 링링을 비롯한 타오 가문이었다. 타오 가문 사람들이 두 손을 신비한 형태로 만들자, 데보아가 있는 바닥에서 빨간색 그물이 솟아 나왔다.

"박쇄망진(縛鎖網陣)!"

그 붉은 그물이 금세 데보아의 온몸을 뒤덮어 꽁꽁 사로잡았다.

"지금이야! 오래는 못 버텨!"

그렇게 외치는 링링의 얼굴은 고통으로 물들어 있었고, 온몸에서도 피가 흘렀다.

"으음?"

데보아가 구속에서 벗어나려고 버둥거렸으나, 아까와는 달리 완전히 벗어나지 못했다.

"……깊은 어둠 저편에 계신 병을 일으켜 병을 퍼뜨리는 재앙의 신이여, 부디 간청드리옵니다."

앨리스의 영창과 함께 주위를 둘러싸고 있던 로스트 포레스트 밑의 바닥이 검붉게 빛을 발하며 기하학적인 무늬가 떠올랐다.

'저건 위험해…….'

바닥의 기하학적인 무늬에서 검붉은 색의 룬 같은 것이 벗겨지더니, 로스트 포레스트 멤버와 앨리스의 온몸으로 침입하기 시작했다. 그들의 몸이 보라색으로 물들어가는 걸 보아, 이것은 결코 사용해서는 안 되는 금단의 마법일 것이다.

"우리 목숨을 받으시고 위대한 그대를 거스르는 어리석은 존재에게 죽음의 철퇴를!"

앨리스의 마법 영창이 완성된 그 순간——.

『좋아, 좋아, 좋습니다! 우리 위대한 분을 위해 특별히 그대들 날벌레에게 힘을 빌려주도록 하죠.』

머릿속에 울리는 인간의 공포를 눈에 띄게 자극하는 인공적인 목소리. 그 직후 하늘에 다량의 검은색 벌이 나타났고, 바닥에서는 검은색 벼룩 같은 생물이 기어 나왔다.

"으앗?!"

처음으로 나온 경악한 목소리와 함께 검은색 벌이 일제히 데보아에게 몰려가 그 꼬리를 찔렀고, 검은 벼룩은 비늘을 갉아댔다.

"크으헉!"

고통으로 절규하며 몸부림치는 데보아를 보며, 오보로는 양손검에 모든 마력을 주입했다. 양손검에서 아지랑이처럼 스며 나오는 화염이 점차 까마귀 형상을 만들었다. 이 붉은 까마귀는 오보로가 어린 시절부터 만들어내 조종할 수 있던 화염이다. 오보로의 감정에 따라 마치 생물처럼 움직일 수 있다.

"녀석의 가장 약한 부분을 물어뜯어!"

오보로의 명령으로 화염 까마귀가 데보아의 오른쪽 눈으로 파고 들어가 대폭발을 일으켰다.

"으아아아아아악————!"

격통으로 비명을 지르는 데보아.

"모두, 돌격!"

오보로의 지시로 아케가라스 멤버들이 일제히 데보아에게 자신이 가진 최고의 공격을 가하기 시작했다.

"망할 벌레가 얕보지 마라!"

데보아의 남은 왼쪽 눈이 새빨갛게 물들며, 마찰되는 소리와 함께 보라색 안개 같은 것이 머리 위로 나타났다. 이어서 보라색 안개가 쓰나미처럼 데보아를 중심으로 원형을 그리며 휘몰아쳤다.

바닥에 양손검을 박고 버텼지만, 오보로의 온몸이 보라색 안

개에 침식당하여 피부가 보라색으로 물들었다. 힘이 급속도로 빠지며 의식이 몽롱해지는 가운데, 주위를 둘러보며 상황을 확인했다.

링링의 구속계 술법은 완전히 풀렸고, 앨리스의 금술에 의해 나타난 벌레들도 깔끔하게 소멸되었다. 그리고 모두 보라색으로 온몸이 물든 채 쓰러져 있다.

"고작해야 땅을 기어 다니는 벌레 주제에, 이 나를 다치게 한 죄가 얼마나 무거운지 뼈저리게 느끼게 해주마!"

충혈된 왼쪽 눈으로 데보아가 저주를 담은 포효를 날리며 천천히 땅을 울리고 다가왔다.

"이쯤에서 물러날 땐가. 뭐, 뒷세계에서 사는 사람 치고는 선전한 편이겠지. 뒤는 페리스, 너희가 처리해!"

위에서 내려오는 카이 하이네만의 목소리. 직후, 마치 연기처럼 솟아 나오는 호화로운 무구로 무장한 정령들. 그들은 곧장 데보아를 포위했다.

페리스라 불린 금발 소녀가 한 걸음 앞으로 나서서, 데보아를 향해 주먹을 쥐고 엄지손가락만 아래로 향했다.

"죽여라."

그리고 정령들에게 조용히 명령했다. 그 순간 페리스의 옆에 있던 빨간 머리의 고양이 소녀의 모습이 흔들리더니 데보아의 눈앞에 나타났다.

"어?"

놀란 소리를 내는 데보아에게 빨간 머리 고양이 소녀가 허공에서 발차기를 날렸다. 엄청난 속도로 빙글빙글 회전하는 데보아. 고양이 소녀가 지면을 박찼다. 대지가 분쇄되더니 고양이 소녀는 데보아를 뛰어넘어 오른쪽 팔꿈치를 크게 안쪽으로 당기고 있었다.

"괴, 괴물──."

절박한 데보아의 목소리와 함께 빨간 머리 고양이 소녀의 주먹이 데보아의 머리를 때렸다. 초고속으로 낙하한 데보아가 대지에 박혔다. 그것이 데보아를 향한 마지막 신호였다.

"꾸엑!"

곰 머리 정령이 금 방망이로 때리자, 데보아의 몸이 엉망으로 부서졌다.

부서진 데보아의 몸에 늑대 머리 정령이 두 팔을 대충 휘두르자 그 목이 스르륵 절단되었고, 뒤이어 사지와 꼬리도 각각 떨어졌다. 그 직후, 빛의 화살이 하늘에서 낙하하여 그 절단된 몸을 꿰뚫었다.

순식간에 머리만 남은 데보아를 오보로는 멍하니 바라보고 있었다. 당연하다. 저만큼 오보로를 고생시킨 악룡 데보아가 실로 어처구니없게 말 못 하는 시체가 되었기 때문이다.

"너, 너희들?"

페리스라 불린 정령들의 보스에게 물으려고 한 때였다.

"아직일세! 아직 끝나지 않았어!"

긴장한 목소리가 주변에 울려 퍼졌다. 그 페리스의 시선 끝에는 데보아를 중심으로 한 커다란 마법진이 나타나 있었다. 그 마법진에서 짙은 진흙이 솟아 나오더니, 데보아의 얼굴과 산산이 파괴된 몸을 삼키기 시작했다. 데보아의 머리와 몸이 검은 진흙 속에서 뒤섞이며 인간 형태의 무언가를 형성해갔다.

용 머리가 둘 달린 인간 형태의 생물이 자신의 몸을 살펴보았다.

"이얏호——! 현계했잖아!"

두 팔을 벌리고 환희에 찬 목소리로 말하는 무언가.

"뭔가, 그쪽은?"

인상을 찡그리고 묻는 페리스에게 새빨간 옷을 입은 용 머리가 둘 달린 인간형 괴물이 상체를 숙여 페리스를, 이어서 이 자리에 있는 정령들을 빙 둘러보았다.

"악군으로는 보이지 않고, 이 세계의 잔챙이치고는 너무 강해. 네놈들은 천군인가?"

그가 그런 의미를 알 수 없는 질문을 하며 손가락을 딱 튕겼다. 그러자 바닥에서 무수한 빨간색 용들이 솟아났다. 빨간색 용들이 웅장한 목소리로 위협했다.

"데보아라기에는 별로 싸우는 맛이 없다고 생각했는데 그런가, 자네가 이 땅에 봉인된 전설의 악룡 데보아로구먼?"

"데보아? 뭔 소리야, 난 아지 다카하 중장님 휘하의 아기토——."

인간형 용 괴물 아기토에게 페리스는 오른쪽 손바닥이 보이도록 뻗었다.

"아니, 묻지 않기로 하지. 어쨌든 우리에게 네 이름 따위는 진심으로 알 바 아니니까. 다만 수백 년간 이 땅에 불행을 흩뿌려

온 악룡, 그 사실만 있으면 돼."

페리스는 처음으로 끼고 있던 팔짱을 풀고, 중심을 낮췄다. 그것을 신호로 무장한 정령들도 각자 무기 끝을 적룡들에게 향하며 전투태세에 들어갔다.

"아니, 그러니까 나는——."

"이 이상 잡담은 필요 없네."

페리스가 다시 입을 열려고 한 아기토의 말을 가로막았다. 그 직후, 흰 모래가 발목을 휘감더니 푸슉 하는 소리와 함께 두 발이 모래가 되고 말았다.

"큭?!"

공중에 부유하여 거리를 벌리자, 아기토의 발이 마치 시간을 되돌린 것처럼 완전히 수복되었다.

동시에 아기토의 두 머리가 굴욕과 분노로 일그러지며 새빨갛게 물들었다.

"그대는 나의 소원을 위해 없어져 줘야겠어!"

"죽여라! 건방진 소리를 떠들어 대는 놈은 모두 죽여라!"

아기토가 호통치자, 붉은 용이 일제히 정령들을 공격했다.

——완전히 급작스럽게 괴물에 의한 게임이 절정으로 접어들었다.

***

네메아가 만든 이공간에 아키나시의 모든 주민을 보호한 뒤,

아스타에 의해 밖의 영상을 상공에 투사하여 이번 게임을 관전하였다.

1회전은 삼대 세력과 데보아와의 전투. 실력으로는 데보아가 압도적인 우세였으나, 삼대 범죄조직은 데보아에게 한 방 먹이는 데 성공했다. 그러나 메울 수 없는 실력 차이는 어쩔 수 없기에 패배하고 말았다.

뒷세계 인간의 연약함은 충분히 알고 있었지만 이렇게까지 일방적일 줄은 솔직히 몰랐다. 뭐, 삼대 세력을 우리 진영에 넣기로 한 이유는 무력이 아니라 인력 확보와 그들이 지닌 암시장 때문이다. 따라서 딱히 저들이 패배하더라도 계획에는 전혀 지장이 없다. 저들이 이 아멜리아 왕국을 구하기 위해 데보아에게 맞섰다는 그 결과만 있으면 된다.

뒤처리를 하기 위해 페리스에게 나설 허가를 내리고 2회전을 실시하였으나, 실로 일방적인 결과가 나왔다. 고작해야 쓸데없이 커다랗기만 한 도마뱀이다. 지금 페리스와 정령들이라면 당연한 결과다.

머리와 몸이 분리된 데보아의 허무한 최후를 멍하니 바라보는 아키나시의 주민들을 곁눈질하며, 나는 스파이에게 지시를 내려 계획을 다음 단계로 진행시켰다. 즉, 데보아를 제물로 삼아 이계의 괴물을 소환한 것이다.

물론 제물이 조무래기인 데보아이기에 소환된 것도 예상대로 용 머리가 두 개 달린 허접한 마물이었다. 그러나 정령들에게는 딱 좋은 대전 상대였던 듯, 현재 거의 호각으로 싸우는 중이다.

정령들이 다치면서도 빨간 용을 쓰러뜨렸으나, 마치 샘솟듯이 빨간 용이 차례차례 나타났다. 이대로 소모전이 이어지면 쓰러지는 정령들도 나올 것이다. 결국 승패를 결정짓는 것은 대장인 페리스와 쌍두룡 마물이다.

"카이, 당신, 페리스 언니에게 무슨 짓을 한 거예요!"

로제가 왼손 집게손가락으로 용 마물과 싸우는 페리스를 가리키며, 안색을 바꾸고 오른손으로 나의 옷 소매를 잡고 거칠게 흔들었다.

"고작해야 날벌레 따위에게 힘을 주어 악군 대위를 토벌하게 시키다니, 그야말로 변태나 할 짓이오."

질색하는 목소리로 아스타가 평소처럼 의미를 알 수 없는 말을 했다. 그런 아스타를 완전히 무시하고,

"아무것도 안 했어. 페리스의 달라진 모습은 나도 놀랐어."

나는 차분하게 대답했다.

본래 페리스는 정령왕의 피를 물려받았다. 저 하얀 모래는 정령왕의 힘일 것이다. 또한 급작스럽기는 하지만, 토벌 도감에 등록된 것으로 모래의 능력에 붕괴 효과가 추가된 듯하다. 저 정도의 강함은 지극히 당연한 결과라고 할 수 있다.

나는 어느 쪽이냐 하면, 페리스의 내면적 변화에 더 놀랐다. 이 시련이 있기 전까지 나에게 페리스는 그저 포기하고 타인에게 책임을 떠넘기는 세상 물정 모르는 공녀일 뿐이었다. 그렇기에 나는 이 시련을 단행하였다.

그러나 지금 페리스에게는 그런 나약함이 전혀 없다. 오히려

이 괴로운 상황 속에서도 자신의 승리를 의심도 하지 않는 거만하다고도 할 수 있는 자신감과 승리에 대한 집념이 엿보였다.

"페리스 언니가 지금 사용하는 것은 대지 마법?! 아니요, 전혀 영창하지 않으니 그럴 리 없어요! 애초에 아무리 고위 마법이더라도 붕괴시키는 모래를 만들어낼 수 있을 리가 없잖아요!"

"아무래도 승부가 난 모양입니다."

루카스가 얼굴을 환희로 물들이며, 흥분한 목소리로 외쳤다.

"흠, 그런 것 같네."

아마 붉은 용들도 끝장난 모양이다. 전장에는 정령들과 페리스, 그리고 쌍두룡 마물만 남았다.

그리고 그 용 마물은 상처투성이가 되어 만신창이가 된 몸으로 바닥을 기고 있다.

"끝났네."

무정한 페리스의 말을 시작으로, 머리 위에 뜬 하얀 모래로 이루어진 거대한 단두대가 고속으로 낙하하였다.

"으아아아아악————!"

뼛속까지 공포로 물든 비명을 지르며, 용 마물이 머리부터 둘로 절단되고 말았다.

"끝났는가……."

아키나시의 영주, 올리버 아키나시가 자문하는 것처럼 나직하게 중얼거렸다.

"그래, 지금까지 너희를 힘들게 했던 데보아는 완전히 죽었어. 이제 녀석이 되살아날 일은 없어."

내가 두 팔을 들고 드높이 선언하자, 관전하던 아키나시 주민들이 일제히 우렁찬 함성을 질렀다.

"코테츠 아키나시의 비원이 달성되었구나……."

올리버는 바닥에 두 무릎을 꿇고 그저 눈물을 흘리며 소리 내어 웃었다.

타이니의 결계가 없으면 아키나시는 가장 먼저 데보아에게 공격당한다. 언제 주민에게 이빨을 드러낼지 모르는 괴물을 몇백 년이나 계속해서 감시하지 않으면 안 되는 책임을 지고 살아야 했다. 아키나시 가문의 무거운 책임으로부터 해방되고 싶다는 갈망은 우리가 상상했던 것보다 훨씬 더 컸던 듯하다.

"이것으로 카이의 계획은 모두 끝났습니까?"

옆에서 로제가 싸늘한 눈으로 나에게 물었다.

"대체로."

페리스는 이번 시련으로 정령들의 왕이 될 자격이 있음을 증명했다. 남은 것은 그녀가 스스로 선택할 일이다. 물론 이 소동을 일으킨 바보의 강제 퇴장이 아직 남았다. 이스트엔드의 경영이 궤도에 잘 오를 때까지는 다른 왕위 계승자들의 참견을 가능한 한 막아내야 한다. 그러므로 케처 백작은 방해된다. 그는 이쯤에서 확실히 제거해두겠다.

"데보아를 토벌했다는 증거는 저 유난히 커다란 붉은 용의 사체로 충분할 테니, 이제 다른 붉은 용들이 얼마에 팔릴지가 문제네."

대충 세어 보아도 수백 마리는 있다. 용의 비늘에 송곳니, 안구에 이르기까지 용의 사체는 다양한 무구 소재로 쓰인다. 헌터 길드에 좋은 값으로 매각하면, 당분간 활동 자금은 부족하지 않을 것이다.

"카이, 당신이란 사람은……."

진심으로 어이가 없다는 듯 로제가 오른손으로 머리를 짚고 몇 번이나 가로젓는 와중에 나의 지시로 스파이가 거대한 용을 이공간에 수납하고 있었다.

"마스터, 저 인간형 도마뱀을 매개로 무언가가 오고 있소."

평소 아스타답지 않은 딱딱한 목소리. 절단된 용 마물의 몸을 중심으로 입체적인 마법진이 형성되었다. 그 마법진은 다른 용의 사체까지 삼키면서 점차 확대되었다.

이 정도로 아스타가 경계하는 일도 드물다. 아까 머리가 둘인 용 마물이 나올 때까지만 해도 눈썹 하나 까딱하지 않았으니까. 그렇다면 페리스에겐 다소 짐이 무거운가.

"네메아, 아키나시에 있는 자들을 모두 영역 안에 넣어둬."

"네! 주인님은?"

"물론 저것을 처리해야지. 조금 성가신 상대일지도 모르니 너희는 이 자리에서 이 녀석들을 지키고 있어."

"원하시는 대로."

가슴에 손을 대고 인사하는 네메아를 힐끗 보며, 나는 영역 밖으로 나와 지상으로 내려갔다.

이미 용 마물과 붉은 용들의 몸은 마구 용해되어 공중에서 구체를 형성하고 있었다. 아무래도 육체를 만드는 모양이다.

적에게 감정 스킬을 사용할 수 있는 아스타가 이 정도로 경계한 상대다. 나 역시 목숨을 걸어야 할 것이다. 그래, 이대로 이현상을 가만히 지켜보면——.

"마스터, 제법 기분이 좋아 보이시오?"

평소와 달리 엄숙한 목소리에 돌아보자, 아스타가 인상을 찡그리고 험상궂은 얼굴로 나를 응시하며 그런 말도 안 되는 말을 하였다.

"기분이 좋아 보인다고? 무슨 소리야. 이런 건 그저 귀찮을 뿐이야."

"그럼 왜 그렇게 소풍이라도 가는 것처럼 신나는 표정을 한것이오?"

"신난다고?"

인상을 쓰며 얼굴을 만지자, 볼은 풀어져 있고, 입꼬리는 올라가 있었다. 확실히 객관적으로 보면 신난 것처럼 보이겠다.

아니. 설마 진심으로 강자와 싸우는 것을 고대하고 있었던 말인가? 과거의 기억을 되찾은 지금, 나는 그런 구제 불능의 전투광이 아니라고 확신했을 터였다. 일단 나보다 강한 사람은 이세상에 차고 넘친다. 여기서 무리하게 목숨을 걸 필요는 없다.

"역시 눈치채지 못하였다……라는 것이군. 마스터는 본인의옛 친구(주인)와 아주 닮았소. 아무리 멀쩡하게 행동하더라도그 본질은 달라지지 않는 법이오."

"말이 너무 심하네."

나의 목소리가 들리는지 아닌지, 아스타는 눈에 깊은 애수를

담고 나를 바라보며,

"그리고 앞으로도 그 미쳐버린 바람이 이루어질 일은 아마 없을 테지."

그렇게 단언했다.

"너, 아까부터 무슨――."

내가 의미를 물으려고 할 때였다.

"마스터, 당신이 바라는 대로 하시옵소서."

아스타는 가슴에 오른손을 대고, 깊숙이 머리를 숙이고는 그 모습을 감췄다.

왠지 마음이 심란하지만, 확실히 저 구체와의 싸움은 예상하지 못했다. 상대는 나라도 벅찰 만큼 절대적인 강자일 가능성이 있다. 가장 간단한 해결책은 지금 저 구체를 파괴하는 것이다. 투쟁에 있어 승패를 가르는 포인트는 어떻게 자신에게 더 유리한 상황으로 이끌 것인가 하는 것이므로, 지금 저걸 공격하여 끝장내는 것을 망설일 이유는 전혀 없다. 그럴 터였다. 그런데――.

"이럴 수가……."

나의 오른손은 허리에 찬 무라사메의 칼자루를 건드릴 뿐이었다.

이래서는 아스타의 말대로 내가 그런 무의미하고 비생산적인 투쟁을 바라는 것 같지 않나. 아니, 어쨌든 죽여야 한다는 점은 똑같다. 어쩌면 이것과의 싸움으로 무언가 의의를 찾아낼 수 있을지도 모른다. 그래. 분명히 의미가 있다.

흰색과 빨간색의 얼룩무늬가 그려진 구체는 천천히 커다란 생물을 형성해나갔다. 그에 호응하는 것처럼 그것이 발하는 마력이 점차 강하고 농후해졌다. 쌍두룡 마물과 붉은 용들을 이용하여 육체를 완성한 것은 삼두 도마뱀이었다. 언뜻 보아도 데보아의 몇 배는 될 산처럼 커다란 몸에 날카롭고 커다란 송곳니가 나고, 머리가 셋에 날개는 네 개가 달렸다.

"이곳은…… 인간계인가? 내 권속의 죽음으로 육체를 얻었다는 것은 게임이 시작되었다. 그렇게 이해해도 된단 얘긴가?"

초거대 도마뱀이 그 쓸데없이 커다란 몸으로 지금까지 실컷 들은 헛소리를 뱉으며 질문했다.

"글쎄."

젠장…….

"나는 아지 다카하. 맹약에 따라 이곳 하계에서 끝없는 악행을 저지르마.

──인간종의 나라, 도시, 논밭을 불태우고,

──인간종의 존엄을 짓밟고,

──인간종에 파멸과 절망을 선사하마.

그것이야말로 우리──."

또 이거냐!

"이제 됐어. 네 말도 안 되는 거창한 망언에는 관심 없어. 그보다 말이야. 넌 애초에 나와 싸울 수 있나?"

그냥 커다란 도마뱀으로만 보인다. 강한 능력 제한이라도 하고 있다면 별개지만, 아마 기대하기 어려울 듯하다. 요즘은 정말 이런 것투성이다. 실컷 기대하게 하더니, 이번에도 결국 그냥 커다랗기만 한 거대 도마뱀인가. 정말 실망스럽다.

"내가 너와 싸울 수 있겠냐고? 그거 진심으로 하는 말이냐?"

심하게 목소리를 떠는 것으로 보아 굴욕이라도 느낀 모양이다.

뭐, 나는 파충류의 심리학 따위에 관심이 없다. 거대 도마뱀의 마음은 진심으로 아무래도 좋다.

"그래, 너에게서는 약한 냄새밖에 안 나."

"이, 이 내가 약하다고――."

나는 지면을 박차고 거리를 좁혀 무라사메를 한 번 휘둘러, 짜증스럽게 떠들어 대는 머리 세 개 중 하나를 절단하고 원래 위치로 돌아갔다.

"봐, 반응조차 하지 못했으면서."

한 박자 늦게 거대 도마뱀 아지 다카하가 지금까지 실컷 들어온 절규를 내뱉었다.

"기대하게 해놓고……."

불쾌하다. 너무 불쾌하다. 이 녀석의 존재 자체가 나를 짜증 나게 한다. 이것이 얼마나 제멋대로고 불합리한 말인지는 잘 안다. 그래도 나는 이 거대 도마뱀에게 강렬한 분노를 느꼈다.

"하등 생물 따위가――!!"

절단된 머리에서 대지로 쏟아지는 새빨간 액체. 그 살점, 혈액에서 솟아 나오는 다양한 크기와 형상의 도마뱀들. 수백에 달하는 도마뱀들은 나에게 이를 드러냈다. 그리고 절단된 목이 부풀더니 금세 상처 하나 없는 모습으로 복원되었다.

"저 버러지를 뼈, 피와 살 하나 남기지 말고 먹어치워라!!"

일대를 뒤덮은 도마뱀 군세가 나에게 달려들었다.

"진계류 검술 일도류, 제1형—— 사선."

즉시 산산조각 흩어지는 도마뱀들. 그 순간 흩어진 몸에서 아까의 수십 배에 달하는 용 같은 것이 바로 나타났다.

"소용없다! 베면 벨수록 나의 권속이 태어날 테니까!"

아마 이 아지 다카하라는 거대 도마뱀은 살과 혈액으로부터 자신의 분신 같은 존재를 복제할 수 있는 듯하다.

"얕보인 모양이네."

설마 숫자와 크기만 갖추면 진심으로 이길 수 있다고 생각하나? 만약 그렇다면 너무 안타까워서 눈물이 날 지경이다. 일단 그 이지 던전의 마물들 중에도 저런 특이한 성질을 지닌 마물은 매우 많았다. 딱히 드문 특성도 아니다.

나의 특기인 검술이라면 이 녀석을 죽이는 일은 어렵지 않다. 그야 수만 년 동안 그런 일만 해왔기 때문이다.

나는 무라사메의 칼집을 등에서 풀어 왼손에 들었다. 그리고 오른손으로 칼자루를 살짝 건드리며 중심을 낮추고 눈을 꼭 감았다. 아지 다카하를 중심으로 돔 형태의 막이 펼쳐지며, 저들의 온몸을 완전히 뒤덮었다. 이것으로 이 어리석은 자들은 나의 손바닥 안에 들어온 것이나 마찬가지다. 오른손으로 무라사메의 칼자루를 쥐고, 마력을 주입했다. 무라사메에 나의 붉은 마력이 휘감기더니 곧 맹렬하게 휘몰아쳤다.

"왜 그러지? 벌써 포기——."

"진계류 검술 일도류, 제6형—— 제로."

이미 나의 손바닥 안에 들어온 것조차 모르는 우스운 광대에게 나는 최악의 언령을 외웠다.

고속으로 휘두른 무라사메의 도신. 그 순간 가장 먼저 소실된 것은 소리였다. 이어서 색이 사라지고, 시야가 새하얗게 물들었다.

모든 것이 사라진 새하얀 허무의 공간. 그곳에 색이 돌아오고, 소리가 돌아오고, 세계가 다시 숨을 쉬기 시작했다.

고오오오오오오오오오오오오——!!

귀가 찢어질 듯한 굉음과 모든 것을 날려버릴 회오리가 아지다카하를 중심으로 동심원 형태로 불었다.

"큭…… 으억…….."

나의 눈앞에 펼쳐진 바닥조차 보이지 않는 거대한 구멍. 그 구멍 위로 부유하는 도마뱀의 머리 하나.

"흥! 제법 똑똑하잖아."

아마 도마뱀 꼬리처럼 스스로 머리를 떼어내고 도망친 모양이다.

그러나——.

"존재를…… 유지할 수 없어? 네 이놈…… 나에게…… 무슨 짓을…… 한 거냐?"

회복은커녕 형태조차 일그러진 것으로 보아 이미 빈사인 듯하다.

"뭐, 그리 복잡한 일이 아니야. 내 마력을 압축해서 검과 함께 방출했을 뿐이지."

생물은 물론 무생물까지, 모든 것에는 마력이 깃든다. 그것은 말하자면 존재를 성립하게 하는 설계도와 같은 것이다. 그리고 강인한 마력은 약한 마력을 없애려는 기본적인 성질이 있다. 이 성질을 이용한 기술이 방금 그 제6형——제로다.

이 기술은 나의 마력을 한계까지 농축시킨 참격을 결계 안에서 무수히 방출하는 기술이다. 말하자면 나의 순수한 마력이 가득 담긴 사선의 장거리판이라고나 할까. 덧붙여 상대의 마력을 바탕으로 한 능력을 모두 무효화하는 힘이 있다. 단 마력으로 위력이 대폭 증강되는 유형이라 이것을 사용하면 범위 내의 대지에 커다란 구멍이 뚫리고 말기에 그리 남발할 수는 없는 기술이기도 하다.

"말도 안 돼…… 그런 것으로…… 이 내가——."

"이 상황에도 현실도피인가. 정말 구제할 길이 없는 한심한 녀석이구나."

어깨를 으쓱하고 다시 무라사메를 들었다.

"나를…… 어떻게 할…… 셈이지?"

"그래, 물론 말 그대로 죽을 때까지 썰어줄 거야. 너도 우리의 존엄을 짓밟고, 파멸과 절망이라는 걸 느끼게 해주려고 했다며? 그럼 같은 짓을 당해도 불평하면 안 되지."

이 녀석에겐 나의 울분 정도는 감당하게 하자.

"이, 이러지 마!"

"싫어. 넌 나를 너무 불쾌하게 했어."

"살려줘——."

거대 도마뱀, 아지 다카하의 찢어질 듯한 비명을 자장가처럼 들으며 나는 그의 해체를 시작했다.

＊＊＊

"…………."

"…………."

아키나시의 주민도, 정신이 든 삼대 세력도, 페리스 언니를 비롯한 정령들도, 네메아를 시작으로 한 카이의 부하들조차도 상공에 비친 비참한 유린극을 멍하니 바라보고 있었다. 그리고 그것은 로제도 마찬가지였다. 로제도 그저 혼란스럽기만 했다.

첫 번째 의문은 처음 나타났던 인간형 쌍두룡은 대체 무엇이었냐는 것. 이 땅에 봉인된 이상, 데보아와 밀접한 관련이 있는 것은 틀림없다. 그러나 페리스 언니는 그 인간형 쌍두룡을 데보아라 보았다. 페리스 언니의 판단이 옳다면, 그 인간형 쌍두룡이야말로 데보아였을 것이다. 당사자는 그 사실을 부정한 것처럼 보였지만.

두 번째 의문은 마지막에 나온 거대한 삼두룡이다. 저 거대한 용의 강함은 남달랐다. 처음 나타난 검은 용의 몇 배는 될 체구에 피와 살에서도 새로운 용을 만들어내는 악질적인 체질까지. 최초에 나온 검은 용과 붉은 용, 쌍두룡과는 차원이 달랐다. 그것은 엄연한 사실이다. 따라서 저것은 데보아가 아니다. 그렇게 생각하는 것이 가장 납득이 간다.

"저 삼두룡은 데보아가 아닌 거죠?"

옆에 있는 아스타에게 물었다. 아스타는 카이가 참전한 초반에는 오만상을 다 쓰고 있었으나, 점차 평소처럼 의욕 없는 분위기로 돌아왔다.

"물론이오. 저것은 악군 중장 아지 다카하. 구세대의 몇 없는 생존자이자 일찍이 **이 세상**을 절망의 구렁텅이로 떨어뜨린 최악의 용 악신이오."

아스타가 곱씹듯이 그렇게 대답했다.

"용 악신?! 저게 신이었다고요?!"

"로제, 자네가 떠올리는 신과는 조금 다르지만, 크게 틀린 것은 아니오. 참고로 아까 그 인간형 쌍두룡도 아지 다카하의 부하인 악신 아기토라고 하오."

아스타가 자연스럽게 로제의 의문 중 하나를 대답해주었다.

"자, 잠깐만 기다려 주세요! 그럼 페리스 언니는 악신을 쓰러뜨렸다는 말인가요?!"

아스타는 지금도 두 손을 모으고 황홀한 눈빛으로 카이의 전투를 응시하고 있는 페리스 언니에게 힐끗 곁눈질했다.

"그래서 본인이 변태가 할 짓이라고 하지 않았소."

아스타가 불쾌한 얼굴로 그렇게 대답했다.

아스타의 말로 보아 성무신 아레스와 같은 진짜 신은 아니고 그에 가까운 생명체에 불과한 듯하다. 그래도 이 세계에서는 일반적으로 말하는 신에 한없이 가까운 것은 확실하다. 그 신을 페리스 언니가 쓰러뜨렸다고? 솔직히 아직도 믿을 수 없다.

"저, 저 삼두룡의 힘은 페리스 언니가 쓰러뜨린 쌍두룡보다도 위인가요?"

"격이 다르오. 본체는 물론, 피와 살에서 분리된 분신체 하나하나가 아기토 따위는 비교 대상조차 되지 않는 압도적인 강자라오."

"그럴 수가……."

경악. 지금 로제의 심경을 표현하자면, 그것이 가장 정확할 것이다. 당연하다. 그 말이 진실이라면, 카이는 페리스 언니가 저만큼 고전한 수백, 아니 천이 넘는 아기토 이상의 힘을 지닌 용을 일격에 모두 죽였다는 뜻이 된다.

악룡 데보아조차 혼자서도 왕국을 파멸시킬 만한 재앙이었다. 아기토가 그보다 훨씬 위라는 것은 페리스 언니의 싸움으로 보아 추측할 수 있다. 솔직히 카이의 강함은 인간이라는 종이 도달할 수 있는 영역을 뛰어넘었다.

"로제 전하, 저분은 대체 정체가 무엇입니까?"

올리버 경이 대회에 끼어들어 물었다.

"솔직히 이제는 나도 잘 모르겠군요."

이번 일로 뼈저리게 느꼈다. 로제는 카이 하이네만이라는 인간을 이해했다고 생각했으나, 사실은 얄팍한 표층만 본 것에 불과할지도 모른다.

"나의 마스터를 열등한 인간 따위가 이해하려고 한 것 자체가 너무 주제넘은 행위라는 것이오."

아스타가 지금도 뚫어지게 카이의 전투를 바라보고 있는 잭과 네메아 등을 보며 단언했다.

잭은 물론이고 카이가 하는 일에 일정한 이해를 보이던 네메아, 구미 등도 마치 홀린 것처럼 조용히 저 비상식적인 광경을 응시하고 있었다.

유일하게 구미의 품에 안긴 새끼 늑대 펜과 페리스 언니만이 눈을 빛내며 카이의 일방적인 게임을 구경했다.

"자신의 의사와 상관없이 앞으로 이 세계는 마스터를 축으로 돌아가겠지. 그리고——."

순간 아스타는 입을 어물거렸다.

"아무래도 끝난 모양이군. 본인은 지시받은 다음 계획을 위해 움직이겠소."

완벽하게 소멸한 삼두룡을 확인하고, 아스타는 로제로부터 등을 돌려 이 자리에서 완전히 흔적을 지웠다.

"이해하려고 하는 것조차 주제넘은 짓인 존재……입니까…… 하지만 저는 언젠가 저분을 이해하고 싶군요. 지금 진심으로 그런 생각이 들었습니다."

올리버 경이 무언가 깨달은 듯이 묘하게 후련해진 표정으로 로제에게 그렇게 말했다.

카이를 이해하고 싶다고. 이야기의 흐름상 이것은——.

"그럼?"

올리버 경을 향한 로제의 물음에 주민들도 불안과 기대가 뒤섞인 얼굴로 멀리서 두 사람의 동향을 살폈다.

"네. 정식으로 우리 아키나시를 당신의 영지에 넣어주셨으면

합니다!"

로제는 크게 고개를 끄덕였다.

"올리버 경, 이 로제마리 로트 아멜리아의 이름으로 아키나시의 이스트엔드 편입을 인정합니다."

로제가 왕족의 의례에 따라 자세를 바르게 하고, 왼손을 허리에 대며 환영을 의미하는 몸짓을 취했다.

올리버 경은 무릎을 꿇고, 웅장하게 선언했다.

"저희 아키나시 가문은 앞으로 로제마리 전하께 충성을 맹세하겠습니다."

이것은 어디까지나 표면적이다. 아키나시 가문이 충성을 맹세한 것은 로제가 아니라 카이 하이네만이라는 괴물이다. 지금 로제에겐 그들을 이끌 만한 힘이 없다. 그래도 로제에게는 처음으로 자신의 진영에 참가해준 영주다. 이것은 목표 달성을 향한 큰 첫걸음이다.

아키나시의 주민들도 우레와 같은 환호성을 지르는 가운데, 로제는 짧은 승리의 여운에 잠겨 오른손을 굳게 쥐었다.

***

그곳은 아멜리아 왕국의 수도, 아람가르드의 교외 숲속에 있는 저택. 이 숲은 왕족이 관리하는 토지이므로, 외부인은 출입이 일절 금지되어 있다.

그 저택의 침대 위에서 초로의 남성이 무릎을 안고 웅크리고 있다. 그는 이 아멜리아 왕국의 선왕이자 이 저택의 주인, 해리로트 아멜리아다.

"타이니…… 페리스……."

눈물을 흘리는 해리를 위로하는 사람은커녕 말을 거는 사람도 없다. 해리는 국왕이었다. 그런 허술함과 나약함은 절대 남에게 보여서는 안 된다. 따라서 해리는 쭉 이 땅에 틀어박혀 견디고 있었다.

타이니와 처음 만났던 시절에는 서로 아직 여유가 있어서 몰래 정령 마을을 방문할 수도 있었다. 그러나 최근에는 중앙교회의 세력이 날마다 늘어나 왕국 내에서 정령과 밀접한 관계를 유지하는 해리의 태도를 문제 삼는 중진들이 늘어나기 시작했다.

중앙교회의 교의는 성무신 아레스의 가호를 받은 인간족이 가장 높고 유일한 지적 생명체이므로, 다양한 타 종족을 지배할 권리와 의무가 있다는 것이다. 신자들은 그런 정신 나간 망언을 진심으로 믿고 있다. 그들이 보기에는 일찍이 왕국을 구해준 정령조차 그저 열등하고 불쌍한 일개 생물에 불과하다. 그리고 그 경향은 용사 소환으로 박차를 가했다. 용사 마시로는 인간족 이외의 종족을 똑같이, 죄 많은 생물로 보고 지배하자고 주장하였다. 물론 정령조차 그들에게는 지배 대상에 지나지 않는다. 그 사상은 중앙교회와 이어진 아멜리아 왕국의 고위 귀족을 중심으로 빠르게 퍼져나갔다.

그리고 결국 중앙교회에 페리스의 출생에 관한 비밀이 알려지고 말았다. 호위로 붙어 있던 기사, 루카스에 의해 습격은 미연에 방지하였으나, 왕국 내에서 페리스는 당시 크게 위험한 상황이었다. 그래도 해리가 왕좌에 앉아 있을 때는 그나마 나았다. 중앙교회와 이어진 해리의 아버지인 선왕이 왕위 계승전을 실시하겠다고 선언하는 바람에 해리는 왕좌에서 내려와야 했다.

사실상 페리스를 지킬 힘을 잃은 해리는 루카스에게 명령하여 그녀를 왕도에서 탈출하도록 하였다.

그로부터 해리는 이 저택에 틀어박혀 계속 루카스나 아끼는 첩보원 '풀'에게 사랑하는 아내 타이니와 사랑하는 딸 페리스의 소식을 전해 들을 뿐이었다.

그래도 좋았다. 사랑하는 아내와 아이가 건강하고 행복하게 살고 있다면. 그러나 그 보고는 점차 최악의 내용으로 변했다. 타이니가 데보아의 저주 탓에 앞으로 반년밖에 남지 않았다는 것이다.

물론 당장이라도 달려가려고 했다. 그러나 그것은 해리의 측근들로부터 아주 강하게 제지당했다. 타 종족과의 공존을 주장하는 해리는 그들이 보기에는 눈엣가시다. 만약 해리가 정령 마을을 방문하면, 그것을 절호의 기회로 삼은 중앙교회로부터 공격받을 것이다. 그리고 해리가 쓰러지면 정령 마을을 제압해도 될 좋은 핑계가 생기고 만다. 그것만은 사양이다.

따라서 이렇게 무력감에 시달리면서도 여기서 가만히 있는 것이다.

"타이니……."

두 손으로 얼굴을 감싸며 사랑하는 아내의 이름을 불렀다. 그때──.

"해리."

뒤에서 들리는 또렷한 목소리. 잊을 리가 없다. 이 그리운 목소리는──.

얼른 소리가 난 방향을 돌아보자, 그곳에는 갈색 피부에 뿔이 돋아난 아름다운 여성이 서 있었다.

"타이니?"

침대에서 벌떡 일어나 눈을 슥슥 몇 번이나 비볐다. 환상이 아닌 그녀는 해리에게 다정하게 미소만 지었다.

"타이니!"

필사적이었다. 꿈이라도 좋다. 그녀의 온기를 다시 한번 느낄수 있다면!

휘청거리는 발로 달렸기 때문인 듯하다. 무참하게 넘어지고 말았다.

"괜찮아?"

그런 해리를, 타이니는 처음 만났을 때처럼 걱정스러운 얼굴로 해리를 내려다보았다.

"타이니!"

눈물이 흘러 시야가 흐릿해지는 와중에 해리는 사랑하는 아내를 끌어안았다. 강하고 강하게 끌어안았다. 이제 두 번 다시 떨어지지 않도록.

***

선왕 해리의 저택 가까운 숲속. 아스타가 투영한 해리와 타이니가 끌어안는 영상을 올려다보며, 루카스는 감격에 차 오열했다.

"왕국이 바란다면, 선왕 해리와 타이니는 우리 도시 리버티 타운에서 살게 하겠어."

이미 타이니의 몸은 힐링 슬라임으로 완치되었다. 데보아가 죽은 뒤 타이니도 결계를 유지할 필요가 없어졌다. 이제 타이니는 자유다. 남은 것은 선왕 해리의 사정뿐이지만, 현 국왕도 선왕 해리가 굴레에서 벗어나는 것을 바라는 듯하니 더는 두 사람을 가로막는 것은 아무것도 없다. 두 사람이 살 장소가 문제지만 리버티 타운이라면 정령들도 살 예정이고, 페리스도 있다. 가족끼리 생활하는 것도 가능하다. 무엇보다 그곳에는 인간, 엘프에 수인, 드워프 등의 인간종은 물론이고 토벌 도감에 속한 마물들도 있으니 이제 와서 왕족 정도로 특별 취급할 일도 없다. 그들에게는 매우 살기 편한 도시일 것이다.

"주여! 진심으로 감사드립니다!"

나는 두 손을 모으고 인사하는 루카스를 오른손으로 제지했다.

"감사는 자신의 힘으로 시련을 극복한 페리스에게 해. 이 결말은 그녀가 자신의 손으로 얻어낸 거야."

"네, 제가 지켜야 할 사랑스러운 아이는 이번에 무사히 제 손을 떠났습니다."

루카스가 소매로 눈물을 닦으며 그렇게 말했다.

"그런 것 같네. 이제 오물의 뒤처리만 남았나? 그 정도는 왕에게 시키도록 하자. 아스타, 준비는 잘 돼가?"

"모두 순조롭소. 조만간 그것은 폐기될 것이오."

아스타가 불쾌한 얼굴로 대답했다.

"응? 아스타, 너 왜 그래?"

아스타가 아까부터 묘하게 퉁명스럽다. 확연히 나에 대한 불만이 드러나 보인다.

"아무것도 아니오."

무뚝뚝하게 대답한다. 뭐, 겁쟁이 마인의 기분 따위 나에게는 아무래도 좋은 일이기는 하다.

나는 지금도 무릎을 꿇고 있는 검은색 해골로 시선을 옮겼다. 움찔하며 경련하는 검은색 해골. 이 녀석은 데이모스다. 루비와 계약했던 언데드로 놀랍게도 원래는 인간 마도사였다고 한다.

이자로부터 무인으로서의 영혼을 발견한 나는 기리메칼라에게 명령하여 이 녀석을 수복하여 단련시켰다.

"데이모스, 첫 임무야. 이 저택에 사는 선왕 해리와 타이니를 지켜! 그래, 본인들이 앞으로의 생활을 결정할 때까지 부탁하기로 할까."

데이모스가 고개가 바닥에 닿도록 숙였다.

"우리 위대한 주인님. 미천한 저에게 그런 큰 임무를 맡기시다니, 과분한 영광입니다. 목숨을 걸고 저들을 지켜보이겠습니다!"

상기된 목소리로 외친다.

"카이! 나도 용건이 끝났네. 리버티 타운으로 돌아가자!"

페리스가 만족스러운 얼굴로 나의 곁으로 다가와 리버티 타운으로 귀환하기를 제안했다. 페리스가 해리와 타이니의 재회를 가까이서 보고 싶다고 하기에 모습을 감추는 아이템을 건네두었다.

"너, 정말 본인들과 만나지 않아도 되겠어? 분명 기뻐할 텐데?"

페리스는 루카스로부터 일의 진상을 모두 전달받아 상황을 파악한 상태다.

"아니, **지금**은 됐네. 부부의 시간을 방해하고 싶지 않아. 나중에 얼굴을 비추겠네."

"흠, 그래. 그럼 돌아가자. 아스타."

전이하도록 아스타에게 신호를 보내자, 페리스가 헛기침을 했다.

"알고 있소!"

떼를 쓰는 아이처럼 아스타가 소리를 치더니, 뾰로통한 얼굴로 손가락을 딱 튕겼다. 그 순간 광경이 바뀌며 우리는 야트막한 언덕 위에 있었다. 이곳은 리버티 타운의 언덕. 여기서는 이스트엔드의 아름다운 녹색 바다가 한눈에 보인다.

"그래서? 페리스, 나에게 용건이 뭔데?"

지금도 얼굴을 붉게 물들이고 두 손을 바쁘게 움직이는 페리스에게 단도직입적으로 물었다.

"약속이네. 무엇이든 한 가지 들어주겠다고 말했을 텐데."

그러고 보니 그런 약속을 했었다.

"그건 정확하지 않아. 산에서 물고기를 잡을 수는 없지. 불가

능한 일은 못 해. 그렇게 말했을걸."

"걱정할 것 없네. 간단한 일일세. 몸을 숙이고 눈을 감아주게."

"응? 그거면 돼?"

솔직히 좀 더 어려운 일을 요구할 것이라 생각했다.

"됐으니까 어서 하게! 절대 눈을 뜨면 안 되네! 움직이지 말고 가만히 있게!"

지시에 따라 몸을 숙이고 눈을 감았다. 페리스의 두 팔이 나의 목을 휘감고, 입술에 무언가가 닿는 감촉이 느껴졌다. 페리스의 온기를 느끼며 시키는 대로 가만히 있자 곧 페리스가 나에게서 떨어졌다.

"이제 눈을 떠도 되네."

페리스의 얼굴이 아까보다 더 사과처럼 새빨개져 있었다. 눈을 이리저리 굴리고 있다.

"카이, 좋아하네."

그녀는 작은 목소리로 중얼거리더니, 나에게서 등을 돌리고 달려가 버렸다.

"음. 대체 뭐였지?"

혼잣말을 해보았지만, 좋은 대답이 떠오를 리도 없었다.

"젊은이들이 하는 일은 늘 이해가 안 되네."

어깨를 으쓱하고 나도 리버티 타운을 향해 언덕을 내려갔다.

***

아멜리아 왕국 제1회의실.

"맙소사⋯⋯."

아멜리아 국왕── 에드워드 로트 아멜리아는 첩보원의 보고에 머리를 싸매며 신음했다.

쿠사르 백작에 의한 정령 마을 습격과 아키나시 습격에 따른 일련의 사건. 그것은 과거에 아멜리아 왕국을 멸망 직전까지 몰아넣었던 악룡 데보아의 토벌로 귀결되었다.

"악룡 데보아가 토벌된 것과 아키나시가 로제의 진영으로 들어간 건 이해가 가. 그런데 정령 마을의 모든 정령과 악명 높은 삼대 조직까지 들어가다니, 솔직히 무언가에 홀린 느낌이야⋯⋯."

왕국 최고의 첩보원 쿠사의 보고가 아니었다면 분명히 헛소리하지 말라며 호통쳤을 것이다. 쿠사가 거짓을 말하지 않은 이상, 이것들은 모두 진실이라는 것이다.

"흠, 헛소리라 치부하지 않고 일단 사실로 받아들이다니 폐하, 한층 더 성장하셨군요."

똑바로 서서 왕의 곁에 대기하고 있던 검은 머리의 거한, 아멜리아 왕국의 수상── 요하네스 루즈벨트가 비아냥거리는 감탄을 내뱉었다.

"뭐. 뒤에서 조종하는 것이 카이 하이네만이 아니라면, 아무리 쿠사, 너의 보고라도 한바탕 욕설을 퍼부었겠지. 게다가 네가 쿠사르의 체포는 잠시 기다리라고 한 시점에 무언가 있다고 생각했지. 처음부터 이걸 노리고 있었지?"

쿠사르 백작의 악행에 대해서는 영지민이 몰래 직소하는 일이 많아져 최근 은밀하게 조사하도록 했다. 그 결과 완벽하게 유죄였다. 쿠사르의 체포를 명령하려고 하자, 요하네스가 좀 더 기다리라고 하였다. 요하네스는 이러니저러니 해도 유능하며 고위 귀족파의 인간이라고 편의를 봐주는 짓은 절대 하지 않는다. 그렇다면 쿠사르를 체포하지 않는 것이 왕국에 이득이라고 요하네스가 판단했다는 뜻이다. 실제로 이번 사건으로 아멜리아 왕국은 몇 가지 큰 이익을 얻었다.

첫째는 아멜리아 왕국에 잠든 언제 폭발할지 모르는 전설의 악룡 데보아의 토벌이다. 이 데보아 한 마리가 무서워 왕국은 아키나시 주변의 토지로 들어가는 것을 수백 년 동안 금지해왔다. 데보아 토벌로 왕국은 아키나시 주변의 토지를 자유롭게 사용할 수 있게 되었다.

둘째, 쿠사르를 풀어두고 감시한 결과, 이번 사건을 계획한 진정한 흑막을 캐내는 데 성공했다.

셋째, 용사 마시로의 권세 중 하나이자, 중앙교회의 영향 아래에 있던 사성 길드 중 마지막으로 남은 하나, 룰렛이 완전히 소멸되었다. 선선대 왕에게 빌붙은 중앙교회는 선왕 때부터 이 나라의 고위 귀족이 지지하는 용사와 손을 잡고, 이 나라에 부당한 개입을 해왔다. 이번 룰렛의 소멸은 용사 세력의 기반에 큰 구멍을 냈다고 할 수 있다.

평범한 인간인 에드워드가 떠올리기만 해도 이 정도나 된다. 유능의 화신, 요하네스라면 더 많은 것을 생각했을 것이다.

"글쎄요. 그보다 폐하, 로제마리 전하의 진영에서 몇 가지 제안이 들어왔습니다만, 어떻게 하시겠습니까?"

"그래, 악룡 토벌의 증거가 있는 이상, 로제 진영에는 악룡 데보아를 토벌한 공적이 생겼어. 모두 받아줘야겠지."

로제 진영이 허락을 요청한 사항은 네 가지다.

하나는 아키나시의 이스트엔드로의 편입. 이것 자체는 아키나시의 영주, 올리버 경이 승낙한다면 아무 문제가 없다.

문제는 어둠의 삼대 세력과 정령 마을의 정령들이다.

삼대 세력은 전 세계에서 뒷세계를 다스리는 악당들이다. 법에 저촉되는 짓을 몇 가지나 저지른 이상, 로제 진영에 편입되는 일은 일반적으로 절대 인정할 수 없다. 그러나 이번 공적은 아멜리아 왕국의 최대 재앙인 데보아의 토벌이다. 그것이 로제 진영의 필두, 카이 하이네만의 이름으로 신청되었다. 이것을 섣불리 거절하면 삼대 세력, 그리고 무엇보다 카이 하이네만을 적으로 돌리게 된다. 그것만은 국왕으로서 불가능한 선택이다. 따라서 공적에 의한 사면이라는 형태로 처리할 수밖에 없다.

정령들의 편입에 대해서는 본인들이 희망하는 이상, 삼대 세력보다 더 인정하지 않을 수 없다. 특히 이번 데보아 토벌 건으로 왕국 정부는 정령들에게 막대한 은혜를 입었다. 그 정령들의 희망을 거절하면, 역시 왕국에는 불이익이 된다.

마지막으로 아멜리아 왕국의 전 공녀 페리스가 과거에 행한 레지스탕스 놀이의 면책이다. 왕국 내에는 페리스의 행위를 문제시 삼는 의견도 많았으나, 이 건으로 왕국 정부로서는 사면을 선언할 수 있다. 데보아를 토벌한 공적이라면 누구도 이의를 제기할 수 없다. 아무튼 페리스는 에드워드에게도 고민거리였다. 이 일로 원만하게 수습된 것은 기뻐해야 할 일이다.

"알겠습니다. 그렇게 처리하겠습니다. 그럼 선왕의 요청은 어떻게 하시겠습니까?"

"아버님인가…… 물론 승낙해야지."

선왕 해리 로트 아멜리아가 타이니와 이스트엔드로 이주할 것을 요청했다. 선왕인 아버지는 요령이 없는 남자다. 남동생인 크누트를 낳은 뒤, 왕비였던 어머니가 돌아가시고 나서 한동안 아내를 맞이하지 않았다. 타이니는 그런 아버지의 외로움과 괴로움을 없애주었지만, 저 능구렁이 같은 선선대 왕에 의해 그 관계는 깨지고 말았다.

그런 아버지가 이제야 과거의 주박으로부터 해방되었다. 당연히 승인해야 한다. 뭐, 그 행선지가 저 괴물 로열가드 카이 하이네만이 지배하는 도시라는 것에는 다소 복잡한 심경이지만.

"그건 그렇고 케처 쿠사르가 이번에 아키나시와 정령 마을의 습격에 관여한 건에 대하여, 카이 하이네만으로부터 밀서를 받았습니다."

요하네스가 품에서 편지를 꺼내 에드워드에게 건넸다. 쿠사르 가문을 없앨 만한 증거는 이미 충분히 갖추어져 있다. 이제 와서 증거가 더해져 봐야 녀석이 갈 곳은 크게 달라질 리 없다. 그럴 터였다. 그럴 터였으나, 평소 가면이라도 쓴 것처럼 변화가 없는 요하네스의 얼굴에 몹시 악질적인 미소가 지어져 있었다. 어떻게 했기에 이 강철 정신을 지닌 괴물 재상을 이렇게까지 기뻐하게 만든 걸까?

'솔직히 보고 싶지 않군.'

지금이라면 확신하여 단언할 수 있다. 요하네스와 카이 하이네만은 이런 식의 악취미적인 음모를 세끼 밥보다 좋아한다는 점에서는 본질적으로 비슷하다.

마음을 굳히고 봉인을 풀고 편지를 펼쳐 내용을 확인했다.

"이거, 진실인가?"

미칠 듯한 분노에 이성을 잃을 듯한 것을 자각하며 요하네스에게 물었다.

"카이 하이네만이 저에게 보낸 편지에는 그것을 폐하께서 확인하셨으면 좋겠다고 기재되어 있었습니다."

"그래."

간신히 그 말만 대답했다. 당연하다. 확인해야 한다.

고작해야 일개 백작 따위가 감히…… 갈 곳이 크게 달라지지 않는다? 바보 같은 소리! 혹시 이것이 사실이라면, 그런 미지근한 결말로 끝낼 마음은 전혀 없다. 케처 쿠사르의 행선지를 생각할 수 있는 최악의 장소로 바꿔야만 한다. 안 되겠다. 전혀 분노가 가라앉지 않는다.

"요하네스, 카이 하이네만에게 전해라. 이 유희 신청을 받아들겠다고."

"네!"

가슴에 손을 대고 요하네스가 정중하게 머리를 숙였다.

이렇게까지 왕족에 침을 뱉은 자는 왕국사 이래 처음일지도 모른다. 좋다. 어디의 누구든 용서하지 않겠다. 설령 다른 왕자, 왕녀가 관여하고 있더라도 반드시 한 사람도 남기지 않고 엄벌에 처하겠다.

'아니, 안 되지. 어떻게든 참아야 해.'

이 회의실에 있는 것은 에드워드의 측근뿐이므로, 대화가 외부에 샐 일은 없다. 그래도 절대적인 것은 없다. 불경하기 짝이 없는 역적들이 감을 잡고 자중하게 해서는 안 된다. 평소처럼 행동해야 한다. 표정을 간신히 원래대로 되돌리고, 옆에 있는 요하네스에게 시선을 보냈다.

"그럼 정무를 재개하지."

요하네스의 호령으로 정무가 재개되었다.

＊＊＊

──쿠사르 백작의 영주 저택.

"그렇습니까, 그렇습니까. 계획은 모두 순조롭습니까. 타이니가 죽고 만 것은 유감이지만, 그 아름다운 페리스 전하를 사로잡았군요. 나이 먹은 정령보다 훨씬 좋은 소리로 울어주겠지요. 그래서 뒤처리는?"

타이니는 언제 숨이 끊어져도 이상하지 않았으니 그 정도는 각오하고 있었다. 그러나 케처에게 길보였던 것은 왕도 정보상의 정보대로 정령 마을에 아멜리아 왕국 제일이라고도 칭해지는 미녀 페리스가 있었다는 것이다.

인간을 싫어하는 정령들의 마을에 페리스가 숨겨져 있던 이상, 페리스가 정령왕 타이니와 선왕의 친딸이라는 소문은 사실이었던 모양이다. 그렇다면 페리스는 이종족 왕과의 서러브레드다. 누구보다 고귀한 핏줄이다. 그런 여자를 마음껏 괴롭히고 망가뜨린다. 이만큼 가슴이 뛰는 일이 있을까!

"로제마리 전하 쪽은 얼굴을 태운 시체에 로제마리 전하의 옷을 입혀두었습니다. 아키나시를 습격한 사혈을 죄인으로 만든 수배서가 각 영지에 배포되었습니다. 또한 영주 올리버 아키나시는 사혈의 습격을 받아 사망. 아키나시 가문은 로제마리 전하의 보호에 실패한 것을 이유로 멸문이 결정되었습니다."

"그렇습니까, 그렇습니까. 그거 잘됐군요."

아키나시는 위치적으로 쿠사르 백작가의 것이 될 확률이 높다. 멸문된다면 십중팔구 쿠사르 백작에게 주어질 것이다. 또한 룰렛의 마다라에 의한 전설의 악룡 데보아를 토벌하는 데 협력한 공적이 더해지면, 틀림없이 저 영지는 케처의 것이 된다.

"사혈과 루비의 처리는?"

"지시하신 대로 사혈은 계획 실행 후 영지의 정규군이 한 사람도 남기지 않고 모두 죽였습니다. 루비와 고용한 용병들도 룰렛의 마다라 공의 손에 모두 말살되었습니다. 안심하십시오. 진실을 아는 자는 이제 이 세상에 없습니다."

"좋아요! 그럼 어서 맛을 보도록 할까요! 두 분은, 아니, 노예 두 마리는 어디 있죠?!"

이제 그녀들은 로제마리도, 페리스도 아니다. 케처의 노예다. 존칭을 쓸 필요도 없다.

"옆방입니다."

"그렇습니까. 당장 귀여워하러 가야겠군요."

자, 어떻게 해줄까. 단순히 쓰는 것만으로든 재미가 없다. 일단 저 둘의 젊은 육체를 충분히 즐겨야겠다. 아름다운 얼굴이 절망으로 물드는 모습. 그것이 최고다.

흥분으로 콧김이 거칠어진 상태로, 빠르게 노예가 기다리고 있는 방으로 걸음을 옮겼다.

방 안쪽의 창가에는 두 손을 사슬로 묶인 아름다운 여자 둘이 의자에 앉아 있었다.

새하얀 드레스를 입은 분홍색 머리의 여자가 로제마리. 그리고 앳된 모습이 남은 금발 소녀가 페리스. 어느 쪽도 왕국에서 선두를 다투는 미녀다.

"좋군요. 좋아요."

꿈에서까지 본 왕녀와 전 공녀 두 사람을 힘으로 눌러 유린한다. 상상만 해도 더할 나위 없이 흥분되는 일이다. 입맛을 다시며 두 노예에게 다가가자, 두 사람이 의자에서 천천히 일어났다.

"로제마리, 페리스, 도망쳐도 소용없다고요. 다리가 후들거리도록 실컷 귀여워해 줄 테니까."

구석으로 몰아넣듯이 다가갔다.

"아니, 도망칠 생각 없거든."

청아한 로제마리의 목소리와는 대조적인 투박한 말투에 살짝 의구심을 느꼈으나, 그 더러움을 모르는 새하얀 아름다운 육체와 미성은 틀림없이 꿈에서도 본 왕녀 그 자체였다. 의구심은 금세 욕망으로 덧칠되고 말았다.

"좋은 각오로군요. 앞으로 제가 당신의 주인입니다. 앞으로 케처 님이라고 부르세요."

노예 두 사람에게 선언했다.

"네 이놈, 제정신이냐? 네가 덮치려는 것은 왕족인데?"

떨리는 목소리로 다급하게 페리스가 외쳤다.

"전 왕족이겠죠. 지금은 나, 케처의 노예. 가축입니다."

자신의 현재 위치를 깨닫게 하기 위해 강한 어조로 단언했다.

"그래서? 넌 우리를 어떻게 할 생각이지?"

기묘할 만큼 감정이 담기지 않은 로제마리의 당연한 물음에 두 노예의 미래를 알려주기로 했다.

"물론 지금부터 여러분의 그 젊고 아름다우며 청순한 육체를 구석구석 더럽히겠습니다. 충분히 탐닉한 뒤에는 제 취미 생활을 즐길 거예요."

"취미라니?"

"저는 여자가 비명을 지르며 일그러뜨린 얼굴을 보면서 범하는 것이 가장 흥분되거든요. 손가락과 발가락을 하나씩 베어내면서――."

"이제 됐다. 네놈의 악질적인 성격은 잘 알겠어. 카이 하이네만 자식! 뭘 나보고 확인하라는 거냐! 그냥 로제와 페리스를 이 오물과 얽히게 하고 싶지 않았던 것뿐이지 않나!"

로제마리가 케처의 말을 가로막더니 의미를 알 수 없는 불평을 해댔다.

"그러나 지금은 그 배려에 감사해야 합니다. 로제 전하와 페리스 님이 이런 쓰레기와 만나게 할 수는 없으니까요."

증오로 가득한 얼굴로 케처를 노려보는 페리스의 오른손에는 장검이 쥐어져 있었다.

"어? 거, 검?"

로제마리와 페리스의 두 손목은 쇠사슬로 묶여 있었을 터. 그런데 어떻게 페리스의 사슬이 사라진 데다 검까지 들고 있지?

큰 혼란에 빠진 케처를 곁눈질하며, 로제마리가 싸늘한 눈으로 페리스를 바라보았다.

"게롤트, 네가 이 녀석과 만나게 하고 싶지 않은 건 페리스잖아."

그리고 매우 어이가 없다는 얼굴로 맥락을 알 수 없는 말을 내뱉었다.

큰일이다! 케처는 전혀 싸우지 못한다. 연약한 여자라도 무기를 들고 있으면 대항할 방도가 없다.

"이, 이봐, 이 노예들을 당장 붙잡아!"

케처가 째지는 목소리로 외쳤지만, 그 기대와 달리 방으로 들어온 것은 갈색 망토를 두른 수수께끼의 집단이었다.

갈색 망토 집단은 모두 불처럼 분노한 얼굴로 케처의 도주를 막기 위해 방의 유일한 출구인 문을 가로막았다.

"뭐, 뭡니까, 당신들은?! 나는 이 땅의 영주, 케처 쿠사르입니다!"

초조와 혼란이 극에 달하여 케처가 소리쳤다.

"알아. 그렇지, 게롤트?"

로제마리가 기분 나쁜 미소를 짓고 페리스에게 동의를 구했다.

"네!"

페리스의 모습이 흐릿해졌다. 이어서 뜨거운 철봉이 정수리에 박힌 것 같은 격통이 흘렀다. 바로 시선을 고통의 근원인 오른팔로 향하자, 새빨간 액체가 분수처럼 뿜어져 나오고 있었다.

"갸아아아아아악!!"

고블린의 단말마 같은 비명과 함께 절단된 오른팔을 누르며, 바닥을 데굴데굴 구르는 케처. 그 머리를 누군가가 붙잡았다.

올려다보자 페리스의 모습이 사라지고, 대신 구레나룻이 긴 갑옷을 입은 남자가 케처의 머리를 거칠게 휘어잡고 악귀 같은 표정으로 노려보고 있었다.

"이봐, 아직 죽이지 마."

"물론입니다. 로제 전하와 페리스 님에 대한 일련의 어리석은 행위. 이 돼지를 편히 죽게 할 정도로 저는 관대한 사람이 아니거든요."

"너도 좀 솔직해지는 편이 나을 텐데."

"…………"

이제 입조차 열지 않게 된 구레나룻이 긴 갑옷 차림의 금발 남자가 오른손을 들어 손가락을 딱 튕겼다.

주위 남자들이 일제히 갈색 망토를 바닥으로 벗어던졌다. 그러자 새하얀 갑옷을 입은 무수한 기사들이 나타났다. 저 갑옷 가슴에 새겨진 독특한 문장. 즉, 이 자들은 국왕의 직속 위병대라는 뜻이다.

"서, 서, 설마……."

근위병을 움직일 수 있는 것은 국왕 폐하뿐이다. 로제마리가 에드워드 국왕 폐하께 눈물로 호소하여 근위병을 호위로 받은 것일까. 그렇다면 케처의 일련의 계획은 국왕에게 이미 파악되었다는 말이 된다. 아니, 아멜리아 왕국 정부에 들키지 않도록 치밀하게 행동해왔다. 그런 꼴사나운 실수는 저지르지 않았을 터였다.

그렇다면 왜 이곳에 로제마리와 함께 근위병이 있지? 의아함과 당혹스러움, 초조함 등 다양한 감정으로 머릿속이 어지러운 가운데 로제마리가 입꼬리를 씩 올렸다.

"이 반지는 카이 하이네만에게 빌린 특별한 물건이다. 이것에는 모습과 목소리, 기척까지 위장할 수 있는 효과가 있더군. 이렇게."

그 순간 모습이 금색 머리카락이 갈기처럼 길게 뻗은 야성미 넘치는 미남으로 변했다.

"이, 이럴 수가……."

그 모습은 왕국에서 귀족 작위를 지닌 자라면 누구나 아는 것이었다. 눈앞이 아찔해지는 절망적인 현실에 케처의 입에서 비명이 새어 나왔다.

아까의 미소와 달리 미남은 온 얼굴이 터질 듯한 분노가 담긴 표정을 지었다.

"한 사람의 부모로서, 오빠로서 네놈만은 절대 용서하지 않겠다! 이 세상에 태어난 것을 죽도록 후회하게 하며 죽여주마!"

그리고 매섭게 호통쳤다.

"으아아아아악!!"

케처는 찢어지도록 비명을 질렀고, 근위병들은 일제히 케처를 구속하여 밖으로 끌고 가버렸다.

***

아멜리아 왕국, 이그니스타 공작가.

휘황찬란한 객실에는 아멜리아 왕국에서도 쟁쟁한 인물들이 모여 있었다.

"누나 건이 실패했다고?"

호화로운 붉은 옷을 입은 금발 미남이 심각한 얼굴로 물었다.

"네. 케처는 로제마리 전하 살해 책모 용의로 체포. 그가 소유했던 쿠사르령은 아키나시 가문으로 이양될 것이 공식으로 결정되었습니다."

"그런 말도 안 되는! 쿠사르 가는 우리 혈맹 연합 소속이야. 몰수된 영지는 우리 중 누군가에게 이양되는 것이 관례이자 전통이 아닌가!"

"아무래도 악룡 데보아 토벌에 협력한 것에 의한 은상인 모양입니다."

실내가 마치 벌레가 가득 담긴 채집통처럼 소란스러워졌다.

"그 악룡 데보아가 쓰러졌단 말인가! 데보아는 용사님이 토벌하려고 해도 목숨을 걸어야 한다고 평가했을 만큼 전설적인 악룡인데?!"

"중앙정부로부터 페리스 전 공녀 전하가 정령들을 이끌고 토벌에 성공했다는 보고를 받았습니다."

"페리스 님이……."

나이 든 귀족이 아득한 눈으로 말했다.

"잠시만 기다려 주십시오! 페리스 님이 어째서 정령들을 이끌 수 있다는 겁니까?!"

귀족 중 한 사람이 의문을 표했다. 당연하다. 정령들은 자존심이 강하다. 아무리 왕족이더라도 인간의 밑으로 들어가다니 절대 있을 수 없는 일이다.

"여기서만 하는 이야기지만, 페리스 님은 정령왕 타이니의 딸일세. 그러니 가능한 일이야."

또다시 객실이 소란스러워졌다.

"영감, 그게 사실이야?"

덥수룩한 수염을 기른 거구의 귀족이 팔짱을 끼며, 위압적인 어조로 물었다.

"사실일세! 어떤 얼간이들이 교회의 꼬드김에 넘어가 온갖 일로 소란을 떠는 바람에 사실상 우리 왕국에서 추방되고 말았지만!"

안쪽에서 술을 마시고 있는 고위 귀족을 노려보며, 영감이라 불린 노인이 분노를 담아 대답했다.

"우리에게 책임이 있단 말인가! 우리는 성무신의 아이! 그 신성한 피에 괜한 이분자가 섞였어! 용납될 리가 없지 않나!"

"흥! 정령님이 이분자라니 천벌을 받을 자들이야!"

영감이 일어나 목소리를 높였다.

"둘 다 진정해!"

수염 난 귀족의 제지에 양쪽 모두 떨떠름하게 원래 자리에 앉았다.

"여기서 전 공녀 전하도 우리 길버트 전하 파벌에 들이는 것은 어떤가?"

수염 난 귀족이 제안했다.

"찬성일세. 저 정령들의 힘은 강대하니, 이번 왕위 계승전에서 크게 유리하게 작용할 테지."

영감도 고개를 끄덕였다. 주위의 시선이 이 자리의 중심인 길버트 왕자에게 쏠렸다.

"이그니스타 공, 그 부분은 어떻지?"

길버트 왕자의 물음에 사루포 이그니스타 공작이 그 각진 얼굴에서 미소를 지웠다.

"페리스 전 공녀 전하는 이번 악룡 토벌 뒤, 공식적으로 로제마리 전하를 따를 것을 선언하였습니다."

"또 누나인가! 항상 이래. 중요한 때 그 여자는 내가 원하는 것을 모두 가져가."

그렇게 불평하는 길버트 왕자의 얼굴에는 강렬한 분통함이 확연히 드러나 있었다.

"이 건에 대하여 재상 각하로부터 말씀을 받았습니다."

모두 숨을 죽이는 가운데 사루포 이그니스타 공작이 오른손에 든 서간을 들자, 응접실 내의 공기가 더욱 얼어붙었다. 길버트 왕자도 마른침을 삼켰다.

"이, 읽어봐."

길버트 왕자가 동요를 감추지 못하는 어조로 명령했다. 사루포 이그니스타 공작은 살짝 고개를 끄덕이고, 오른손에 든 서간의 끈을 풀고 읽기 시작했다.

〈길버트 왕자 전하, 그 외 지지자 여러분, 안녕하십니까. 왕위 계승전에서 사력을 다하는 것은 괜찮습니다. 다만, 무슨 일이든 한도라는 것이 있습니다. 앞으로는 모쪼록 왕위 계승전의 규칙에 따라 활동하시기를.〉

아멜리아 왕국 재상, 요하네스 루즈벨트. 그만은 절대 적으로 돌려서는 안 된다. 그것은 이 아멜리아 왕국 내에서 몇 안 되는 불문율 같은 것이다. 그리고 내용으로 보아 이 서간은 요하네스가 보낸 최후통첩일 것이다. 요하네스라는 남자는 항상 공명정대하고 한 말은 반드시 지킨다. 선언했다면, 설령 차기 왕위에 가장 가까운 인물이더라도 반드시 숙청할 것이다.

"젠장! 이제 이번 같은 직접적인 방법은 쓸 수 없겠어!"

길버트 왕자는 일어나 창가로 다가가더니, 벽을 걷어찼다. 그리고 자신을 진정시키려는 듯 몇 번이나 심호흡을 하고는 다시 사루포를 바라보았다.

"뭐, 됐어. 용사 일행의 협력은?"

"용사님으로부터 영지 경영에 대한 조언을 받았습니다. 실현되면 웨스트랜드의 수익이 큰 폭으로 상승할 듯합니다."

"순조롭다는 건가. 아무튼 그 여자의 영지는 이스트엔드. 미개척지야. 로열가드도 저 덜떨어진 무능한 녀석이니, 어차피 대단한 인재도 모이지 않겠지. 이 승부는 영지 발전도 큰 요인이야. 그럼 우리는 지지 않아."

"네, 이대로 순조롭게 가면 길버트 왕자님이 왕위를 잇는 것은 틀림없습니다. 지금은 버틸 때가 아닌지요."

"나도 알아. 내가 왕이 되면 이 굴욕, 그 여자에게 몇 배로 갚아주마."

두 눈에 강렬한 굴욕과 분노의 불꽃을 피우며 길버트가 자신을 달래듯이 그렇게 중얼거렸다.

***

——리버티 타운 대회의실.

아키나시가 정식으로 이스트엔드에 편입된 것이 결정된 뒤, 나는 소개를 겸하여 이번에 새로 들어온 멤버를 소집하였다.

"정령 제군, 너희는 페리스를 새로운 왕으로 삼아 이스트엔드의 북쪽에 살도록 해. 물론 신도시의 개발이 완료될 때까지는 이곳에 살면 좋겠어."

"분에 넘치는 배려, 진심으로 감사드립니다."

핑 머리 장로가 나에게 머리를 깊숙이 숙였다. 정령들에게 직접 이상적인 도시 만들기를 시키기로 했다. 정령들의 수는 겨우 수백 명밖에 없으므로, 도와줄 사람을 보내줄 생각이다. 이미 생각해둔 사람이 있다.

"다음은 아키나시네."

출석한 올리버 경에게 시선을 옮겼다. 올리버 경이 자리에서 일어났다.

"새롭게 얻은 옛 쿠사르 영지의 상황입니다만, 솔직히 꽤 어려운 상황입니다."

씁쓸한 얼굴로 그렇게 보고했다. 로제의 영지는 이번에 아키나시의 편입으로 크게 확대되었다. 특히 아키나시가 쿠사르를 획득한 의의는 매우 크다.

본래 쿠사르는 케처의 막무가내식 경영으로 굶어 죽기 직전이었다. 몇 년은 영지를 다시 일으키는 데 힘써야 할 것이다.

"알아. 식자재는 가능한 한 보내줄게. 링링, 식량 확보는 너희 타오 가문에 부탁해도 될까?"

"그야 쉬운 일이지!"

검은 만두 머리에 갈색 피부의 소녀—— 링링 라팡이 환하게 미소를 지으며 엄지손가락을 들었다. 처음에는 우리를 상당히 경계하였으나, 아키나시에서 내가 만든 커다란 구멍 바닥에서 다량의 레어 메탈이 산출되자 눈빛이 달라졌다. 링링의 요구에 따라 아키나시에 타오 가문의 활동 거점과 자유로운 활동을 허가했다. 그때 포션 제조와 판매에 대해 상담했더니, 시종일관 이런 식으로 우리에게 호의적이 되었다.

참고로 약자 전용 던전에서 획득한 책에는 포션 같은 마도구 작성 방법이 쓰여 있는 책도 무수하게 있었다. 무한하게 솟아나는 엘릭서가 없는 데다, '초재생'은 발동시킨 나 자신에게만 사용 가능하다. 회복 수단의 확립은 필수이므로, 매일 틈만 나면 제조 실험을 시험하였다. 그 결과 몇 가지가 판명되었다.

포션의 원료는 툴풀이라 불리는 풀이다. 이것은 보통 이 세계에서는 잡초로 무수하게 자라고 있다. 또한 이 풀은 대기나 대지 등 환경 속의 마력을 마소로 흡수하여 내부에서 농축시켜 성장하는 성질을 지녔다.

이 점에서 이스트엔드의 심마의 숲 대지의 마력 함유율은 놀라울 정도다. 이유는 여러 가지로 생각할 수 있지만, 아무튼 이 땅에서라면 양질의 툴풀이 넘쳐나도록 손에 들어온다. 상급 포션까지 작성 공정만 따르면 누구나 만들 수 있으므로 이용하지 않을 이유가 없다.

예상대로 이 세계에서는 포션이 상당히 드문 것이라 일반 판매는 적합하지 않다. 따라서 일단 링링의 타오 가문이 암시장에서 판매하기로 했다.

"링링 공, 감사합니다!"

올리버 경이 머리를 숙였다.

"에이, 됐어. 올리버 덕분에 돈을 벌게 되었으니 괜찮아."

여전히 들뜬 얼굴로 링링이 대답했다.

"올리버 경, 아키나시에 커다란 구멍을 내버려서 미안해. 일단 기리메칼라에게도 아키나시의 개발을 돕도록 지시를 내려뒀어."

뭐, 사실 기리메칼라가 집요할 만큼 관여하고 싶다고 졸라서 허가한 거지만. 올리버 경과 충분한 논의를 하고 결정하도록 제법 강하게 일러두었으니 괜찮을 것이다.

"아니요, 괜찮습니다! 오히려 고갈되었다고 생각했던 산업이 부활하여 주민들이 크게 기뻐하고 있습니다!"

"그, 그래. 그건 다행이네. 다음은 너희 아케가라스구나."

무어라 말할 수 없는 거북함을 느끼고, 서둘러 화제를 바꾸기 위해 오로보가 이끄는 아케가라스로 시선을 옮겼다. 그들은 고작 그것만으로 움찔하며 몸을 굳혔다.

"너무 무서워하지 마. 잡아먹진 않으니까."

"너……."

"응? 뭐 하고 싶은 말이라도 있어?"

"너, 대체 정체가 뭐야?"

오보로가 나의 곁에 대기하고 있는 네메아를 힐끔힐끔 쳐다보며 작은 목소리로 물었다.

"응? 자기소개는 이미 했을 텐데. 카이 하이네만. 하이네만 가문의 장남이었지만, 얼마 전에 집에서 쫓겨난 몸이야. 참고로 저기 땅꼬마의 로열가드(임시)이기도 해."

"땅꼬마?"

옆에서 미소를 지은 채 낮은 목소리로 복창하는 땅꼬마 왕녀는 완전히 무시했다.

"아무튼 그 이상은 털어도 아무것도 안 나와."

오보로에게 당연한 대답을 했다.

"아니, 그런 게 아니라……."

입을 어물거리는 오보로에게 로제가 말했다.

"그가 말하기를 일단 이래 봬도 인간이라고 하더군요. 아마 이곳에 있는 아무도 믿지 않겠지만."

전혀 도움이 되지 않는 보충 설명이었다. 로제 녀석, 방금 땅 꼬마 취급을 받아서 앙심을 품었나 보다. 속 좁은 녀석!

"하긴. 사부를 인간이라 치부하는 건 솔직히 사부밖에 없지 않아?"

"동감이오. 그보다 이런 진짜 괴물을 하등한 인간 취급하다니 웃기는 소리군."

책을 읽으면서도 아스타가 잭의 말에 동감했다. 아무래도 불리한 상황이다. 당장 화제를 바꾸어야겠다. 어흠 하고 헛기침을 했다.

"그럼 본론이야. 너희 아케가라스에겐 이 도시, 리버티 타운의 방어를 맡기고 싶어."

오보로에게 요청했다. 오보로는 분한 듯 고개를 가로저었다.

"미안하지만, 우리는 이 도시의 누구보다도 약해. 우리보다 이 도시 사람들에게 맡기는 편이 훨씬 나아."

그리고 강하게 거부하는 말을 내뱉었다. 뭐, 이 도시에 사는 건 기리메칼라의 손에 지옥의 훈련을 받은 자거나, 시로베어처럼 인간이 아닌 자들이다. 오보로가 자신감을 잃는 것도 당연한 일일지도 모른다. 그러나 역시 이 도시의 방어는 이들 아케가라스가 맡는 것이 어울린다.

"그렇지 않아. 네메아에게 너희의 투쟁에 대한 보고를 받았어. 아슬아슬하게 목숨을 걸고 싸울 때 지극히 중요한 것은 경험에 의거한 센스와 전술적인 감이야. 그것이 너희에게는 있어."

실제로 오보로에게는 잭과 지그닐처럼 무인으로서 천부적인 재능이 있다. 단련하면 꽤 쓸 만해질 것이다.

"그런 말은 못 믿어."

역시 나의 요청을 거절하는 오보로를 무시하고, 뒤에 대기하고 있는 사자 머리 마물, 네메아를 돌아보았다.

"네메아, 이 녀석들을 실전에서 쓸 수 있는 수준까지 철저하게 단련시켜!"

엄명을 내렸다. 기리메칼라에게 부탁하면 그의 성격으로 보아 반칙적인 기술을 구사하여 마개조할 것이다. 이 이상 기리메칼라에게 맡기는 것은 다양한 점에서 위험하다. 그보다 또 광신도를 양산하겠지. 뭐, 약간 뒤늦은 감이 들기는 하지만, 이 점에서 네메아라면 순수한 무인으로서 이들을 단련시켜줄 것이다.

"네! 그럼 당장 시작하겠습니다!"

사자 머리의 수인, 네메아가 인사한 뒤 오보로의 뒷덜미를 잡아끌고 갔다. 오보로의 부하들도 팔려가는 송아지처럼 불쌍하게 끌려가는 오보로의 뒤를 터벅터벅 따라갔다.

나는 로스트 포레스트의 앨리스를 바라보았다.

"다음은 너희인데 조금 해주었으면 하는 일이 있어. 로스트 포레스트의 엘프들에게는 마법 적성이 있지?"

이번 정령 도시 개발의 핵심에 대하여 물었다.

"응, 인간족보다는 있을걸."

"그럼 이야기가 빠르겠군. 너희는 이것을 써서 도시를 건설해줘."

아이템 박스에서 수십 권의 마도서를 꺼냈다.

"마, 마도……서?"

앨리스가 일어나 마치 몽유병 환자처럼 비틀비틀 다가와 떨리는 두 손으로 마도서를 만졌다.

"그래, 그건 토목 관련 마도서야. 여러 명의 계약이 가능한 책만 모아두었어. 모두 상급 마법이니 작업하기에는 충분할 거야."

마법에는 그것을 발현하는 기적의 강도에 따라 초급, 중급, 상급, 최상급, 전설급, 신화급의 여섯 가지 계급으로 분류된다. 참고로 내가 지닌 금강력, 초재생, 마장, 신안은 모두 원래는 최상급의 무속성 마법이었으나, 사용할 때 개량을 거듭하여 효율화를 꾀하였더니, 어느새 마법명의 뒤에 (개)가 붙으며 신화급이 되었다.

이번에 준 것은 나에겐 넘쳐나는 상급 마도서다. 무능한 나는 속성 마법의 계약은 불가능하니, 있어도 돼지 목에 진주나 마찬가지다. 따라서 정령 도시의 건설 계획을 위해 내놓기로 했다.

"…………."

앨리스가 조용히 이글거리는 눈으로 마도서를 응시했다.

"정령들이 제출한 도시 계획서대로 건설을 진행해줘. 무사히 건설을 완료하면 금전을 보수로 지불할게. 처음엔 포션의 판매 대금뿐이니까 많이 지불할 수는 없지만, 점차 커질 계획——."

"마도서가 좋아……."

"응?"

"이보다 좋은 마도서를 원해! 보수로 그게 좋아!"

앨리스는 나의 앞에 서서 어린 소녀라고는 생각할 수 없는 음량으로 외쳤다.

"난 그래도 상관없어."

아마 수백 명이 등록할 수 있는 최상급 마도서가 있을 터였다. 그것을 몇 권 내주면 되려나. 최상급 마도서는 수만 권 단위로 갖고 있다. 몇 권으로 해결된다면 싼값이다.

"좋아, 좋아, 좋아!!"

기괴한 춤을 추기 시작한 앨리스를 보며 쓴웃음을 지었다.

"그럼 모두, 각자 맡은 일을 시작해줘."

일동에게 지시를 내렸다.

***

오보로를 선두로 아케가라스 멤버가 사자 괴물 네메아의 뒤를 따라가자, 초원 같은 공간으로 옮겨졌다. 네메아가 아케가라스 멤버의 앞에 섰다.

"수호하는 자가 수호받는 자보다 약해서야 되겠나! 네놈들은 지금부터 여기서 수행하겠다. 걱정하지 마라. 이곳은 노룬의 영역, 시간의 흐름이 외부와는 전혀 달라. 여기라면 원하는 만큼 충분히 수행에 전념할 수 있다."

진심으로 달갑지 않은 친절함을 보여준다.

"시간의 흐름? 수행? 영문을 모르겠는데……."

혼란에 빠진 아케가라스 멤버는 개의치 않고,

"본래 너희 인간은 인간종 중에서도 특히 허약하다. 육체는 물론, 정신조차 극히 일부의 예외를 제외하고 150년이 지나면 십중팔구 죽음을 맞이하지. 잘해야 성격이 전혀 다른 것으로 변질되지만. 그러나 그 난점도 이미 극복해냈다. 너희의 성장을 저해할 것은 이제 아무것도 없다! 온 시간을 들여 네놈들을 실전에서 쓸 만한 수준까지 끌어올려 주마!"

네메아가 당당하게 이해할 수 없는 헛소리를 해댔다.

"그러니까 뭔 소린지 모르겠다고——."

네메아는 오보로의 비난을 가로막듯 입꼬리를 올리고 두 주먹으로 자신의 가슴을 격하게 때렸다. 휘몰아치는 바람. 그리고——.

"이것은 그분의 칙명! 반드시 해내야만 한다! 데보아 따위의 허접한 도마뱀에게 지다니 말도 안 되지!"

그렇게 외치는 네메아는 두 눈이 새빨갛게 물들고, 표정도 희번덕거리는 짐승 같은 것으로 바뀌었다. 큰일이다! 오보로의 지금까지 사지를 뚫고 지나온 위기 탐지 능력이 시끄러울 만큼 지금의 네메아가 위험하다고 최선을 다해 주장하고 있었다.

"자, 잠시만——."

"악식! 나와라!"

오보로의 목소리를 묵살하고, 네메아의 목소리가 초원에 울려 퍼졌다.

갑자기 이들의 눈앞에 나타난 한 마리의 새하얗고 작은 쥐.

"찍."

새하얀 쥐가 한 번 울자, 네메아가 오보로 일행에게 손가락질을 했다.

"악식, 너의 분신으로 이 녀석들과 놀아줘. 아, 얘네는 말도 안 될 만큼 약해. 절대 죽이지 마. 이건 그분의 뜻이다."

"찍찍."

새하얀 쥐가 오른손을 들고 귀엽게 울었다.

네메아는 만족스럽게 몇 번 고개를 끄덕이고, 지금도 상황을 따라잡지 못하는 오보로를 돌아보았다.

"그럼 최초의 수행이다! 이 악식의 분신을 하나라도 좋으니 쓰러뜨려! 걱정하지 마. 먹히면 바로 회복시켜주마."

"먹힌다니 이런 쥐에게——."

오보로의 말은 등에 못이 박힌 듯한 격통 탓에 끝까지 이어지지 않았다. 안구를 움직여 확인하자, 자신의 오른팔이 어깨까지 찢어져 선혈을 흩뿌리고 있었다.

"악식은 나의 충실한 하인(권속신). 무한히 늘어나는 분신 중 하나라도 인간 따위에게 쓰러지는 일은 절대 없다. 한마디로—— 인간을 초월해라! 그것이 너희가 가장 먼저 달성해야 할 사명이다!"

"으아아아아아아아악—————!!"

절망이 가득 담긴 오보로의 절규가 울려 퍼지며, 지옥의 수련이 시작되었다.

얼마나 세월이 경과하였을까. 저 흰색 쥐는 강했다. 아니, 강하다는 표현조차 정확하지 않을지도 모른다. 지금이라면 단언할 수 있다. 흰쥐는 저 오보로에게 강자였던 데보아 따위는 문제도 안 될 만큼 압도적으로 강했다. 당연히 저항조차 하지 못하고 세는 것도 바보 같을 정도로 흰색 쥐에게 물어뜯겼다. 그때마다 슬라임이 순식간에 상처를 모두 치료했다. 이런 완전히 미친 생활을 보냈다.

인간의 어디가 가장 뛰어나다고 생각하나? 그것은 적응이다. 이런 미친 생활도 일상이 되니 크게 무섭지 않게 되었다. 이제는 부하들도 해가 지면 배급되는 술(?) 같은 것을 마시면서,

"우와, 오늘은 어깨를 물렸어요."

"나는 오른발, 너무 빠르잖아, 저 쥐."

"빨리 밖에 나가서 밥을 먹고 싶어. 이 공간은 배가 안 고파지니까."

마치 일이 끝나고 에일을 마시며 하는 잡담 같은, 지나치게 가벼운 대화를 나누고 있다. 이미 이 단계에서 오보로를 비롯한 아케가라스는 꽤 변질되어 버렸다고 생각한다.

다시 세월이 지나 오보로 일행은 드디어 악식의 분신 중 하나를 쓰러뜨렸다.

신기하게도 환희나 감동은 없었다. 다만 이 길었던 생활도 끝났다. 그것에 모두 즐거웠던 축제가 끝난 공허함 같은 것을 느끼고 있었다. 네메아는 피곤에 지쳐 바닥에 주저앉은 오보로 일

행을 보며 만족스럽게 눈을 가늘게 떴다.

"잘했다. 이것으로 겨우 너희는 인간을 초월했다. 인간치고는 소질이 괜찮은 거겠지. 예상보다 제법 빨라. 이거라면 구체적인 수행에 들어가도 되겠어."

이 공간에 들어오기 전이라면 비명을 질렀을 말을 하였다.

"구체적인 수행? 이것으로 끝이 아닌 건가?"

자연스럽게 질문하였다.

"이것으로 끝? 바보 같은 소리 하지 마라. 지금까지는 수행에 버틸 수 있는 육체를 만들기 위한 준비운동에 불과해. 지금부터가 진정한 수행이다."

그런 네메아의 말은 메말랐던 오보로 일행의 마음의 그릇에 활력이라는 이름의 물을 듬뿍 따라주었다. 저 괴물 쥐가 준비운동이었다니. 이들이 나아가려는 곳에는 아마 인간, 아니, 인간족, 마족, 용인족, 용족, 환수족, 마물, 이 세상의 수많은 주민이 도저히 발을 들일 수 없는 불가침 영역이 있을 것이다. 따라서——.

"우리는 어디까지 강해질 수 있지?"

지금 갑자기 든 의문을 입에 담았다.

"그건 너희에게 달렸다. 너희의 라이벌들은 이미 몇 단계나 앞 스테이지에 있어. 뭐, 그들은 인간치고는 다소 특별할지도 모르지만."

앞 스테이지인가. 그건 꽤 재미있을 것 같다. 그런 어처구니없는 자신의 생각에 무심코 쓴웃음이 나왔다.

"그렇게 강해진 뒤에 있는 것은?"

"그야 뻔하지 않나. 위대한 그분의 검이자 방패다. 너희는 그분으로부터 그럴 자격을 얻을 영예가 주어졌어. 그것이 얼마나 큰 영예인지 너희는 이해하고 있나?"

위대한 그분의 검이자 방패인가. 위대한 그분이란 틀림없이 네메아를 비롯한 초월자가 숭배하는 괴물── 카이 하이네만을 가리킨다. 이 공간에서는 수면 따위가 필요 없다. 따라서 잠깐의 휴식 외에는 괴물 쥐의 토벌이라는 시련에 전념한 탓에 싸우는 것 외에는 생각할 여유가 전혀 없었다. 그러나 한 가지 시련을 달성하고, 마음에 여유가 생겼기 때문일까. 오보로는 이 미친 공간에 끌려와 처음으로 당초의 의문으로 돌아갈 수 있었다.

'그 사람, 정말 정체가 뭘까.'

상식적으로 생각하면 네메아 같은 초월자들의 대장인 이상, 인간이 아니라 초월자일 것이다. 적어도 이 수행을 시작할 때까지 오보로는 그렇게 생각했다. 네메아의 발언으로 보아도 그렇게 생각하는 것이 자연스러웠고, 무엇보다 인간이 저렇게 절망적인 강함을 지녔을 리가 없다. 따라서 네메아도 카이 하이네만은 네메아와 동류라고 여기고 있을 테고.

'그러나 카이 하이네만은 분명 자신을 인간이라고 말했어.'

그렇다. 오보로가 질문하자, 카이 하이네만은 전혀 망설이지 않고 자신을 인간이라고 말했다.

'아니, 그런 말도 안 되는 일이…….'

카이 하이네만이 인간. 그것은 도저히 있을 수 없는 일이다. 그러나 오보로의 감은 카이 하이네만의 그 말에 거짓이 없다는 결론을 내렸다. 오보로는 빈민가 출신의 자타 공인 악당이다. 어린 시절부터 목숨을 걸고 서로 속고 속이는 것을 반복해왔다. 타인의 거짓말은 지겹도록 보아왔다. 그렇기에 단언할 수 있는 것도 있다. 저 카이 하이네만의 발언은 진실이라고.

"크하하! 케하하!"

자연스럽게 오보로의 입에서 뜨거운 웃음이 새어 나왔다.

그렇다! 분명히 그렇다! 네메아의 앞에서 오보로의 이 견해를 입에 담으면 분명히 살해당할 것이다. 그래도 이 결론은 반드시 올바르다. 그렇게 솔직하게 확신할 수 있었다.

"카하하! 크하하하하! 설마 그런 말도 안 되는 일이 가능할 줄이야!"

그래, 정말 있을 수 없는 일이다. 그렇기에 너무나도 끌린다! 설마 인간의 몸으로 이 눈앞의 초월자들을 뛰어넘을 줄이야! 만약 카이 하이네만이 신이나 악마 같은 존재였다면, 이렇게까지 오보로의 인생관을 바꿀 법한 엄청난 숭배심은 느끼지 않았을 것이다. 그러나 카이 하이네만은 인간이다. 보잘것없고 왜소하며 나약한 종족이라는 지극히 큰 핸디캡이 있다. 그런데, 그런데 그것을 저 사람은 초월하여 이 세상에서 최강의 존재에 도달하였다. 게다가――.

"카이 님, 당신은 대단해! 정말 최고야!"

눈물이 나올 만큼 절실하고 존경스럽다!

그렇다. 농담이 아니다! 그 사람을 위한 가장 큰 공헌자를 이대로 초월자들에게 맡겨두고만 있을 거냐! 언제가 될지 모른다!

반드시 그 사람을 보조하는 최고의 인재가 되고 말겠다! 될 수 있을 거다! 우리가 숭배하는 주인은 그것을 해냈으니까!

"네메아 씨, 어서 다음 수행을!"

오보로는 태어나서 처음으로 마음에서 우러난 진정한 바람을 외쳤다.

***

——한 숙소의 방.

기묘한 형태의 나비넥타이에 모자를 쓴 까까머리 남자. 그가 바로 사천장 타나토스의 명령으로 레무리아에서 암약하는 천군의 사자, 테루테루 대좌다.

의자에 앉아 우아하게 차를 마시고 있는데, 허리띠에 달려 있던 인형 같은 것이 갑자기 흰색 모래로 변했다.

"으음, 마다라가 졌나. 의외인걸. 꽤 신경 써서 개조했는데. 내 장난감, 누가 망가뜨렸을까."

인형이었던 흰색 모래를 손으로 집어 주문 같은 것을 외웠지만 아무런 반응이 없다.

"어? 안 보이네? 링크 자체가 끊어졌나? 아니, 설마 그런 일은 나도 불가능한걸."

테루테루 대좌는 양손을 목 뒤로 돌려 깍지를 끼고, 의자에 기대어 생각에 잠겼다.

"아마 걸어둔 술법이 불완전했겠지. 아니, 그 외에는 생각할 수 없어."

자신을 납득시키려는 듯 소리 내어 말했다.

"아무튼 마다라는 죽었어."

다시 팔짱을 끼고 끙끙거리며 생각에 잠겼다.

"뭐, 됐어! 개조했다고 해도 어차피 잔챙이야. 하급신 정도의 힘밖에 없어. 아마 조금 힘 있는 토지신에게라도 싸움을 걸다 졌겠지."

일어나 다시 고개를 끄덕였다.

"다음은 바벨이라는 도시에 잠든 마왕의 부활인가."

그렇게 나직하게 중얼거린 뒤, 테루테루는 세워두었던 지팡이를 들고 방에서 나갔다.

제2장 불의 신 수르트 편

아키나시의 영주 올리버와 타오 가문의 링링이 아키나시의 경영에 대하여 긴급히 만나 할 말이 있다고 했다. 나는 그들을 리버티 타운에 있는 나의 자택에서 맞이했다.

"맛있게 먹어."

마침 애쉬가 구운 특제 과일 케이크가 있었기에 그것을 대접했다.

둘 다 신기한 듯 포크로 과일 케이크를 조금 떠서 입에 넣더니, 금세 눈빛을 바꾸고 열심히 먹기 시작했다. 다 먹고 나더니,

"이건 무슨 과자야?!"

"이것은 무슨 과자입니까?!"

둘 다 몸을 내밀고 물어왔다. 정말 이 녀석들, 많이 닮았다. 돈이 세끼 밥보다 좋은 링링은 예상했지만, 설마 올리버까지 이런 장사의 재능이 있을 줄은 몰랐기에 솔직히 기쁜 오산이다.

"애쉬."

여기는 실제로 만든 당사자에게 설명하게 하는 것이 좋을 것이다.

"이것은 파프라의 열매를 이용한 케이크야."

얼마 전, 파프라의 수인들이 인사하러 오며 파프라의 열매를 잔뜩 놓고 갔다. 파프를 비롯한 아이들에게 부탁받아 오늘 애쉬가 파프라의 열매로 만들었다.

"파프라의 열매인가! 아니, 하지만 그것만으로 이만한 맛은 도저히 못 냅니다! 특수한 조리법이란 건가! 이것의 조리법, 제발 가르쳐주시지 않겠습니까!"

필사적인 얼굴로 올리버가 애쉬에게 머리를 깊숙이 숙였다.

"나는 알려줘도 괜찮아! 카이도 괜찮아?"

부탁받은 것이 기쁜지 애쉬가 명랑한 목소리로 고개를 끄덕이더니, 나에게 양해를 구했다.

"그래, 괜찮고말고."

"좋아! 좋아! 아주 잘됐어! 이건 성공할 거야! 그렇지, 링링!"

내가 승낙하자, 올리버가 자리에서 벌떡 일어나 두 주먹을 굳게 쥐고 크게 외치면서 링링에게 동의를 구했다.

"맞아! 이 맛이라면 아멜리아 왕국, 아니, 전 세계에서 이것을 원하여 아키나시로 몰려들 거야! 그걸 잘 이용하면 아키나시를 유명 관광지로 바꿀 수 있어! 그러면——."

"새로운 산업의 싹이 돋아나기 쉬워지는 건가! 역시 네 말대로야! 탄광만으로는 안 돼! 결국 상대가 원하는 값에 팔 수밖에 없게 돼. 네 말대로 생산부터 개발까지 단련 전문 부문을 만들어야 해!"

흥분하여 얼굴을 붉히면서 올리버가 강한 어조로 지껄이고는 나의 앞으로 다가와 두 무릎을 바닥에 꿇었다. 링링도 그의 뒤를 따랐다.

"부디 대장장이의 스카우트를 위한 힘을 빌려주십시오!"

"솜씨가 좋은 대장장이를 소개해줘!"

이마가 바닥에 닿도록 머리를 숙이고 그런 희망 사항을 말했다.

 링링과 올리버 두 사람에게 정식으로 사정을 들었다. 아무래
도 두 사람은 레어 메탈의 산출을 계기로 아키나시를 일대 산업
도시로 재탄생시키려고 하는 모양이다. 즉, 금속 도시를 만들려
는 거다. 레어 메탈을 산출하여 그것을 독자적으로 가공하고 판
매한다. 그것을 아키나시라는 한 영지에서만 실시하려는 것이
다. 확실히 레어 메탈을 그냥 파는 것보단 직접 무기와 아이템
을 만들어 파는 쪽이 훨씬 큰 이득을 얻을 수 있고, 나중에 경영
의 폭도 넓어진다.
 그러나 그것은 유능한 대장장이가 아키나시에 다수 있을 때의
이야기다.
 "일류 대장장이의 확보인가. 그건 제법 어려운 문제인데."
 일단 토벌 도감에도 대장장이의 스페셜리스트가 있고, 내가
부탁하면 내키진 않더라도 교육 정도는 맡아줄 것이다. 그러나
애초에 대장일에 그리 관심이 없는 자는 좋은 물건을 만들어내
지 못한다. 나도 대장일에는 다소 조예가 있기에 안다. 대장일
에는 무술과 마찬가지로 적지 않은 노력이 필요하다. 이것은 재
능이라기보다는 대장일에 목숨을 걸 수 있는 올곧은 마음이라
고 바꾸어 말할 수 있다. 그것은 아키나시의 주민에게는 없고,
리버티 타운에도 그런 마음을 지녔을 법한 사람은 한 사람 정도
밖에 없다.
 "힘들겠습니까?"

"아니, 힘들겠지만, 불가능하진 않아. 사실 딱 한 명 생각나는 사람이 있어."

"저, 정말입니까?"

"정말이야?"

기대에 찬 눈빛으로 이쪽을 보는 두 사람.

"그래, 다만 확증이 있는 건 아니야. 너무 기대는 하지 마."

그렇게 적당히 대답하여 넘겼다.

나는 리버티 타운의 동쪽 구석에 위치한 2층짜리 집을 방문하였다.

"도도, 있어?"

현관 초인종을 누르고 말을 걸자, 안에서 허둥지둥 움직이는 소리가 들렸다.

"아, 아니 위대한 주인님! 이런 누추한 곳에 오시다니 황송합니다!"

현관문을 벌컥 열고 나에게 무릎을 꿇으며 정중하게 머리를 숙인다. 이 사람은 드워프, 도도. 에르딤의 간부 중 한 사람이었으나, 기리메칼라가 엉뚱한 짓을 하는 바람에 이렇게 되고 말았다.

"조금 의논할 게 있는데, 응? 손님이 왔어? 그럼 다음에 다시 올게."

도도의 집은 신발을 벗고 들어가는 형식이다. 여러 남녀의 것으로 보이는 신발이 현관 입구에 놓여 있었다.

"다, 당치도 않습니다! 어서 안으로 오시죠!"

"신경 쓰지 마. 연락도 하지 않고 온 나의 잘못이야."

등을 돌리고 일단 돌아가려고 할 때였다.

"마침 주인님께 드릴 말씀이 있었습니다!"

도도가 바닥에 손을 대고, 절실하게 말했다.

도도를 따라 객실로 들어가자, 그곳에는 뜻밖의 인물 두 명과 낯선 소녀가 먼저 와 있었다.

"카이 님!"

타이니가 미소를 지으며 긴 치맛자락을 잡고 우아하게 인사했다.

"카이 님! 안녕하십니까!"

해리가 몸을 돌처럼 굳히고 인사했다.

타이니가 어떻게 설명했는지 모르겠지만, 아멜리아 왕국의 선왕도 나에게 이런 태도를 취하게 되고 말았다. 로제와 마찬가지로 평범하게 대했으면 좋겠다고 했지만, 전혀 들어주지 않고 항상 이런 식이다. 로제와 페리스의 시선이 따갑기에 진심으로 그만두었으면 좋겠는데.

"으, 음. 두 사람도 와 있었구나. 그런데 나에게 하고 싶은 말이라니?"

어색한 분위기를 얼버무리려고 권하는 자리에 앉아 화제를 바꾸었다.

"사실은……."

도도가 자리에 앉아 테이블 구석 자리에 앉아 있던 아이 만한 키, 반바지에 몹시 길이가 짧은 터틀넥 상의를 입은 소녀에게 시선을 보내며 설명하기 시작했다.

"드워프의 나라, 드벨브에서 과거에 큰 정쟁이 일어났고, 그때 패배한 쪽의 수장이 도도, 너였단 말이야?"

딱히 기이한 일은 아니다. 에르딤은 각 종족에서 자신의 거처가 없어진 자가 모이는 장소였다. 그런 일도 있을 법하다.

"너, 너는 도도 님과 타이니 님께 왜 그렇게 거만하게 굴어?"

갈색 머리를 반묶음으로 하고, 고글을 착용한 키가 작은 소녀가 자리에서 일어나 나에게 손가락질을 하며 화를 냈다.

"에다! 너, 카이 님께 무슨 말버릇이냐!"

이마에 굵은 핏대를 세우고 거칠게 말하는 도도와 미안한 얼굴로 나에게 고개를 숙이는 타이니. 그리고 새파랗게 질린 얼굴로 당황하여 어쩔 줄 모르는 해리. 아니, 나는 확실히 성질이 급하지만, 아무리 그래도 이런 어른도 되지 않은 소녀의 행동에 일일이 화를 내지는 않는다고.

"하, 하지만……."

도도에게 무서운 기세로 혼나는 바람에 에다는 움찔하더니 온몸을 떨었다. 그리고 도도가 크게 화가 난 것을 알아채고는 울먹이기 시작했다. 나는 아이가 우는 것이 싫다.

"도도, 아이를 상대로 큰소리 내지 마."

강한 어조로 도도를 만류했다.

"네! 죄송합니다!"

도도가 똑바로 선 채 자세를 바로 하고 머리를 깊숙이 숙였다.

"뭐야! 도도 님, 대체 왜 그러는 거야!"

에다가 발까지 구르며 분통을 터뜨렸다.

"아무튼 너는 우리에게 뭘 바라는데?"

이야기의 핵심을 물었다. 만약 이 소녀의 바람이 나의 예상대로라면, 그것은 일석이조로 내가 오늘 도도의 집을 찾은 안건을 무난하게 실현해줄지도 모른다.

"광산에서 강제로 노동하고 있는 우리 동포들을 도와줘!"

에다는 그야말로 내가 바라는 말을 정확하게 해주었다.

도도와 에다에게 사정을 청취한 결과, 대략적인 상황은 파악했다. 그것은 아주 기분 나쁜 내용이었다.

드벨브는 과거에 형제 중 형이 왕으로서 다스리고 있었다. 그는 총명하고 용감무쌍하며 정이 깊은, 그야말로 이상적인 왕이었다. 도도는 대장장이 조합의 필두 대장장이로서 그 왕을 따랐다. 그 무렵 드벨브는 나라 전체가 부강하여 모두 행복하게 살고 있었으나 왕의 죽음으로 전환점을 맞이한다. 변경을 시찰할 때, 도적의 습격으로 허망하게 사망하고 만 것이다. 그 뒤를 이은 것이 그의 동생이다. 왕이 된 동생은 형과는 대조적으로 무력 중심주의인 왕이었다. 비겁하고, 비열하고, 시의심은 남보다 배는 강하고, 심지어 탐욕스러웠으나, 반면 강하고, 머리 회전이 매우 빨랐다. 동생에 의해 형의 세력은 곧장 드벨브에서 축출되고 말았다. 특히 형과 관련이 깊던 도도가 있는 대장장이 조합과 연구 개발을 행하는 문성조(文星組)는 위험분자 취급을 받아 철저하게 탄압당했다. 또한 동생은 부국강병을 내세워 세수의 배가와 징병제로 백성을 크게 피폐하게 만들었다. 도도를 비롯한 사람들은 이의를 제기했지만, 동생은 위험하고 무모한 자살행위에도 가까운 책략으로 대장장이 조합과 문성조를 격전지로 보내 개죽음을 당하게 했다.

이대로는 드벨브라는 나라가 붕괴한다고 판단한 도도 등은 동생 왕에게 반기를 들었다. 그러나 막상 결기하기 전날, 무슨 까닭인가 일제 적발이 시작되었다. 원흉은 도도가 가장 신뢰하던 대장장이 조합의 이인자였다. 신뢰하는 측근의 배신으로 도도 일행은 체포되고 말았다. 또한 도도에게 악몽이 더해졌다. 적발로 사로잡힌 자들은 모두 자신의 안전을 우선하여 도도와 그의 배우자, 자녀에게 죄를 떠넘겼다. 그리고 도도의 가족은 그들이 구하려고 한 민중이 던진 돌에 맞아 사망하고 말았다. 절망의 구렁텅이에 빠진 도도는 처형되기 위해 왕도로 호송당하던 도중, 강력한 재앙급 마물의 습격을 받았다. 난리를 틈타 도도는 그 자리에서 도망쳤다. 그리고 매일매일 걸어가 에르딤에 도달했다. 그런 경위라고 한다.

그 뒤, 에다의 부모님이 속한 대장장이 조합도 문성조도 반란을 꾀했다며 탄광에서 강제 노동을 하는 형벌에 처해졌다. 그것은 그야말로 광산 노예 같은 취급이라 사망자까지 나오는 가혹한 상황이었다. 또한 광산 부근에서 유적이 발견되어 광산 영주가 에다 일행을 그곳에 잠든 초월자의 봉인을 풀기 위한 제물로 삼으려고 한다는 소문을 들었다.

그런 최악이라고 할 수 있는 상황에 전환점이 찾아온다. 그것은 불법 입국 때문에 체포되어 광산에서 일하게 된 인간 신입이었다. 그는 음유시인으로, 에르딤이라는 중립 도시 국가가 형태를 바꾸어 위대한 존재의 비호 아래에 들어가 엄청난 발전을 이룩했다는 것이며, 그중에는 도도와 정령왕 타이니도 있다는 것을 알려주었다.

이에 의논한 결과 에다가 선택되어, 신입의 재치로 어떻게든 광산을 탈출하여 신입이 말해준 이상향을 목표로 삼아 찾아갔다. 에다는 계속 걷다가 마침내 힘이 다하여 쓰러졌던 것을 타이니에게 보호받아 도도의 집으로 안내받았다. 마침 그때 내가 우연히 이 집을 찾아온 것이다.

뭐, 이런 행운은 그리 쉽게 찾아오지 않는 법이다. 그 신입 인간이란—— 아니, 지금은 됐다. 그보다도——.

"한마디로 자신들이 괴로운 일을 겪고 있으니 전에 자신들이 배신한 상대에게 도움을 요청하러 온 것인가. 정말 기분 나쁜 얘기군."

진실을 자세히 듣지 못했던 모양이다. 떨리는 두 손으로 바지를 부여잡고 분한 눈물을 흘리는 에다를 바라보며, 솔직한 감상을 말했다. 그러나 그런 것이라면 사정은 달라진다. 도도의 의사를 무시하면서까지 그런 겁쟁이 드워프들을 맞이할 생각은 없다. 혹시 도도가 아직 예전 동포를 원망하고 있다면—— 아니, 생각할 것도 없다. 그러나 마무리는 필요하다.

"도도, 나는 누군지도 모르는 드워프들보다 너 한 사람이 훨씬 소중해. 그러니 선택해. 그자들을 도울 것인지, 아니면 버릴 것인지. 너에겐 그럴 권리가 있어."

나의 물음에 도도는 지친 듯 웃더니 진지한 얼굴로 나를 바라보았다.

"주인님, 분에 넘치는 말씀 진심으로 감사드립니다. 부디 동포를 구해주십시오."

도도의 성격상, 예상대로인 말이 돌아왔다.

"그래. 알겠어."

내가 크게 고개를 끄덕였을 때——.

"뭐가 동포야! 그 녀석들은 도도 님을 배신했어! 창피한 줄도 모르고 도도 님께 도움을 요청하라고 나에게 지시하다니! 그런 파렴치한 자들은 구할 필요도 없어! 그런 녀석들은 죽어 마땅해!"

예상하지 못한 곳에서 뜻밖의 의견이 나왔다. 사정을 듣고 생각이 변한 모양이다.

"에다! 그런 말은 하는 게 아니야!"

도도가 에다의 양쪽 어깨를 잡고 험악한 얼굴로 외쳤다.

"하, 하지만 그들은 도도 님을 배신했잖아! 그런데——."

"그들이 왜 그랬는지 알아? 그건 너를 비롯한 가족을 지키기 위해서야! 지금이라면 알아! 소중한 사람을 지키기 위해서라면 사람은 때로 비정해질 수 있다는 것을! 그리고 에다, 정말 내가 모른 척해도 넌 괜찮겠어?"

달래는 말투로 다정하게 물을 것도 없는 내용을 확인하는 도도에게 에다는 입을 꾹 다물고 눈물만 뚝뚝 흘렸다.

"답이 나왔군. 그럼 어서 마차를 부르자. 준비해둬. 준비를 마치는 대로 떠날 거야."

나는 일방적으로 전달하고 도도의 집에서 나왔다.

***

그곳은 드벨브 남부의 탄광 부근에 있는 유적. 폭삭 무너진 신전 같은 장소에 두 명의 남자가 있었다. 한 사람은 나무통 같은 체구에 검은색 로브를 입고, 삼각 모자에 콧수염을 기른 까까머리의 남자. 다른 한 사람은 높은 콧대와 휘어진 수염, 심보가 고약해 보이는 눈초리를 한 고급스럽게 단장한 남자다.

"이봐, 마도사, 여기에 잠든 마신을 정말 지배할 수 있겠나? 나는 봉인을 푸는 건 좋은데 날뛰느라 주변 일대가 불바다가 되는 건 사양이라고?"

수염이 휘어진 남자가 한쪽 눈을 찡긋하며 검은색 로브에 콧수염을 기른 남자에게 고압적인 태도로 확인하였다.

"영주님, 그 부분은 걱정하지 않으셔도 됩니다! 마신을 제어할 뛰어난 방법이 있거든요!"

검은 로브를 입은 마도사가 영주의 위압에 전혀 동요하는 기색도 없이 오히려 명랑한 목소리로 대답했다.

"그럼 됐다."

그 자신만만한 태도에 영주는 만족스럽게 고개를 끄덕였다.

"그럼 영주님, 이곳의 봉인을 푸는 데는 수많은 재물이 필요합니다. 준비는 얼마나 되셨는지요?"

"제물이 될 만한 일회용 쓰레기는 많이 있으니까. 그건 문제없어."

"쓰레기입니까…… 우습군요……."

고개를 숙이고 그렇게 중얼거리는 마도사의 입꼬리는 귀까지 올라갔고, 눈은 구멍이 뚫린 것처럼 동그랗게 뻥 뜨여 있었다. 그야말로 이 세상의 존재라고는 생각할 수 없는 사악한 형상으로 변한 마도사.

"응? 뭐라고 했나?"

영주가 인상을 찡그리고 물었다.

검은 로브를 입은 마도사는 상냥하고 온화한 표정으로 돌아와 고개를 들었다.

"제물을 대거 준비하시다니 과연 영주님이라고 해야겠군요."

그리고 거슬리지 않게 대답했다.

"그런가! 그렇겠지! 어쨌든 세상을 불바다로 만든 전설의 마신. 내가 그 불의 마신왕으로부터 왕좌를 빼앗고, 이 드벨브마저 나의 것으로 할 테니!"

하늘을 향해 아직 보지 못한 눈부신 미래를 그리며 영주가 몸을 떨었다.

'정말 우습고 어리석은 버러지군…….'

마도사는 작게 중얼거린 뒤, 아직도 환희에 몸을 떠는 영주로부터 등을 돌려 걸어갔다.

검은 로브를 입은 마도사가 숲속으로 들어가자, 흰색 정장을 입고 팔짱을 끼고 있는 외눈 남자가 커다란 나무에 기대어 있었다.

"상황은?"

마도사가 웃는 얼굴로 묻자, 흰색 정장을 입은 외눈 남자가 가볍게 인사하고,

"예의 소녀를 카이 님께 보냈어. 뒤는 카이 님께서 모두 올바른 길로 이끄시겠지."

그런 의미심장한 말을 내뱉었다.

"좋아, 좋아, 아주 좋아요! 그분은 말하자면 우리 천민의 지상을 비추는 태양. 때로는 모든 것을 불태울 만큼 작열하고, 때로는 새로운 싹을 틔우기 위한 따뜻한 빛이 돼! 방향을 정하는 것은 미천한 저들의 선택에 달렸어!"

마도사가 기묘한 포즈를 취하며 외쳤다.

"뭐, 카이 님이니까 결국 기다리는 건 모두가 웃는 미래겠지만."

흰색 정장을 입은 외눈 남자도 입꼬리를 올리고 확신한 듯 그렇게 주장하더니 연기처럼 모습을 감췄다.

"자, 자, 자──, 우리 신을 위한, 신에 의한 무대의 개막이에요!"

마도사가 양쪽 손바닥을 위로 들고 크게 말하자, 새하얀 로브에 흰색 붕대로 온몸을 감싼 자들이 차례로 모습을 드러냈다.

──이렇게 드벨브, 불의 신 수르트 사건의 막이 천천히 올라갔다.

＊＊＊

드벨브는 아멜리아 왕국과 동쪽 대국 부토와의 경계에 있는 중견 국가 중 하나다. 아멜리아 왕국 내에서는 이스트엔드가 비교적 가까우나, 그래도 소녀 한 사람이 걸어서 쉽게 방문할 수 있는 거리는 아니다. 실제로 마차를 타도 사흘 밤낮이 걸렸다. 이것은 내가 예상한 대로——.

"왜 드벨브까지 이렇게 시간이 오래 걸려?!"

마차 안에서 에다가 불신감을 감추려고도 하지 않고 물었다.

"에다! 또 주인님께——."

도도가 화난 얼굴로 혼내려는 것을 오른손을 들어 제지했다.

"오히려 나로서는 어떻게 네가 우리가 있는 곳까지 걸어서 올 수 있었는지 모르겠는데. 안 그래, 도도?"

당연히 발생하게 된 논점을 지적해보았다.

"맞습니다. 확실히 모두가 사로잡힌 광산에서 여기까지는 마차로도 최소 사흘, 도보라면 열흘은 걸릴 겁니다. 에다가 하룻밤 걸은 정도로 도착할 수 있을 리가 없어요."

턱수염을 쓰다듬으며 도도가 나직하게 중얼거렸다. 분명히 이런 말도 안 되는 현상을 고의로 일으킨 원흉이 누구인지 짐작이 가는 모양이다. 도도의 표정에서는 별다른 동요가 보이지 않았다.

"그럼 앞으로 꽤 성가신 일이 벌어지겠는걸."

그 녀석들이 얽혀 있다면, 단순한 구출 소동으로 끝날 리가 없다. 특히 그들은 나를 전투광이라도 되는 양 착각하는 면이 있다. 나를 즐겁게 하기 위한 오락을 제공한다며 충격적인 것과 맞닥뜨리게 하는 일이 쉽게 상상되고 말았다.

"네. 각오는 하고 있습니다."

마치 운명에라도 사로잡힌 듯이 진지한 표정으로 도도가 고개를 끄덕거렸다.

"왜 나만 빼고 납득하는 거야!"

다시 에다가 투정을 부렸다.

"슬슬 목적지에 도착해. 거기서 반나절쯤 걸어야 네 동료들이 사로잡힌 광산이 나올 거야."

일방적으로 전한 뒤 마차 안에서 사흘간 생활한 짐을 정리했다.

숲속을 몇 시간 걷자, 주위로 검은색 안개가 깔리기 시작했다.

"아아, 역시나……."

예상한 바다.

"그런 것 같습니다. 그렇다면?"

"이미 이 땅은 그들의 장난감 상자 안이라는 뜻이야."

아키나시에 대한 관여는 기리메칼라가 몹시 집요하게 요청하여 승낙했다는 경위가 있다. 다소 발상이 이 세계의 자로서는 이질적이라고 생각했다. 올리버와 링링은 기리메칼라에게 무언가 조언을 받아서, 아키나시를 금속 종합 도시로 만든다는 결론에 이르렀을 것이다.

"광산의 영주, 스게는 비열하고 근시안적인 태도를 지닌 완전히 구제 불능인 녀석이기는 합니다만, 처음으로 절실하게 동정하게 되는군요."

도도가 질색하는 얼굴로 고개를 끄덕였다.

"만약 기리메칼라 측이 주최했다고 해도, 선택하는 것은 우리가 아니라 그들이야. 나는 아둔한 자는 필요 없어. 편의는 전혀 봐줄 마음이 없다고?"

나는 무정하다고도 할 수 있는 말을 해두었다.

설령 이것이 짜여진 각본이라고 해도, 그 무대에서 실제로 연기하는 것은 옛 대장장이 조합과 옛 문성조의 드워프들이다. 그들이 내가 만족할 만한 답을 내지 않는다면, 그대로 소멸하도록 놔두겠다.

"물론입니다! 관대한 주인님을 진정 실망하게 할 선택을 하는 패거리라면, 저도 부탁을 철회하겠습니다! 그때는 제가 직접 끝장내겠습니다!"

결의가 담긴 말을 하는 도도. 분명 강한 불만을 표출할 것이라 생각했던 에다는 이를 악물고 고개를 숙였으나, 반론하지는 않았다.

그로부터 다시 두 시간쯤 나아가자 높은 나무는 사라지고, 마차가 간신히 지나갈 수 있는 벼랑길 같은 장소가 나왔다. 도도가 말하기를 이 벼랑길은 목적지인 광산에 도착하려면 어떻게 해서든 지나가야 한다고 한다. 물론 우리에게는 오히려 잘된 일이기는 하지만.

"저, 저기, 카이, 이렇게 당당하게 걸어가도 돼?"

에다가 조심스럽게 물었다.

"이런 트인 장소에서는 숨을 수가 없잖아."

지극히 당연한 대답을 해주었다.

"하지만 혹시 우리를 활로 노린다면……."

초조함이 가득 담긴 표정으로 논리적인 의견을 내는 에다의 오른쪽 어깨에 도도가 오른손을 얹었다.

"보기만 해. 내가 말하고 싶던 것을 조금은 알 수 있을 테니."

도도는 강한 어조로 주장한다.

조금 나아가자 벼랑길 끝에 문과 망루 같은 것이 보였다. 저것이 관문인 모양이다.

"위, 위험해!"

에다가 울먹이는 목소리로 외친 것을 시작으로 몇 개나 되는 화살이 날아왔다. 나는 한 걸음 앞으로 나가 허리에 찬 라이키리를 뽑아 그 화살을 모두 쳐냈다. 마치 시간이 역행한 것처럼 화살이 되돌아가 활을 쏜 드워프들에게 박혔다. 비명과 절규. 그야말로 아비규환인 상황 속에 나는 천천히 그들이 있는 곳까지 걸어갔다.

"적은 카운터 계열의 묘한 기술을 사용해! 저 녀석은 내가 맡겠다!"

문이 열리며 안에서 붉은 머리를 모히칸 스타일로 한 거한이 거대한 도끼를 들고 모습을 드러냈다. 거한이지만 드워프 특유의 긴 몸에 짧은 다리인 것으로 보아 일단 드워프족인 듯하다.

"도, 도르잠!"

에다가 경악하여 외쳤다.

"흐음. 이 녀석, 유명해?"

솔직하게 물었다. 전혀 강한 느낌은 없지만, 공교롭게도 나는 타인의 강함을 잘 모르기 때문이다.

"응, 도끼 오니 도르잠, 드벨브에서 손꼽히는 용병 중 하나야! 아마 이 관문을 지키는 건 도르잠이 이끄는 용병 부대일 거야!"

도끼 오니라. 꽤 거창한 별명이지만, 이름에 비해서 실력은 그다——.

"마치 콩나물 같군. 내 도끼라면 일격에 산산이 흩어지고 말겠어."

도르잠은 왼손으로 긴 턱수염을 쓰다듬으며 나를 응시하고 그런 감상을 늘어놓았다.

"흠, 내가 약하다고? 진심으로 그렇게 생각한다면 제법 즐길 수 있겠는걸."

내가 라이키리의 칼자루를 양손으로 쥐자, 도르잠의 이마에 굵은 핏대가 두드러졌다.

"너 같은 허약한 자식이 이 나와의 싸움을 즐기겠다고 했냐?!"

주변 일대에 울려 퍼질 정도의 호통. 에다가 새파랗게 질린 얼굴로 몸을 떨었다.

"그래, 아주 오래도록 제대로 된 상대와 싸운 적이 없었거든. 따분하던 참이야."

목구멍에서 자연스럽게 나온 것은 자신의 말이라고는 생각할 수 없는 호전적인 것이었다.

"……젠장!"

또 이 생각인가…… 목숨을 건 투쟁에 몸을 맡겨도 나에게는 아무런 이득이 없다. 나는 그런 구제 불능의 싸움 중독자 같은 생각은 하지 않았을 터였다.

사고에 약간 노이즈가 섞였을 때, 도르잠이 이마에 두드러기처럼 몇 개나 되는 핏대를 세우고 도끼를 여러 번 휘두르더니 나를 향해 들었다.

"안 그래도 약한 인간이, 그것도 하잘것없는 잔챙이가 건방진 소리를 지껄이다니!"

도르잠이 짐승처럼 위세 좋게 외쳤다. 도끼를 다루는 실력이 몹시 어설프다.

──역시 이번에도 이 패턴인가.

나의 입에서 나온 것은 체념하는 깊은 한숨. 그도 그렇다. 이 세계는 강자의 차이가 심하다. 게다가 강자의 수는 크게 한정되어 있는 것 같다. 이런 동포들의 교도관 역할이나 하는 용병 중에 진정한 강자가 있을 리가 없다. 기껏해야 입만 산 건방진 꼬마 수준이다.

"…………."

"무서워서 말도 나오지 않게 되었구나! 하지만 뒤늦게 후회해도 늦었어! 아주 잘근잘근 박살 내 가축의 먹이로 삼──으마?"

위세 좋게 떠드는 도르잠의 정수리부터 몸통을 향해 일직선으로 균열이 생겼다.

"무, 무너진다?!"

도르잠은 도끼를 내던지고 양손으로 애써 둘로 갈라진 자신의 몸을 이어붙이려고 하였으나, 한 박자 늦게 그 온몸에 차례로 생기는 균열. 나는 천천히 걸어갔다.

"꼬마야, 넌 너무 세상을 모르는구나."

엇갈려 지나가며 그렇게 말했다.

"끼이야아아아아아악——!"

단말마와 함께 무너지는 도르잠.

"보스가…… 졌다고?"

정숙이 찾아온 가운데 드워프 중 누군가가 나직하게 중얼거렸다. 그리고 또 다른 드워프가 외쳤다.

"괴, 괴물이다!"

벌써 몇 번이나 들었는지 모를 말을 시작으로 전장은 완전히 혼란스러워졌다. 나는 혀를 차고 라이키리를 칼집에 넣었다.

"너희는 다짜고짜 우리를 죽이려고 했어. 그러니 나도 확실하게 너희를 죽이마."

그렇게 마지막을 선고하는 말을 뱉고, 칼집에 넣었던 라이키리의 칼자루를 오른손으로 잡았다. 이어서,

"진계류 검술 일도류—— 제1형, 사선."

무수한 참격이 관문 전체로 들어가자, 그곳을 지키던 용병 드워프들을 포함한 모든 것이 절단되어 뿔뿔이 흩어졌다.

"…………."

에다는 양초처럼 온몸이 새하얗게 되어 입을 뻐끔뻐끔 움직이

더니, 양철 인형 같은 움직임으로 나를 바라보다 눈이 마주치자 눈물과 콧물을 흘리며 덜덜 떨기 시작했다.

"내가 한 말이 아주 잘 이해됐지? 우리 주인님께 이길 수 있는 것은 이 세상에 없어."

설파하듯이 전하는 도도를 향해 몇 번이나 고개를 끄덕이는 에다.

"아무튼 바로 본론으로 넘어가자. 이걸 껴."

도도와 강아지처럼 떠는 에다에게 특수한 형태의 반지를 건넸다.

"그건 모습을 위장할 수 있는 반지야. 그걸 써서 그들이 우리 동포가 되기 적합한지 시험하자."

나는 거부할 수 없는 어조로 그들에게 잔혹한 선언을 했다.

***

이곳은 드벨브에 있는 탄광. 지난 내란 사건으로 반란을 꾀했던 도도를 따랐다고 여겨진 드워프들이 강제로 수용되어 노동해야 하는 장소이다. 그 동굴의 가장 깊은 곳에 있는 좁고 차가운 바위로 둘러싸인 천연 방에, 여러 드워프들이 모여 있었다.

"와도르, 또 아이가 죽었어…… 이번에는 랏사엠네 애야……."

안경을 쓴 비교적 호리호리한 드워프가 기어드는 목소리로 보고했다. 흐느껴 우는 목소리가 들리기 시작했다.

"그런가…… 죄 많은 우리 어른은 어쩔 수 없어. 하지만 죄도 없는 아이가 죽는 건 역시 괴로운 법이군……."

한층 체격이 크고, 목에 책과 별 모양의 문신이 있는 수염 난 드워프, 와도르가 떨리는 목소리로 간신히 말했다.

"역시 도도 대장을 배신한 것부터 잘못되었어!"

동석한 자 중에서는 비교적 젊은 드워프 한 사람이 벌떡 일어나 모두의 마음 깊은 곳에 있는 죄를 언급했다.

"그리 간단한 이야기가 아니야. 그때는 현왕의 세력에 우리 가족이 인질로 잡혀 있었잖아. 만약 도도에게 붙었다면 우리 가족은 모두 죽었겠지."

나이 든 드워프가 새하얀 수염을 쓰다듬으며 젊은 드워프에게 말했다.

"뭐, 가족을 인질로 잡혔다고 하면 핑계는 좋지만, 어떻게 포장해도 자기 목숨이 아까웠기 때문이야. 우리는 그때 분명히 선택을 잘못했던 거야……."

와도르가 어딘가 씁쓸하게 중얼거렸다.

"와도르, 그걸 지금 말하지 마! 어르신은 그런 우리 탓에 가족마저 잃었어!"

건장한 드워프가 호통쳤다.

"자기 목숨이 아까워 찬성한 건 너도 마찬가지면서!"

"그러니까 나는 지금 이 상황에서 그런 후회하는 말 따위는 듣고 싶지 않다는 소리야!"

차례로 말다툼을 벌이는 드워프들. 그 와중에,

"에다는 어떻게 됐지? 이제 그 녀석만이 버팀목이야!"

한 드워프가 이번 계획을 제안한 검은 머리의 인간 청년에게
물었다.

"나도 모르지. 하지만 에다 아가씨가 내 지시대로 움직였다면
무사히 목적지에 도착했을 거야."

이 남자는 최근 수용된 인간 지그. 그 비정한 왕이라면 인간
족은 보통 처형되고 만다. 그런데 이렇게 여기에 살려두고 있는
것은, 아마 지그가 인간족의 대국 그리트닐 제국의 밀정이기 때
문이다. 아직 교섭 등에 써먹을 만하다고 판단해서 사고 교정도
겸해서 이 장소에서 강제 노동을 시키는 것으로 추측된다.

"기다릴 수밖에 없단 말인가……."

"팔자 참 편하구나!"

쏘아붙이듯이 비아냥거리는 건장한 드워프.

"그전에 무사히 도착하더라도 배신한 우리를 도도 대장이 용
서할까?"

나이 든 드워프가 문제의 핵심을 찔렀다.

"도도가 용서하지 않는다면, 우리는 멸망해. 그것뿐이야."

"웃기지 마! 뭘 깨달은 듯이 말하고 있어! 너희 배신자는 그
래도 되겠지만! 하지만 연관 없는 사람들은── 애들은 어떻게
해! 우리 죄조차 모르고 지금도 죽어가는데!"

젊은 드워프가 일어나 불만을 터뜨리자, 와도르는 슬픈 표정
으로 두 눈을 감고 죄를 깔끔하게 인정했다.

"그래. 그 말이 맞아. 모두 우리 탓이야."

"그러니까 괜히 해탈한 것처럼 뻔한 소리만 하지 말라고──."

젊은 드워프가 거칠게 말했을 때, 한 드워프가 방으로 뛰어 들어왔다.

"크, 큰일이야! 빌어먹을 영주가 와서 아이를 내놓으라고 난리 치고 있어! 아무튼 당장 와줘!"

드워프는 탄광 입구 부근을 가리키며 절박하게 외쳤다.

드워프들이 탄광 입구로 달려가자, 영지 병사들이 수용된 드워프들을 포위하고 무기를 들고 있었다. 그들 앞에 동공이 몹시 작은 눈에 큰 키, 그리고 장발이 인상적인 남자가 긴 혀를 내밀고 밉살맞은 미소를 짓고 있었다. 이 남자는 최근 영주가 고용한 인간족 마도사 라크네다. 최근 영주 스게는 이런 실력 있는 인간족 마도사며 검사를 다수 데리고 있다.

"라크네 씨, 무, 무슨 일 때문입니까?"

"의식이야. 축하해! 너희 아이들은 이 땅에 잠든 전설적인 불의 마신, 수르트 부활을 위한 제물로 선택받았어!"

"뭐? 불의 마신 수르트?"

너무 어처구니가 없는 소리에 와도르는 놀란 소리를 내고 말았다. 그도 그렇다. 불의 마신 수르트라고 하면 아주 오래전에 날뛰어대던 불의 화신으로, 세계를 불바다로 만들어 고대 문명을 통째로 멸망시켰다고 일컬어지는 전설의 마신이다. 옛날이야기에 성무신 아레스에게 퇴치당했다고 나오는 등장인물이기도 하다. 그런 것이 이런 벽지에 봉인되어 있다니 믿으라고 하는 쪽이 이상하다.

"그래. 마신의 부활에 협력할 수 있으니 너희는 정말 운이 좋아!"

라크네가 그런 민폐이기만 한 말을 하였다.

"우리 아이를 돌려줘!"

"그래! 돌려줘!"

"나쁜 자식!"

그런 라크네에게 완전히 이성을 잃고 호통과 욕설을 퍼붓는 드워프 어머니들.

'서, 설마!'

"아이들은 어디 있지?!"

자연히 목소리가 떨리는 것이 느껴졌다. 당연하다. 이 철면피 바보들은 하필이면 아무 죄도 없는 아이들을 있는지 없는지도 모르는 마신 부활을 위한 실험에 쓰려고 하는 중이기 때문이다.

"뭐야, 뭐야, 이 나에게 너희 같은 모르모트가 그런 말을 해도 되는 줄 알아? 게다가——."

라크네의 모습이 사라지더니, 곧 와도르의 코앞에서 나타났다. 직후, 와도르의 명치에 꽂히는 라크네의 무릎. 순간 호흡이 되지 않아 웅크리는 와도르의 머리를 잡고 라크네가 귓가에 속삭였다.

"너에게 나를 책망할 자격이 있다고 생각해? 들었어, 너, 자기 목숨이 아까워서 친구를 적에게 팔고 이런 장소에 수용되었다며?"

몹시 즐거운 듯한 어조였다.

"그래…… 네 말대로야……."

그렇다. 와도르를 비롯한 드워프들은, 아니, 이제 자신을 속이지 말자. 와도르는 명확한 의사를 갖고 과거에 친구 도도를 쓰레기 왕에게 팔아넘겼다. 물론 사로잡힌 가족을 구하기 위해서라는 이유는 있다. 도도라면 알아줄 것이다. 그렇게 자신에게 유리한 망상을 이 8년간 계속해왔다.

그러나 이미 오래전에 와도르도 깨달았다. 그런 망상은 그저 환상이라고. 도도는 드워프를 용서하지 않는다. 와도르의 추악한 배신으로 도도가 가족을 잃었을 때부터 이미 용서받을 길은 없어졌다.

'혹시 그때……'

그래, 그렇다. 혹시 그때 포기하지 않고 저항했다면, 이런 상황이 되지 않았을지도 모른다. 어디까지나 가설이지만, 가능했을지도 모르는 이야기.

"나는 과거에 선택을 잘못했어. 친구를 배신한 나의 앞에 기다리는 건 최악의 미래뿐이겠지."

"와도르, 이 상황에 당신까지 그런 말을——."

"그래도—— 아직 악마에게 영혼까지 팔아넘기지는 않았어!"

젊은 드워프의 비난을 떨쳐내듯이 있는 힘껏 소리를 치며, 오른쪽 주먹을 강하게 쥐고 절묘한 위치에 있는 라크네의 얼굴을 온 힘을 다해 때렸다.

"어?"

맞은 라크네가 몇 걸음 뒷걸음질을 치고, 어안이 벙벙한 얼굴로 자신의 코를 몇 번 문지르더니 금세 분노로 새빨갛게 얼굴을 붉혔다.

"부, 부러졌어! 이 망할 자식이! 하찮은 놈 주제에!"

라크네는 악귀 같은 형상으로 와도르를 걷어찬다. 와도르는 탄광의 바위벽까지 일직선으로 날아가 부딪쳤다. 몸이 산산이 부서질 듯한 고통에 이를 악물고 일어나 가까이에 있던 바위를 부수기 위한 망치를 손에 들어 어깨에 멨다. 그리고──.

"들어봐! 우리 아이를 잃어서까지 지켜야 할 것은 아무것도 없어! 이제 참을 필요도 없어! 이 철면피들에게 한 방 먹여주자!"

와도르의 외침에 순간 정적이 흘렀고, 곧 짐승 같은 포효가 울려 퍼졌다.

수용되어 있던 드워프들이 차례로 곡괭이며 망치를 들고 영지군과 맞섰다.

"이봐, 이 녀석들은 나를 건드렸어! 애들아, 이 녀석들을 죽여버려!"

지금도 피가 흐르는 코를 막으며 라크네가 영지군 드워프들에게 명령하였으나, 복잡한 얼굴로 무기를 들고 있을 뿐 미동도 하지 않았다.

"아, 이 타이밍에 동료 놀이를 하는구나. 그거 영주에게 일러도 되겠어?"

라크네의 이 협박이 결정타가 되었다.

"이제 못해먹겠어!"

병사 하나가 무기인 전투 도끼를 바닥에 내팽개쳤다.

"맞아. 만약에 수르트라는 괴물의 봉인이 풀리고 제어하지 못하면, 여기 일대는 불바다가 돼. 우리 가족도 살아남을 리 없어.”

그에 동조하듯이 영지군의 부대장도 무기를 버렸다. 그것이 시작이었다.

“그래, 이런 동포에 대한 핍박, 처음부터 싫었다고!”

“나도! 영주 스게의 요즘 방식은 마음에 안 들어!”

연쇄적으로 다른 드워프 병사들도 차례로 전투 도끼며 망치를 버렸다.

“너희들, 배신할 셈이야?”

라크나가 오싹한 목소리로 확인했다.

“이젠 완전히 정이 떨어졌어. 우리는 원래 선왕을 따랐다고. 우리는 군인이야. 왕이 바뀌면 따르지만, 그것도 한도란 게 있어.”

그렇게 쏘아붙이는 부대장을 잠시 라크네는 싸늘한 눈으로 노려보았다.

“그럼 어쩔 수 없네. 실력 행사에 나서야지.”

라크네가 오른손으로 가슴을 부여잡는 동작을 취했다. 순간 라크네의 몸 표면이 울퉁불퉁 부풀어 하나의 거대한 생물을 형성했다. 그것은 라크네의 머리가 달린 8메르는 되는 거대한 거미였다. 모두 놀라 멍하니 바라보기만 했다.

“어때? 이렇게 된 나는 터무니없이 강──하거든!”

라크네의 입에서 나온 새하얀 실이 주위로 빠르게 뻗어가 근처에 있던 두 명의 영지군 드워프를 잡아 공 형태로 감쌌다.

“저 고치 속에서 용해하고, 그다음엔 찬찬히 실컷 피를 빨아 줄게♬ 자, 다음엔 누구로 할까.”

신나는 목소리로 다음 사냥감을 찾기 위해 빙글 둘러보는 거대 거미 라크네. 와도르의 지금 심경은 그야말로 뱀에게 노려지는 개구리와 같다. 그렇기에——.

"힉!"

근원적인 공포가 입에서 튀어나왔다.

'이래서는 그때와 같아!'

고개를 가로젓고 자신을 고무시켰다. 거대한 힘에 굴복하여 몸을 맡겼을 때의 말로는 이미 충분히 맛보았으니까.

"무기를 잡아라! 이것은 우리의 존엄을 되찾는 싸움이야! 에이, 겁먹을 거 없어. 상대는 그저 마물이었던 것뿐이잖아! 아닌가?!"

목소리를 높여 모두에게 물었다.

"맞아! 괴물을 따랐다고 생각하니 너무 한심해!"

영지군 부대장도 그렇게 외치고 중심을 낮추며 무기를 들었다.

"그래, 이제 두려움에 떨며 사는 건 사양하겠어!"

건장한 드워프가 거대한 곡괭이를 휘둘렀다.

"너희 아인 따위가 이 나를 괴물이라고! 죽음으로 갚아주마!"

라크네가 분노로 목소리를 떨며, 무수한 실을 입에서 내뿜어 드워프들을 노렸다.

실이 드워프의 코앞까지 다가온 순간. 그것들이 가루가 되어 버렸다.

"아앗?!"

라크네가 경악하는 동안, 아까 드워프 두 명을 사로잡은 고치가 터지면서 그 안에서 각각 두 명의 남성이 모습을 드러냈다.

한 명은 회색 머리 소년. 그리고 다른 한 명을 본 순간,

"도도?!"

와도르가 놀라 이름을 불렀다. 그렇다. 그 빨간 머리 드워프는 일찍이 와도르가 배신한 친구였기 때문이다.

***

관문을 지나고 잠시 뒤 광산 도시에 도착했다. 그곳을 지키는 드워프 세 명을 기절시키고, 변신 효과가 있는 반지를 써서 그 병사들의 모습으로 바뀌었다. 그리고 광산으로 진입하자 마침 휘어진 수염을 기른 지위가 높아 보이는 드워프가 아이들을 데리고 가는 참이었다. 어머니 드워프도 필사적으로 저항하였지만, 상대는 일단 군대다. 일곱 명의 아이가 그대로 끌려가고 말았다. 물론 아이를 위험에 빠뜨릴 수는 없으므로 당장 구할 계획이었다. 그러나 끌려간 아이의 입꼬리가 귀까지 찢어져 있는 것을 보고, 모든 것을 파악한 나는 상황을 지켜보기로 했다.

영주는 라크네라 불린 인간 남자에게 이 탄광의 처리를 맡기고 모습을 감췄다. 그로부터 얼마 지나지 않아 드워프 어른들이 달려왔다. 이야기의 흐름으로 보아 저 영주는 마신 수르트라는 마물의 봉인을 풀고 제어하려는 모양이다. 마신 수르트는 들어본 적도 없지만, 이 무대를 설정한 것이 기리메칼라를 비롯한 부하들이라면 나름대로 상대를 골랐을 터. 뭐, 지금까지 경향으로 보아 강자라고 생각했지만 실제로는 조무래기였다는 결말일

지도 모르지만.

그 뒤로 이어진 흐름은 조금 나의 예상과 달랐다. 그들은 자신의 목숨을 걸고 아이를 지키려고 했다. 특히 와도르라 불린 목에 책과 별 문장의 문신을 한 수염 난 드워프가 라크네라는 인간 남자를 때리고 의지를 보여주자, 영주의 부하였던 드워프들도 배반하여 라크네에게 결별을 선언했다. 그것에 화가 난 라크네는 거미 같은 괴물로 변했다.

흐음. 저것에서는 순수한 마물과는 다른 인간의 냄새가 난다. 그렇다면 저것은 마물이 아니라 원래 인간이라는 뜻인가?

인간 마도사가 드워프의 영주에게 고용된 이유는 모르겠지만, 대충 사정은 파악되기 시작했다.

누가 보아도 무서울 터인데 몸을 떨면서도 용기를 짜낸 드워프가 다른 드워프들을 고무시켰다. 그에 호응하여 다른 드워프들도 잃어가던 전의를 되찾았다.

클리어다. 흠잡을 곳이 없을 만큼 그들은 나의 조건을 모두 만족시켰다. 그들은 동포로 맞이하기에 걸맞다.

라크네로부터 방출된 실을 마력이 담긴 참격으로 모두 먼지로 만들었다. 이미 엉망이 된 고치를 압력으로 날려버리고, 마찬가지로 고치에서 나온 도도에게 말을 걸었다.

"이제 충분해. 너도 괜찮지, 도도?"

물을 것도 없는 것을 확인했다.

"네. 충분합니다."

도도는 예상대로 감개무량한 표정으로 눈물을 흘리며 크게 고개를 끄덕였다.

"도도? 너, 도도인가?"

"그렇고말고! 달리 누구로 보이는데?"

도도가 농담조로 말했다.

"여기는 내가 막을게! 도도, 어서 여자와 젊은이들을 데리고 도망쳐!"

와도르가 죽음을 각오한 얼굴로 무기인 거대 망치를 어깨에 메며 외쳤다.

"걱정하지 마. 내가 구하러 왔으니 이제 괜찮아."

도도가 미소를 짓고 드워프들을 바라보며 강하게 단언했다. 그 직후, 옆에 있던 작은 드워프 병사도 소녀, 에다로 모습을 바꾸었다.

"맞아! 다들, 여기 이분은 엄청 강하니까 괜찮아!"

그렇게 의기양양하게 외쳤다. 저 관문 이후로 도도가 나에 대해 에다에게 무언가 가르쳤는지, 나에 대한 두려움이 완전히 사라진 대신 에르딤 사람들 같은 반응을 보이게 되고 말았다.

"에다까지?! 이제 나는 뭐가 뭔지⋯⋯."

완전히 혼란에 빠진 모양이다. 와도르가 나와 도도를 교대로 바라보며 당혹스러운 듯 고개를 갸웃했다.

"어이, 나를 무시하지 마!"

라크네가 꼴사납게 소리쳤으나, 그것을 완전히 무시했다.

"지그, 너도 차출되었구나. 수고했어."

나의 앞에 무릎을 꿇은 지그닐에게 치하하는 말을 걸었다.

"아니요. 힘이 되어 영광입니다."

지그닐이 기쁜 얼굴로 대답했다.

"그러니까 나를 무시하고 이야기를 진행하지 말라고 했잖아!"

다시 입에서 실을 내뿜기에 그것들을 모두 오른손에 든 라이키리로 튕겨내 돌려보냈다. 실이 초고속으로 거미의 상반신에 휘감겼다. 나는 그에게 시선만 보냈다.

"잠시 가만히 있어. 이야기가 끝나자마자 충분히 놀아줄 테니까."

그렇게 위협한 것만으로, 라크네는 입에서 작은 비명을 지르고 뒤로 물러났다.

라크네는 얼굴을 완전히 굳힌 채 온몸에서 폭포처럼 땀을 흘렸다.

흥, 상대할 가치도 없군.

"지그, 이 녀석이 네가 말했던 제국의 강화병이지?"

"말씀하신 대로입니다. 저자는 기술부의 변태들이 거미와 인간을 합성하여 만든 키메라입니다. 아마 제국의 탈영병이었겠지요."

담담한 지그닐의 설명에 라크네가 경악하여 눈을 크게 떴다.

"너, 너는 어떻게 그것을?"

바로 질문해왔다.

"나도 제국의 탈영병이니까."

지그닐이 주머니에서 배지 같은 것을 꺼내 보여주었다.

"그, 그, 그것은 검제의 문장?! 자, 잠깐만…… 저 검은 머리에 매 같은 눈, 너, 설마 최연소 검제 기프트 홀더, 지그닐 가스트레아인가!"

라크네가 절망한 목소리로 말했다.

"아니, 설마 옛날 나 따위에 전의를 잃은 거야? 네가 아까 앞에서 실컷 잘난 척하던 그 사람은 나는 상대도 안 될 만큼 강하고, 잔혹하고, 심지어 무섭다고."

어이가 없다는 듯 어깨를 으쓱한 지그닐이 내 평판을 굉장히 떨어뜨리는 농담을 입에 담았다.

"흠, 이야기는 끝났어. 그럼 바라는 대로 충분히 놀아주마."

나는 라이키리를 들어 라크네를 노렸다.

"기, 기다려줘! 나는 이 건에서 손을 뗄게!"

그가 두 손을 들고 항복을 어필하였다.

"너는 아까 다짜고짜 그들을 죽이려고 했잖아? 그런 네가 목숨을 구걸해?"

"미안해! 이제 안 그럴게! 그러니 제발 봐줘!"

필사적으로 목숨을 구걸하는 라크네에게 참을 수 없는 분노를 느꼈다.

"넌 아까 그들이 그렇게 목숨을 구걸했다면 과연 봐주었을까? 절대 그러지 않았겠지?"

고개를 여러 번 가로젓고, 쏘아 죽일 듯한 눈으로 그를 노려보았다.

"히익!"

나로부터 몸을 돌려 어떻게든 도망치려는 라크네.

"진심으로 한심한 녀석."

나는 그렇게 단언하고 '사선'으로 라크네를 조각난 파편으로 바꾸었다. 이것으로 이곳은 일단 마무리가 되었다. 남은 것은 예의 마신 수르트의 처리인데——.

갑자기 폭발 소리가 들렸다. 아무래도 최종 국면에 접어든 모양이다.

"지그, 넌 저들을 이 땅에서 피난시켜!"

"알겠습니다. 그럼 카이 님은?"

"물론 유해생물을 구제해야지."

나는 라이키리를 한 손에 들고 동굴 밖을 향해 걸어갔다.

＊＊＊

그곳은 폐허가 된 신전. 그 앞에는 일곱 명의 드워프 아이들이 눈을 가린 상태로 한 줄로 정좌하고 있었다. 바로 뒤에는 나무통 같은 체구의 남자가 영창 같은 것을 외우고 있다.

그 이상한 의식을 휘어진 수염의 영주 스게가 팔짱을 끼고 쳐다보고 있었다. 그 얼굴은 진한 욕망으로 추악하게 일그러졌고, 아이들에 대한 연민의 정도 후회하는 심경도 전혀 느껴지지 않았다.

나무통 같은 체구의 남자는 갑자기 영창을 뚝 멈추고 일어났다.

"이봐, 마도사, 왜 영창을 중간에 끝낸 거야! 아직 마신 수르트는 부활하지 않았는데!"

짜증스럽게 마도사의 오른쪽 어깨를 뒤에서 잡는 스게. 갑자기 마도사의 얼굴만이 부자연스럽게 백팔십도 빙 돌아갔다.

"아니요, 아니요, 아——니요, 제 영창은 이미 끝났습니다!"

그런 기쁨을 감추지 못하는 목소리로 외쳤다. 그런 마도사의 얼굴을 직시하고,

"히이이익!"

스게의 입에서 나온 것은 새된 비명이었다. 물론 목이 말도 안 될 만큼 돌아간 사실에도 놀랐다. 하지만 그 이상으로 마도사의 모습은 이미 인간이라고는 할 수 없는 것이었다.

마도사의 입은 초승달 형태로 커졌고, 날카롭고 거대한 송곳니가 엿보였고, 그 안구는 동그랗게 움푹 패어 그 안으로 벌레 같은 것이 우글우글 꿈틀거리고 있었다.

"여전히 주제를 모르는 벌레일수록 예의가 없군요. 이 매력적인 저의 얼굴을 보고 비명을 지르다니……."

마도사가 어깨를 으쓱하고 고개를 가로저으며 불평했다.

"네, 네놈은 인간종이…… 아닌 건가?"

"이 지경이 되고도 상황을 이해하지 못했습니까. 아무래도 상황 판단이 안 될 만큼 지능이 부족한 모양이군요. 뭐, 됐습니다. 제물에게 지능 따위는 필요 없으니까요."

히죽 웃는다. 그 너무나 끔찍하고 추악한 모습에 엄청난 오한과 전율이 몸을 꿰뚫어 스게는 한 걸음 뒤로 물러났다.

"윽?!"

갑자기 뒤에서 잡힌 양쪽 어깨.

조심스럽게 돌아보자, 피부의 노출도가 높은 옷을 입은 금발 여자가 스게의 어깨를 잡고 있었다.

"소용없어. 너 같은 걸 놓칠 만큼 지금 우리는 멍청하지 않아!"

여자가 스게의 귓가에 등줄기가 오싹해지는 목소리로 속삭였다.

"너, 너는?"

"이제 곧 제물이 될 녀석에게 말할 필요는 없지. 그렇지요, 역 귀 님."

여자가 마도사였던 것에게 동의를 구했다.

"이제 곧 본 무대는 클라이맥스를 맞이합니다! 비네거, 그 제 물을 제단으로!"

역귀가 두 팔을 벌리고 지시를 내렸다.

"알겠습니다."

비네거라 불린 금발 여자가 정중하게 인사하고, 제단을 향해 스게를 뒤에서 떠밀었다. 동시에 제단에 있던 일곱 명의 아이들 이 마치 용수철처럼 일어나 뚝뚝 소리를 내며 모습을 바꿨다. 그들은 순식간에, 새하얀 붕대로 온몸을 감싼 괴물로 변해 제단 에서 내려왔다.

"그, 그만둬! 이거 놔!"

애써 도망치려고 하였지만, 여자에게 뒤에서 엄청난 힘으로 붙들린 바람에 꿈쩍도 할 수 없었다. 흰색 붕대를 감은 일곱 괴 물은 스게를 중심으로 제자리에 서서 주문 같은 것을 외우기 시 작했다.

"그럼 좋은 악몽을 ♫"

여자가 다시 귓가에 속삭이고는 도약하여 스게로부터 떨어졌다.

"으아……."

지면에 나타난 거대한 마법진. 그 불길하게 회전하는 기하학적인 모양을 보고 스게는 자신이 이제 곧 어디로 향하려고 하는지 똑똑히 예상하고 말았다.

"크악!"

걷잡을 수 없는 공포로 이가 시끄러울 만큼 부딪치며, 마치 땀샘이 고장 난 듯 땀이 폭포처럼 쏟아지기 시작했다.

"안 돼애애애애애————!"

거부하는 말을 찢어질 듯이 목구멍에서 쥐어 짜낸 순간, 스게의 의식은 뚝 끊어지고 말았다.

역귀는 새까만 정장을 입고, 검은 모자를 쓴 작은 남자의 모습으로 바뀌어 있었다. 그 뒤로 무릎을 꿇은 비네거와 흰색 붕대를 감은 일곱 괴물.

역귀는 제단 위에서 부유하는 화염 구체를 환희에 찬 얼굴로 바라보았다. 그 화염 구체의 주인은 광산의 영주 스게. 그는 불의 신 수르트의 육체를 창조하여 강화하기 위한 제물임과 동시에 이 무대에서 위대한 그분의 힘을 민초에게 보여주기 위한 수단이기도 하다.

"자, 자, 자아——, 이것은 우리가 믿는 유일무이한 신의 위대함과 거룩함을 우리 미래의 민초에게 알리기 위한 최고의 도구입니다!"

역귀에게 인간종을 비롯한 이 세계의 온갖 생물은 가치가 없는 하등 동물에 불과하다. 다만 거기에는 예외가 있다. 그것은 자신이 믿는 유일하고 절대적인 신, 카이 하이네만이 선정한 신민이다. 그것은 말하자면 어떤 종족이더라도 역귀의 동포란 뜻이다. 믿는 신 앞에서 신민은 평등하다. 위아래는 존재하지 않는다.

권속 벌레로부터 이번에 저 드워프들이 우리 신의 선정을 훌륭하게 통과했다는 보고를 받았다. 남은 것은 친애하는 동포들에게 위대한 그분의 위대함과 무서움을 뼛속까지 느끼게 하고, 강렬하고 거스르기 힘든 신앙을 심어주는 것뿐이다.

"드워프들의 피난은 끝났습니까?"

"빠짐없이 해냈습니다."

비네거가 즉시 대답했다.

"좋아, 좋아, 좋아요! 무대는 드디어 피날레를 맞이합니다! 자, 칭송하십시오! 우리가 숭상하는 아버지를!"

"우리의 위대한 주인님, 만세!"

비네거가 뜨겁게 외쳤다.

"우리 위대한 그분께 영광을!"

흰색 붕대를 감은 괴물들도 일제히 목소리를 높였다.

"그럼—— 최종 무대의 개막입니다————!"

역귀가 미칠 듯이 기뻐하며 크게 외침과 동시에, 마법진이 고속으로 회전하여 빨간색 화염 구체가 상공으로 높이 떠올랐다.

그것은 초고속으로 인간의 형태를 형성하면서 광산 쪽으로 날아갔다.

***

내가 동굴 밖으로 나가자 상공에 인간형 화염이 떠 있었고, 그것이 점차 화염 거인의 형태를 만들었다. 아마 저것이 부하들이 이번 최종 공연으로 준비한 마수일 것이다.

그나저나 저것이 고대 문명을 멸망시킨 화염의 마신 수르트라. 과대평가가 너무 심하다. 저것은 그저 무식하게 크기만 한 인형에 불과하다. 아지 다카하라는 하찮은 도마뱀은커녕, 페리스 일행이 쓰러뜨린 아기토와 흡사하다. 도저히 나와는 싸움조차 될 것 같지 않다.

화염 거인은 광산 앞 광장 바닥에 내려와 잠시 자신의 몸을 바라보았으나, 오른손에 화염 구체를 출현시키더니 팔을 휘둘러 내던졌다. 구체는 일직선으로 광산으로 날아가 부딪치더니 그대로 폭발했다. 그 열량으로 주위 바위가 걸쭉한 마그마로 변해 버렸다.

우리에게는 이 정도 열량은 전혀 위협적이지 않지만, 싸울 줄 모르는 드워프들은 다르다. 지그닐에게 대피를 명령하지 않았다면 전멸했을지도 모른다. 뭐, 기리메칼라가 관여한 시점에 그것조차 쓸데없는 걱정일지도 모르지만.

"훌륭해! 이것이 신의 힘인가! 드디어 나는 신이 되었어! 이

나에게 이길 수 있는 자는 이 세상에 존재하지 않아!"

화염 거인이 환희에 차 포효하자 열풍이 동심원 형태로 퍼져 나가 광산 주위를 순식간에 재로 만들어버렸다. 정말 민폐 행위 만큼은 일류인가. 도저히 봐줄 수 없는 마수인 모양이다.

"이 나를 속인 역귀라는 쓰레기 자식에 그 망할 천박한 여자! 반드시 찾아내서 이 스게 님께 한 짓을 후회하게 만들어주마!"

화염 거인이 발을 구르며 다시 분노하여 포효하자, 작열하는 바람이 마구 불어 대지를 불태우며 새빨간 마그마로 만들었다. 이대로 방치하면 이 일대는 불바다가 될 것이다.

그나저나 스게라. 그건 이 광산 도시를 다스리는 영주의 이름 이 아니었나? 아마 개조가 특기인 역귀가 그 수르트라는 마수와 스게를 융합하여 신종 마수를 만들어낸 듯하다. 자신을 스게라 칭한 시점에 십중팔구, 의식은 망할 영주란 소리다. 뭐, 그건 차 치하고 이대로 녀석을 마음대로 하게 놔두면 주위가 불탄 들판 이 되고 만다.

"이봐, 너, 이제 그만해. 민폐잖아."

나는 그렇게 외치며 독자적인 보행술로 접근하여 그를 아무렇 게나 걷어찼다. 걷어차인 왼쪽 옆구리가 우드득 깨졌다.

"끄으워어어어어어어억————!"

화염 거인이 재미있는 소리를 내면서 몇 번이나 바운드하더 니, 닿는 것을 모두 불태우며 초고속으로 날아갔다.

"이래서는 역효과인가……."

지금도 화염 거인이 드러누워 있는 대자가 용해되어 걸쭉한 마그마 웅덩이가 생기고 있다. 라이키리로 베어내는 쪽이 나았으려나? 아니, 가볍게 걷어차기만 해도 분쇄되었으니 라이키리로 잘게 썰어버리면 동화된 수르트라는 마수도 죽이게 된다. 수르트가 고대 문명을 파괴했다는 전설의 진위가 의심스러운 이상, 죄가 없을 가능성이 있다. 그렇다면 다짜고짜 죽이는 것은 나의 긍지에 반한다.

"뭐, 혼쭐을 내줄 수밖에 없나."

나는 한숨을 쉬며 라이키리를 넣고, 화염 거인을 상공으로 걷어찼다. 고속으로 회전하며 떠오르는 화염 거인. 지면을 박찬 나는 화염 거인을 순식간에 추월하여 공중에서 회전한 뒤, 오른쪽 팔꿈치를 안쪽으로 당겼다.

"자, 잠깐만 기다——."

무언가 말하려는 화염 거인에게 힘 조절을 하여 오른 주먹을 때려넣어 주었다. 허공을 옆으로 가로지르는 화염 거인. 나는 왼쪽 발로 허공을 차서, 그 충격파로 화염 거인의 눈앞으로 이동했다.

"히익!"

비명을 지르는 거인을 오른쪽 주먹으로 때려 이번에는 탄환처럼 일직선으로 저 멀리 날아가게 했다.

그리고 나는 공중을 고속으로 이동하며 화염 거인을 지면에는 한 번도 떨어뜨리지 않고 이리저리 굴려댔다.

"끄아아아아아아아아아아이이이이이이익——!"

위아래, 좌우. 화염 거인이 절규하며 일직선으로 날아가느라 하늘에는 몇 개나 되는 빨간 선이 그어졌다.

몇 번이나 때린 뒤에 이미 원형이 남지 않은 화염 거인을 상공으로 걷어차고, 순식간에 따라잡아 회전하여 원심력이 가득 실린 돌려차기를 날렸다. 화염 거인이 대지에 꽂히며 대폭발을 일으켰다. 모든 것을 집어삼키는 열풍이 몇 번이나 불었다. 흙먼지와 뜨끈한 김이 사라지며 시야가 트이자, 용해된 크레이터 바닥에는 빨간 머리 소녀가 누워 있었다.

***

불의 신 수르트가 눈을 떴을 때, 그곳은 거대한 크레이터 바닥이었다. 주위를 확인하자 온통 마그마로 가득했다.

"내 봉인이 풀렸단 얘긴가?"

그렇게 자문자답을 해보았지만, 주위는 불바다일 뿐 그 외에는 아무것도 없는 듯했다.

"난 어떻게 된 거지?"

멍한 머리를 수차례 흔들고 일어나자, 수르트는 오래도록 봉인된 경위를 떠올릴 수 있었다. 그리고 자연히 그 원흉에 대한 분노가 솟구쳤다.

"아레스 녀석, 절대 용서하지 않겠어!"

그렇다! 그때 수르트는 세계의 관리자를 자칭하는 아레스와의 승부에 지고 봉인되고 말았다. 애초에 아레스가 수르트에게 선전포고를 한 것은 저 지긋지긋한 인간들의 나라들을 모조리

멸망시켰기 때문이다. 미리 말해두지만, 딱히 수르트는 인간들을 멸망시키는 것에서 쾌감을 느끼는 취향이 있는 것도 아니거니와, 큰 원한이 있는 것도 아니다. 확실히 그때까지 인간은 수르트에게 땅을 기는 나약하고 불쌍한 원숭이라는 인상밖에 없었다.

그런 수르트가 달라진 것은 한 젊은이와의 만남 때문이다. 그 인간은 만났을 때부터 특이했다. 약한 인간인 주제에 수르트를 아이처럼 다루며 돌보았다. 때로는 수르트를 혼내기도 하였으나, 반드시 그 뒤에는 몹시 친절하게 대했다. 언제나 고독했던 수르트에게 그와의 생활은 모두 신선하고 흥미진진했다. 그때 수르트는 태어나서 처음으로 행복이라는 것을 느꼈다.

그러나 그런 보석 같은 시간은 오래 이어지지 않았다. 수르트의 존재를 안 당시 인간들이 그를 인질로 삼아 수르트를 지배하려고 한 것이다. 그를 잃고 싶지 않았던 수르트는 잠시 인간들에게 얌전히 따랐다. 그러나 어느 날, 그가 이미 죽었다는 사실을 알게 되었다. 그는 수르트의 부담이 되는 것을 우려하여, 하필이면 스스로 목숨을 끊고 말았다. 그 사실에 수르트는 깊이 절망하여 정신이 나간 것처럼 분노했다. 그 감정이 이끄는 대로 인간의 문명 그 자체를 뿌리째 없애버렸다. 그런 수르트의 행동을 이유로 이곳 레무리아의 관리신 아레스가 현계해 전쟁을 벌였다. 아레스와의 싸움은 아주 격렬했고, 그 결과 수르트는 패배하여 아레스에게 봉인되고 말았다.

수르트는 인간이라는 종 자체에 딱히 원한은 없다. 이미 그를 죽인 문명은 송두리째 멸망했으니 마무리도 지었다. 따라서 이제 인간 따위에겐 전혀 관심이 없다. 그러나 아레스는 별개다. 그 녀석은 하필이면 정신이 아득해지는 세월 동안 수르트를 가두어놓았다. 용서할까 보냐! 아레스를 괴롭히기 위해 먼저 이 세계에서 아레스와 관련된 시설을 모두 불태워주겠다. 그런 자존심이 센 신은 자신의 얼굴에 먹칠하는 일을 가장 싫어할 것이다.

그렇게 결심한 수르트의 앞에 회색 머리의 인간이 불현듯 모습을 드러냈다.

"앗?!"

그 그리운 모습과 잊을 수도 없는 강하고 다정한 영혼의 빛을 똑똑히 인식하고, 정수리에 일격을 맞은 듯한 충격을 받았다.

회색 머리 인간이 수르트를 바라보았다.

"위협적이었다는 이야기가 거짓이었던 시점에 적이 될 리가 없다고 생각했는데 설마 소녀였을 줄이야. 말도 안 돼. 전투는 논할 가치도 없어."

소년은 고개를 좌우로 천천히 흔들더니, 조금 아쉬운 미소를 지었다.

"아앗…… 만나고 말았어."

그렇다. 저 다정해 보이는 미소도, 어쩐지 곤란한 듯한 얼굴도 잊을 리가 없다! 저 사람은──.

"어떻게 된 일이려나."

머리를 살짝 긁적이는 그를 향해 열심히 달려가 그의 허리를 끌어안고 얼굴을 묻었다. 이것으로 마침내 그에게 전하지 못했던 말을 할 수 있게 되었다.

"응? 왜 그래?"

눈물로 시야가 흐릿해지는 와중에 당황한 얼굴로 내려다보는 그를 올려다보았다.

"계속 같이 있어 줘서 고마워!"

그 그리운 온기를 느끼며, 수르트는 떨리는 목소리로 외쳤다.

***

잠시 뒤, 와도르를 시작으로 드워프들은 지그의 동료인 하얀 옷을 입은 외눈 남자의 힘에 의해 신비한 공간으로 옮겨졌다. 그리고 거기서 하늘 가득 비치는 영상을 망연히 바라보았다.

예외 없이 모두의 얼굴에는 경악, 두려움, 선망, 혼란 등 여러 가지 강렬한 감정이 복잡하게 얽혀 표현하기 힘든 표정이 떠올라 있었다. 뭐, 저런 것을 본다면 당연한 반응일 것이다. 오히려 태연하게 있는 쪽이 인간으로서 망가졌다고 할 수 있다.

포효 한 번에 이 일대가 재가 되고, 화염 구체를 던지면 산 하나가 증발하여 마그마 지대가 생긴다. 저 화염 거인은 틀림없이 세상을 멸망시킨 불의 마신이다. 인간종, 아니, 이 세상에 사는 일반 생물에게는 거스르는 것조차 용납되지 않는 초월자. 아마 저 화염 거인에게는 악명 높은 사대 마왕이며 인간족 최강의 전설인 용사조차 땅을 기는 개미에 지나지 않을 것이다. 이미 그릇 자체가 다르다. 따라서 저 회색 머리 소년이 라크네를 순식간에 죽일 만큼 강하더라도, 인간인 이상 패배는 당연하다고 생각했다.

그러나 그 예상은 순식간에 뒤집혔다. 화염 거인은 마치 용이 지상을 기는 벌레라도 짓밟는 것처럼 짓밟히고 말았다. 놀랍게도 저 회색 머리 소년은 무기도 쓰지 않고, 화염 거인을 때리고 찼을 뿐이다. 그런 무술조차 아닌 단순한 폭력으로 이 세상을 잿더미로 만들 수 있는 불의 마신은 낡아빠진 걸레짝처럼 되어 그대로 소멸하고 말았다.

그 뒤, 화염 거인의 몸이 용해되더니, 그 중심에서 열두세 살쯤 된 빨간 머리에 빨간 드레스를 입은 소녀가 나타났다. 그 소녀가 회색 머리 소년을 끌어안고 지금에 이르렀다.

"끝난 모양이군."

위아래 모두 보라색 옷에 모자를 쓴 여성이 나른한 목소리로 종료 선언을 하고는 갑자기 모습을 감췄다. 그 직후, 영상이 깨끗하게 사라졌다.

"어때, 알겠지? 저분이 우리가 믿는 위대한 분이야!"

도도가 의기양양하게 말했다.

"나 같은 것은 도저히 이해할 수 없는 존재. 그것만은 뼈저리게 이해했어."

와도르는 진심에서 우러나온 말을 했다.

"그야 그렇겠지. 저 사람을 이해할 수 있는 자는 아마 이 세상에 없을걸."

근처에 있던 지그가 드워프들의 대화에 끼어들었다.

"그나저나 넌 제국의 검제인가? 그런 사람이 왜 그분을 따르고 있지?"

"여러 가지 일이 있었거든."

지그가 어색하게 머리를 긁적이며 대답했다.

"뭐, 여러 일이 있었던 건 나도 마찬가지지만."

도도 역시 껄껄 웃으며 동조했다. 그런 도도를 보며 와도르는 얼굴에서 미소를 지우고 진지하게 마주보았다.

"도도, 정말 미안했어."

깊숙이 머리를 숙였다. 행위에는 책임이 따른다. 그중에서도 과거에 와도르가 범한 잘못은 결코 용서받을 성질의 것이 아니었다. 그래도 와도르는 사과해야 한다. 그렇다. 일찍이 배신하고 만 친구에게.

침묵이 지배하는 가운데, 도도가 크게 한숨을 내뱉는 소리가 들렸다. 그리고——.

"확실히 그 사건 당시에는 원망했어. 하지만 냉정해지고 보니, 너희가 그래야만 하는 사정이 있었다고 예상할 수 있었지. 오히려 남겨진 너희가 훨씬 괴롭고 힘들었을 거야. 그러니 말할게. 나의 친구, 와도르. 지금까지 모두를 지켜줘서 고마워."

와도르의 어깨에 오른손을 올리고 감사를 표했다.

"도도…… 미안해……."

"아니, 사과할 거 없다고 했잖아."

어이가 없는 듯한 도도의 따뜻한 말에,

"고맙……네."

와도르는 최근 수년간, 쭉 하지 못했던 말을 입에 담았다.

에필로그

드워프 구출 작전으로부터 2주일이 지났다. 그 화염 거인에서 나온 빨간 머리 소녀는 자신의 이름을 수르트라고 말했다. 왠지 나를 옛 친구 **카토**라는 이름의 소년이라 착각했는지, 그 뒤로 묘하게 날 따르고 있다. 그리고 나의 의사와는 상관없이 어느새 도감에 등록되어 있었다.

구출한 드워프들은 흔쾌히 이스트엔드의 주민이 되기로 했다. 그 결과 도도를 제련실의 실장, 와도르를 개발연구실의 실장으로 삼아 두 개의 팀으로 아키나시의 개발을 맡도록 했다.

조직 기반이 안정되면, 대장일에 대해서는 헤파이토스에게 지도를 부탁하려고 한다.

그리고 지금은 아키나시를 방문하고 있다.

"흠, 꽤 발전이 진행되었는데."

아키나시는 전투로 일시적으로 폐허가 되었으나, 도감의 유쾌한 동료들의 협력을 받아 내가 뚫은 커다란 구멍을 중심으로 도시를 급하게 건설하였다. 아키나시의 주민들도 모두 미래에 대한 희망이 흘러넘쳐서 슬퍼하는 자는 전혀 없었다. 그도 그럴 것이 이 구멍 바닥에서 온갖 전설급 레어 메탈이 다량으로 산출되었기 때문이다. 그 이유는 현재 밝혀지지 않았는데, 사실 오늘 방문한 이유도 그것이다.

지금 거기에는 커다란 구멍을 완전히 뒤덮듯이 돔 형태의 새하얀 돌 구조물이 있다. 거기 새겨진 독특한 문장은 건축이 특기인 나의 부하의 것이다. 기리메칼라의 요청으로 도움을 주었던 듯하다.

나는 그 구멍 근처에 있는 4층짜리 건물로 들어갔다. 이곳이 아키나시의 현재 행정부다.

"카토! 왔구나!"

내가 2층 대회의실로 들어가자, 소파에 누워 있던 수르트가 환하게 빛나는 얼굴로 나에게 뛰어들었다. 나는 몇 번이나 카이라고 했지만, 수르트는 카토라고 부르며 호칭을 고치질 않는다. 귀찮아졌기에 요즘은 마음대로 부르게 놔두고 있다.

"음, 드워프들과는 잘하고 있어?"

"물론이지!"

오른손을 들며 명랑하게 대답한다. 수르트에게 드워프들을 도우라고 하자 기꺼이 나서주었다. 수르트의 능력은 불을 자유롭게 다루는 것이므로, 대장간 일이나 연구 등에 요긴하게 쓰였다. 전에 방문했을 때에는 제련실 멤버가 수르트의 협력으로 지금까지 불가능했던 레어 메탈의 정제에 성공했다며 흥분한 어조로 보고하였으니까.

"그거 다행이네."

수르트의 머리를 쓰다듬자 기쁜 듯 눈을 가늘게 뜬다.

"그럼 바로 보고를 들어볼까?"

자리에 앉아 회의를 시작했다.

"아직 2주일밖에 지나지 않았다고는 생각할 수 없을 만큼 순조롭네."

보고가 끝나고, 나는 만족스럽게 고개를 끄덕였다.

"네, 과연 기술의 왕, 드워프라는 것일까요. 솔직히 말해서 제련 수준과 아이템의 연구 개발 수준이 저희가 가진 것과는 차원이 다릅니다."

올리버가 절찬하였다.

"아니요. **아직** 어린애 놀이에 불과합니다."

"동감이야."

도도와 와도르가 매우 당연하다는 어조로 즉시 대답했다.

"정말 든든하네. 앞으로도 이렇게 노력해줘. 그나저나 설마 레어 메탈이 그 허접한 용 때문이었을 줄이야……."

드워프 연구팀의 협력으로 저 커다란 구멍에서 나온 레어 메탈의 비밀이 대략 밝혀졌다.

저 구멍의 지반을 구성하는 광석은 모두 이 세상에 존재하는 것과는 전혀 다른 모양이다. 구체적으로는 광석이 보유한 마력의 성질이 지금까지 본 적이 없는 것이라고 한다.

여기부터는 내 예상이지만, 저 허접한 용 아지 다카하라는 마물의 마력은 재생하는 특성을 지녔다. 그 아지 다카하의 마력에 나의 제6형— — 제로가 가해진 결과, 그의 마력과 나의 마력이 뒤섞여 기묘한 과학적 반응이 일어났고, 농축된 그 마력이 주위 바위에 스며들어 레어 메탈을 만들어냈다. 그렇게 추측하였다.

"아지 다카하는 20퍼센트, 나머지 80퍼센트는 마스터가 원흉이라고 생각하오만……."

어이가 없다는 어조로 아스타가 옆에서 쓸데없는 참견을 했다.

"아무튼 이것으로 레어 메탈의 비밀이 확실히 밝혀졌어. 앞으로는 그 특성을 이용하여 무구와 아이템 개발에 이용할 수 있는가 하는 것이로군."

"맡겨주십시오! 지금 좋은 장검을 만들고 있습니다. 조만간 저희의 최고 걸작을 보여드릴 수 있을 듯합니다!"

가슴을 팡 두드리며 도도가 자신만만하게 선언했다. 그도 많이 달라졌다. 물 만난 고기마냥 대장간 일에 빠져든 모습이다. 약은 약사에게. 그런 것이다.

"그럼 각자 앞으로도 열심히 해줘. 기대할게!"

"네! 기꺼이!"

내가 격려하자, 모두 자리에서 벌떡 일어나 동시에 소리 높여 대답했다.

그 뒤로 리버티 타운의 자택으로 돌아갔다. 드워프 구출 작전 이후 모든 일이 잘 풀렸으나, 한 가지 심각한 문제가 있다. 그것은——.

"파프, 이제 그만 화 풀어."

"몰라요!"

파프는 나의 무릎 위에 앉으면서 고개를 휙 돌린다. 내가 또 사흘 가까이 집을 비운 탓에 파프가 완전히 토라지고 말았다.

"미안해. 네가 좋아하는 케이크 만들어줄 테니까 화 풀어."

머리카락이 움찔하며 흔들리더니, 나를 힐끗 올려다본다.

"얼렁뚱땅 넘어가려고 하지 말아요!"

역시 화가 난 듯 외쳤다.

"잘못했어."

나는 파프의 머리를 살며시 쓰다듬고, 왠지 마음이 평온해지는 것을 느끼며 사과했다.

***

"저것이 바벨(세계 마도원)⋯⋯."

마차 안에서 몸을 내민, 윌로우그린색 머리가 아름다운 소녀, 라일라 헤르너는 구름을 뚫고 우뚝 솟은 거대한 탑을 바라보며 나직하게 중얼거렸다.

중립 학원 도시 바벨. 일개 교육기관임에도 불구하고, 세계 유수의 무력과 부를 소유한 거대 조직이다. 이 학원에서 지내는 것은 세계에 이름을 떨칠 마도사나 검사를 목표로 삼은 학생들의 꿈이자 이상이다.

본래 라일라는 딱히 이곳이 아니면 안 된다는 집념이 있는 것은 아니었다. 그 소꿉친구 소년이 이 도시에 산다는 말을 듣지 않았다면, 방문할 생각도 안 했을 것이다.

'카이는 이미 여기서 살고 있을 거예요.'

카이가 떠난 지 벌써 많은 날이 지났다. 이미 오래전에 카이도 이곳에서 생활하고 있을 것이다.

사실은 좀 더 빨리 바벨로 떠날 예정이었다. 그러나 라무르를

떠나는 것에 헤르너 가문의 반대가 생각보다 심하여 결국 지금까지 지체되고 말았다.

'하지만 입학시험은 치를 수 있으니 감지덕지해야겠죠.'

카이는 손재주가 좋으니 아마 바벨의 장인에게 제자로 들어갔을 가능성이 크다. 카이의 성격상 성실하게 임했을 테니 빠른 시일 내로 두각을 보이지 않았을까.

그러나 라일라는 카이가 장인으로 일생을 마쳐야 한다고 생각하지 않는다. 왜냐하면 카이는 라일라와 그때 둘이서 일류 헌터가 되어 전 세계를 모험하자고 약속했기 때문이다.

지금 카이는 라무르의 기프트 편향주의 환경에서 오래 지낸 탓에 완전히 자신감을 잃고, 헌터가 되는 꿈을 포기한 듯했다.

물론 라일라에게 카이는 자신의 목숨보다 소중한 존재다. 라무르의 어리석은 사범들이 말했듯이 카이에게 정말 재능이 없다면, 라일라도 억지로 헌터로 만들 생각은 없다. 만약 헌터가 되는 꿈이 이루어지지 않아도 카이와 함께 있을 수 있다면 라일라에게는 불만 따위는 없으니까.

하지만 카이는 헌터나 무인에게 가장 중요한 것을 이미 갖추었다. 이것은 라일라 같은 평범한 사람은 결코 지닐 수 없는 카이라는 인간의 본질에 기인한 것이다. 즉, 위기 돌파 능력이다. 다양한 고난에 직면하더라도 포기하지 않고 그것을 타파할 수 있는 힘. 그 능력이 카이는 특출나다.

이 능력은 카이의 할아버지, 검성 엘름 하이네만도 인정하였다. 그렇기에 카이가 라무르의 모든 사람에게 심각한 차별을 받더라도, 검성님은 좀처럼 그를 내보내지 않았다.

'어떻게 해서든 설득해야 해요.'

카이를 설득하여 바벨의 입시 시험을 치르게 한다. 카이는 머리가 좋은 데다 노력가니까 학과 시험에서 합격점을 얻기란 어렵지 않을 것이다. 문제는 바벨의 입시 시험에서 가장 비중이 높은 실기 시험. 하지만 교원은 천하의 바벨 사람이며, 라무르처럼 기술도 능력도 없이 기프트 편향주의로만 가득한 가짜 사범들이 아니다. 그렇다면 카이의 장점을 간파해줄 교원도 분명 있을 터였다.

만약 카이가 끝까지 거절한다면, 이 도시에서 카이의 수행이 어느 정도 마무리된 뒤에 아무도 모르는 땅으로 도망치는 것도 좋다. 그땐 옆에 있는 사촌 여동생도 데려가야 하겠지만 그녀라면 흔쾌히 받아들일 것이다.

적어도 라일라는 헤르너 가문의 시대착오적인 관습에 희생될 생각은 전혀 없다. 반드시 카이와 부부가 되고 말겠다.

"언니, 바벨에 도착하면 맛있는 거 먹으러 가자!"

금발에 보브 커트 스타일의 사촌 동생, 루미네가 라일라의 오른팔을 끌어안으며 귀여운 표정으로 부탁했다.

"네, 물론 좋고말고요. 하지만 숙소부터 잡고 나서요."

"응!"

환한 미소를 짓고 쾌활하게 고개를 끄덕이는 루미네의 머리를 살며시 쓰다듬었다.

"우후후."

기분 좋은 듯 눈을 감은 루미네의 모습에 흐뭇함을 느끼며 다시 한번 바벨을 바라보았다.

　'카이, 어서 만나고 싶어요.'

　라일라는 요 몇 달 동안 항상 속으로 반복해온 갈망이 성취되기를 바랐다.

후기

여러분, 안녕하세요, 리키스이입니다.

독자 여러분의 따뜻한 응원 덕분에 드디어 『초난관 던전』도 4권을 간행할 수 있게 되었습니다. 이 자리를 빌려 진심으로 감사드립니다.

4권의 메인 히로인은 공녀 페리스입니다. 웹소설판에서는 페리스가 조금 한심한 캐릭터인 채 개심합니다만, 서적판에서는 카이가 내린 시련으로 다른 사람처럼 성장합니다. 정령들은 당초 앞 권에 나온 에르딤의 주민들처럼 겁쟁이지만, 용들의 대신 라돈의 지나친 훈련으로 전투광이 되고 맙니다. 에르딤의 주민은 기리메칼라에 의해 아주 유명한 모 중사의 군대 같은 사상교육을 받았습니다만, 정령들은 전투광입니다. 어느 쪽이 좋은지는 사람에 따라 판단이 갈릴지도 모르겠군요.

권말 즈음 드워프들의 스카우트를 포함하여 4권은 이스트엔드의 개발을 주축으로 한 내용이었습니다. 다음 5권은 배틀을 중심으로 한 소동이 벌어집니다.

지금까지의 악군에 이어 다음 권에서는 천군이 등장합니다. 천군 사천장 타나토스의 명령을 받은 테루테루 대좌가 바벨에서 암약하며 큰 소동으로 발전됩니다. 원안은 이미 완성되었습니다만, 타협하지 않고 대폭적인 교정을 해나가고 싶습니다.

마지막으로 보고드립니다. 『초난관 던전』 1권이 증쇄되었습니다. 담당 편집자 N씨에게 듣고 덩실거리며 기뻐했습니다.

이『초난관 던전』은 제 변덕스러운 까탈스러움에 항상 담당자 N씨가 함께 하시면서, 거침없이 지적하여 둘이서 내용을 만들고, 일러스트레이터인 루나 리아 씨에게 캐릭터 디자인을 부탁드려 근사한 캐릭터를 받고 있습니다. N씨와 루나 리아 씨의 협력이 있었기에『초난관 던전』의 서적판이 완성됩니다. 두 분에게 감사드립니다.

가장 감사드리는『초난관 던전』을 4권까지 구입해주신 독자 여러분, 정말 고맙습니다. 여러분의 온정에 감사드리며, 다음 권도 전혀 타협하지 않고 무쌍을 좋아하는 여러분의 심금을 울리는 카이의 무쌍 이야기를 만들고 싶습니다.

그럼 다음 권에서 다시 뵙기를 진심으로 기대하겠습니다.

초난관 던전에서 10만 년 수행한 결과, 세계 최강 ~최약 무능의 하극상~ 4

2024년 5월 15일 1판 1쇄 발행

저　　　　자 리키스이
일 러 스 트 루나 리아
옮 긴 이 이서연
발 행 인 유재욱
총 괄 이 사 조병권
출판본부장 박광운
담 당 편 집 박차우
편 집 1 팀 박광운
편 집 2 팀 정영길 조찬희 박치우 정지원
편 집 3 팀 오준영 이해빈 이소의
디자인랩팀 김보라 박민솔
디지털사업팀 박상섭 김지연 윤희진
라이츠사업팀 김정미 맹미영 이윤서
영업마케팅팀 최원석 박수진 박소연
물 류 팀 허석용 백철기
경영지원팀 최정연
인쇄제작처 ㈜코리아피엔피
발 행 처 ㈜소미미디어
등　　　록 제2015-000008호
주　　　소 서울시 마포구 토정로222, 403호 (신수동, 한국출판콘텐츠센터)
판매 및 마케팅 (070) 8822-2301

ISBN 979-11-384-8302-5 04830
ISBN 979-11-384-7957-8 (세트)